P.G.Wodehouse

ウッドハウス・コレクション

ジーヴスと朝のよろこび

Joy in the Morning

P・G・ウッドハウス 著

森村たまき 訳

国書刊行会

目次

ジーヴスと朝のよろこび

○登場人物たち

バートラム（バーティー）・ウースター………お気楽暮らしの有閑青年。物語の語り手。

ジーヴス………バーティーの執事

ウォープルスドン卿（パーシー伯父さん）………イギリスの海運王。アガサ伯母さんと結婚してバーティーの義理の伯父になった。

レディー・アガサ・ウォープルスドン（アガサ伯母さん）………ワレ壜を食い破り有刺鉄線を身にまとう、バーティーの恐るべき伯母さん。

フローレンス・クレイ………ウォープルスドン卿の娘。作家。バーティーと婚約していたことがある。

エドウィン………フローレンスの弟。熱心なボーイスカウト。

G・ダーシー（スティルトン）・チーズライト………バーティーの学友。フローレンスと婚約している。

ジョージ・ウェブスター（ボコ）・フィトルワース………売れっ子小説家。バーティーの学友。

ゼノビア（ノビー）・ホップウッド………ボコの婚約者。バーティーの女友達。ウォープルスドン卿の被後見人。

J・チチェスター・クラム………アメリカの海運王。

1. スティープル・バンプレイの黒い影

ことが済んだ後となって、すなわち危険が不気味に迫り来ることをやめ、ハッピーエンディングが両手に山盛りずつ分配され、われわれが帽子を頭の端っこに載せ、スティープル・バンプレイの埃《ほこり》をタイヤから振り落としつつ車を運転して家路に向かう段となったとき、この最新の進行の成り行きの最中には、決して意気地なしの男ではないバートラム・ウースターが絶望の寸前に至ったときがあることを、僕はジーヴスに告白したものだ。

「危ないところだったな、ジーヴス」

「まことに、事態の展開は一種危機的様相を呈しておりました、ご主人様」

「僕には希望の光明なんて一筋だって見えなかった。青い鳥がタオルを投げ入れて降参して、正式に活動中止したように見えたんだ。それでも僕らはこうしてここにいて、ヒナギクどっしん［一九三八年アネット・ミルズが歌ったヒット曲。手・ひざを打ってヒナギクどっしんでパートナーのお尻とお尻をぶつける］なんて歌ってるんだ。ちょっぴり考えさせられるじゃないか」

「はい、ご主人様」

「いま舌先まで出かかってる表現で、この状況すべてを総括すると思えるのがあるんだ。というかむしろ、表現というよりは決まり文句かな。言い習わし。ことわざだ。格言とかいうやつだと思う。よろこびがなんとかをなんとかするとかいうなんとかなんだ」

「よろこびは朝訪れる［『詩編』三〇・六］、でございましょうか、ご主人様」

「そいつだベイビー。君が考えついたせりふじゃないな？」

「いいえ、ご主人様」

「うーん、そいつはすごくいいな」僕は言った。

それでいまでも僕は、ノビー・ホップウッド、スティルトン・チーズライト、フローレンス・クレイ、僕のパーシー伯父《おじ》さん、J・チチェスター・クラム、ボーイスカウトのエドウィン、そしてボコ・フィトルワースの奴にまつわるとんでもなく厄介な事件——あるいは、僕の伝記を書く人々がおそらく呼ぶであろうように、スティープル・バンプレイの惨劇——の顚末《てんまつ》を、これほど見事に約言するすべはありえないと考えている。


僕がいまこれから物語ろうとしている出来事の起こる前ですら、右記寒村は僕の周到に回避すべき場所のリストの上の方にしっかりと記載されていたものだ。バッテンをつけて「ここにドラゴン生息」とか「ヒッポグリフ［グリフォンと雌馬の間に生まれた伝説の生物。前半身が鷲で後半身が馬］に注意すべし」と書いてあるような昔の地図をご覧になられたことがおありかどうかは知らないが、スティープル・バンプレイに関しては、こういう親切な警告が歩行者及び車両に向けて発せられていて然《しか》るべきだと、僕はいつだって感じていた。

風光明媚《めいび》な集落ではある。ハンプシャー州随一であろう。笑《え》みなす野辺と緑生い茂る森のただなかに、柳に縁取られた川に抱《いだ》かれて、という表現でよかったと思うのだが、その村は在る。そこにレンガを放《ほう》ればハニーサックルに覆われたコテージやらりんごほっぺの村人やらに命中せずにはいられない。しかしそこであなたは誰だったかがこう言ったことを思い出すのだ——あらゆる眺望《ちょうぼう》が好ましかろうと、人が下劣であるならば［レジナルド・ヒーバー牧師の「賛美歌」］ぜんぜんまったくなんにもならない、と。それでスティープル・バンプレイの難点とは、それがバンプレイ・ホールを含有する点であり、またそのバンプレイ・ホールが僕のアガサ伯母《おば》さんとその二番目の夫を含有するという点にあるのだった。

それでこの二番目の夫というのが誰あろうウォープルスドン卿パーシヴァルに他ならず、また彼には娘のフローレンスと息子のエドウィンがあって、後者はかつてカーキ色の半ズボンをはき、足跡追跡とかなんとか、そういうボーイスカウトのやるようなことをする青二才中最悪の疫病神《やくびょうがみ》であると述べたならば、旧友ボコ・フィトルワースがこの地域に所有する小さくてお洒落な住まいを訪問するようにとの奴よりの招待を、いつだって僕が丁重に辞退してきたわけがご理解いただけようというものだ。

また僕はジーヴスに対しても、同じく強硬な態度をとり続けねばならなかった。彼は繰り返し繰り返し、僕が夏の間そこにコテージを借りればいいとの希望をほのめかし続けたのである。そこの川は絶好の釣り場であるらしく、また彼は餌をつけた釣り針をひょいと放り投げるのがことのほか好きな人物であるのだった。「だめだ、ジーヴス」僕はこう言うことを余儀なくされたものだ。「君の質朴な喜びに待ったをかけるのは慙愧《ざんき》に堪えないところだが、ならず者の群れと鉢合わせする危険を冒すわけにはいかない。安全第一だ」それで彼は「かしこまりました、ご主人様」と応え、かくてその件は落着となったわけだ。

　しかしその間もずっと、バートラムの思いも寄らぬうちに、スティープル・バンプレイの黒い影は一歩一歩近くにと忍び寄っていたのであり、そしてそいつが付けひげをむしりとり、突如襲いかかってくる日が訪れたのだった。

　奇妙なことだが、この途轍《とてつ》もない大惨事が起こったのは、僕が完全に生気にあふれ絶好調でいたある朝のことであった。僕がそれから突入することになるスープの影も形も、僕のまったきビアン・ネートル、すなわち至福感を損なうことはなかった。僕はよく眠り、よくひげをあたってよくシャワーを浴び、それで陽気な快哉《かいさい》とともに、コーヒーとキッパー［キッパード・ヘリング。燻製ニシン］を運んできたジーヴスに挨拶《あいさつ》したのだった。

「オッズボディキンズ、ジーヴス」僕は言った。「今朝は素敵に絶好調なんだ。わが青春を寿《ことほ》ぎ語ろう！　僕はいかなる運命をも大歓迎で意欲満々な気分なんだ。テニスンが言ったようにだ」

「ロングフェローでございます、ご主人様」

「あるいは、君がそっちのほうがいいと思うならロングフェローだ。僕は細かいことにこだわるような気分じゃないんだ。さてと、何かニュースはあるかい？」

「あなた様がいまだお寝みでおいでの間に、ホップウッドお嬢様がご訪問をあそばされました、ご主人様」

「本当か？　彼女になら会いたかったなあ」

「お嬢様はあなた様のご寝室にお入りあそばされ濡《ぬ》れスポンジにてあなた様のお目を覚まそうとのご希望をご表明であそばされましたが、おやめいただくようにとわたくしが説得申し上げました。

あなた様のご休息が妨げられぬことこそ最善と、考えいたしたゆえでございます」

親切心と封建的姿勢の双方を示すこの番犬精神に、僕は喝采を送った。しかしながらこの若き小娘に会い損なったことに、まだなおちょっぴりチッと舌を打ったものだ。彼女と僕はいつだって一番のなかよしであるのだ。このゼノビア（ノビー）・ホップウッドはウォープルスドン親爺《おやじ》の被後見人である。と、この呼び方でよかったはずだが。ウォープルスドン親爺の友達が、何年か前、チクタク活動を中止する直前に、娘の養育を彼に頼んだのだ。そういうことがどういうふうに段取られるものか僕は知らない——疑いなく書類に記入がされ点線の上に署名がされねばならぬものであろう——ともかく手続きはどうであれ、結論として彼女は右記のような身の上になったわけだ。すべての煙が晴れてみれば、僕のパーシー伯父さんはノビーの後見人となったということである。

「ノビーか、ふーむ？　あの子はいったいいつこの偉大なる大都会にひょっこり現れたんだ？」僕は訊ねた。つまりだ、パーシー伯父さんの被後見人となって、ノビーはもちろんスティープル・バンプレイの巣窟《そうくつ》の戦力に加わったわけだから、今日では彼女がロンドンに来るのはごく珍しいことなのだ。

「昨晩でございます、ご主人様」

「長逗留の予定か？」

「明日まででございます、ご主人様」

「たった一日来るだけのために、とんだご苦労じゃないか。元は取れないと思うな」

「お嬢様がこちらにお越しあそばされたのは、奥方様がお嬢様のご同行をご希望されたゆえとわたくしは理解いたしております」

僕はちょっぴりたじろいだ。

「まさか君はアガサ伯母さんがロンドンにいるだなんて言うつもりじゃないだろうな？」

「たんにご通過をあそばされただけでございます、ご主人様」僕の不安を安らかならしめつつ、この正直者はかく応えた。「奥方様は学校にておたふく風邪にご罹患《りかん》あそばされたトーマスお坊ちゃまのご看護をなさるべく、彼の地に向《む》かわれる途中でおいであそばされます」

彼が言っているのは、この齢《よわい》重ねた親戚が最初の結婚であげた息子のことである。最低最悪の極悪市民のひとりだ。多くの具眼の士がこいつのことを、英国悪童展示館において彼女の義理の息子のエドウィンよりもさらに上位に格付けされると判断している。奴がおたふく風邪にかかったと聞いて僕は大喜びした。そしてひととき、アガサ伯母さんがそいつを奴からうつされはしないものかとの希望を胸にもてあそんでいた。

「それでノビーは何か言っていたのか？」

「お嬢様は近頃あなた様とめったにお会いする機会がないと、遺憾《いかん》に思《おぼ》し召しておいでございました、ご主人様」

「僕も思いを同じくするところだ。慙愧に堪えない、ジーヴス。このホップウッドくらいいい娘はそうはいやしないんだ」

「お嬢様はいずれ遠からずあなた様をスティープル・バンプレイにお迎えいたしたいとのご希望をご表明であそばされました」

僕は首を横に振った。

「問題外だ、ジーヴス」

「お嬢様はわたくしに、ただいま彼の地におきましてはさかなの食いつきがことのほかよいとご教示くださいました」

「だめだ、ジーヴス。すまない。そいつらがヘビみたいに食いついてくる［『箴言』二三・三二］としたって、僕はスティープル・バンプレイに近づきはしない」

「かしこまりました、ご主人様」

彼は堅苦しくこう言い、それで僕はコーヒーのおかわりを頼むことでこの緊張の緩和を試みた。

「ノビーは一人だったのか？」

「いいえ、ご主人様。お嬢様は紳士様とごいっしょでおいであそばされました。またその方はあなた様とお知り合いのお口振りでいらっしゃいました。ホップウッドお嬢様はその方のことを、スティルトンとお呼びでおいでございました」

「でっかい男か？」

「いちじるしく発達のおよろしい方でおいであそばされました、ご主人様」

「カボチャみたいな頭をしていたか？」

「はい、ご主人様。同植物との一定の類似性が見られたものでございます」

「そいつは僕の幼少期の仲間でG・ダーシー・チーズライトという名前の男にちがいない。僕たち流の気まぐれで、僕らは奴のことをスティルトンと呼んだものだ。奴とは何年も会っていない。奴は田舎のどこかしらに住んでいるからな。バーティー・ウースターとなかよく付き合うには、帝都周辺をぶらぶらしていることが必要不可欠なんだ。おかしな話だ。奴がノビーを知ってるだなんて」

「お嬢様のご発言より、チーズライト様もスティープル・バンプレイにお住まいの由と理解いたしたものでございます」

「本当か？　世界は狭いなあ、ジーヴス」

「はい、ご主人様」

「これより狭い世界を見たことがあったかどうかどうか、わからないな」僕は言った。この主題について、よりいっそう探究を深めたいところでもあったのだが、このとき電話がリンリン鳴って人を呼びつけ、彼はそれに応えにゆらめき消え去ってしまった。彼がたまたま開け放っていったドアの向こうから、僕の耳ははい、閣下、かしこまりました、閣下をどっさり聴き取り、それはすなわち高貴のお生まれの誰かしらと彼がお話し中であることを示唆していた。

「誰だったんだ？」彼がふたたび滲み入ってくると、僕は訊いた。

「ウォープルスドン卿でございます、ご主人様」

振り返ってみれば、僕がこの報せを軽度の驚きを表す「ああ、そう？」で受け取ったのは、ほとんど信じられないことのように思われる。驚くべきことだ。つまり、いわゆるスティープル・バンプレイ調とでも言うべきものが、しのび寄る霧や瘴気《しょうき》のごとく侵入を始める邪悪な気配を察知し、全身おののき震え、これは如何《いか》なる不吉の予兆かと自問していなかった、ということがだ。しかしそれはそんな具合だったのだ。事の重大性は僕の胸に落ちることなく、僕は、すでに述べたように、ほんのちょっぴりびっくりしながら「ああ、そう」と言っただけだった。

「わたくしに御用の電話でございました。閣下はわたくしに、ただちにあの方の執務室に参るようにとのご希望をご表明あそばされました」

「君に会いたいと言うのか？」

「わたくしが受けました印象はさようでございました、ご主人様」

「どういうわけか理由は言ったのか？」

「いいえ、ご主人様。きわめて緊急を要する問題であるとのみ、おおせになられただけでございます」

　僕は熟考した。思慮深げにキッパーをむしゃむしゃやりながらだ。解答はただひとつだと思われた。

「僕がどう思ってるかわかるか、ジーヴス？　彼は何らかの問題に直面し、君の助言を必要としているんだ」

「さようなことやもしれません、ご主人様」

「そうに決まってるさ。彼は君の卓越した才能のことを全部知っているにちがいない。君がいままで長いことやってきたように、誰彼なく援助と安らぎを振り撒《ま》いてまわって、それでいて何かしらの名声を獲得しないでいられるわけがないんだ。たとえ身内の間だけとしてもだがな。さあ帽子をひっつかんで突進するんだ。僕は内幕話を聞かせてもらうのを心待ちにしている。今日という日はどんな具合だ？」

「ことのほか温和でございます、ご主人様」

「お日様とか全員が勢揃いってことだな？」

「さようでございます、ご主人様」

「そうだと思った。だからこんなにとんでもなくいい気分なのにちがいないんだ。それじゃあ僕は外の空気を吸いに出かけてくるとしよう。そうだ、君は何か」僕は言った。つまり僕はスティープル・バンプレイ行きの件で強硬な態度を貫いたことについて、いささかすまないように思っていたからで、それで彼《か》の地のさかなたちの仲間入りさせてやるのを僕が拒絶したことによって剝奪《はくだつ》された歓喜を、彼の人生に取り戻してやりたいと願ったからだ。「でかけている間に、何か僕が君にしてやれることはあるかなあ？」

「さて？」

「君の好きな、何か小さな贈り物ってことだ」

「それはたいそうご親切なことでございます、ご主人様」

「ぜんぜんそんなことはないさ、ジーヴス。天井なしでいいぞ。君の欲するままを語りたまえだ」

「それでは、ご主人様。権威ある注釈の付されました哲学者スピノザの著作集の新版が近頃刊行されております。あなた様がさようにご寛厚でおいであそばされるならば、わたくしはそれを有難く頂戴いたしたく存じます」

「汝《なんじ》はそれを得ん。小型トラックにて遅滞なくお住まいのドアまで配達されることだろう。名前は確かにそれでいいんだな？　スピノザ、で？」

「はい、ご主人様」

「あんまりありそうな名前じゃないなあ。だが無論、君が一番よく知っているはずだ。スピノザ、だな？　彼はブッククラブの『今月の一冊』なのかい？」

「さようなことはございますまいと存じます、ご主人様」

「うーむ、そうじゃないなんて奴のことははじめて聞いたな。よしきた、ホーだ。いますぐ手配しよう」

さてといま、帽子、手袋、きっちり巻かれた傘を結集し、僕はのんびりとそぞろ出た。

本屋に近づくにつれ、容易にご想像いただけるように、僕はふたたびこのウォープルスドン親爺のきわめて思わせぶりな仕事に思いを馳《は》せている自分に気がついた。このことは僕の興味をそそった。ああいう人物がいったいどんな窮地に陥りようがあるものか、僕には想像すら困難だった。

いまから十八カ月ほど前、事情筋を経て、長らく未亡人というか、こういう呼び方でよかったはずだが、遺棄物であったところの僕のアガサ伯母さんが、新たなる婚姻関係に突入しようとしているとのニュースが僕の許に届いたとき、僕が当初感じたのは、当然ながら、これから彼女と祭壇に向かおうという不運なとんまに対するやさしい哀れみの思いであった——彼女は、ご承知のとおり、僕のタフなほうの伯母であり、割れビンを食い破って満月の明かりの下、人身御供を捧げている人物である。

しかし、詳細が知らされるにつれ、ハズレを引いたバカモノが海運王ウォープルスドン卿であると知るに及び、このやさしき同情の念は目に見えて減じたものだ。これは不戦勝とはいかない、と僕は感じた。たとえ時満ちて彼女が彼を降参させてついには奴さんに火の輪くぐりをさせるのに成功したとしたって、彼女は自分が戦いを経てきたことを思い知らされることとなろう、と。

なぜならば、このウォープルスドンなる人物はホットな親爺であるからだ。僕は彼のことを生まれてこの方ずっと知っている。齢《よわい》十五のみぎり——もちろん僕が十五歳のときということだ——僕が納屋《なや》で彼の特製葉巻を吸っているところを見つけ、狩猟用鞭《むち》を手にでこぼこの田舎の野辺を何キロも追いかけまわしたのは彼であった。それで年月の経《た》つにつれ、我々の関係は当然ずっと改まったものとなったが、それでも今なお僕は彼のことを考えると肌に粟《あわ》を生ぜずにはいられない。徒歩旅行の道づれに彼とヒッポグリフのどちらかを選べと迫られたら、僕はいつだってヒッポグリフのほうを選ぶことだろう。

ああいう血と鉄の男が、いったいどうしてジーヴスにSOSを送りようがあるものか理解するのは容易なことではなかった。そして僕は甘言を弄《ろう》して男から金品を巻き上げるブロンド娘が不名誉な手紙を所持している可能性に思いを遊ばせてもいた。と、そこで僕は目的地に到着し、発注を開始したのだった。

「おはよう、おはよう」僕は言った。「本が欲しいんだが」

無論、本屋に行って本を欲しがるのはばかげた話だとはわきまえていて然《しか》るべきだった。そこの在院者たちを驚愕《きょうがく》させ、当惑させるだけだ。前に進み出て僕の相手をしようとした虫食いだらけの男の反応はお約束のとおりだった。

「本でございますか？」驚きをむき出しに、彼は答えた。

「スピノザだ」僕は答えた。明確性を加えつつだ。

これは彼の踵《かかと》から上をのけぞらしめた。

「スピノザとおおせでございましたか？」

「スピノザと言ったんだ」

彼はまるでこの件について男と男の一対一の話し合いをしたらば、いずれは打開策に行き当たるだろうと感じているように見えた。

「『スピンする車輪』ではございませんでしょうか？」

「『毒塗りピン』というようなことはございますまいか？」

「ちがう」

「というようなことはない」

「あるいは『知られざるボルネオに銃とカメラをたずさえて』では？」彼は訊ねた。大穴を狙《ねら》ってきたわけだ。

「スピノザだ」僕は決然として繰り返した。僕のもちネタはそれであったわけだし、僕はあくまでそいつにこだわるつもりでいた。

彼はちょっぴりため息をついた。この状況は自分の手には負えないと感じているみたいにだ。

「ただいま在庫がございますかどうかを確認いたしてまいります。あるいはそれがあなた様ご用命のお品であるやもしれません。きわめて難解な書物であると承っております」

絶望したふうに、小声でスピノザとつぶやきながら、僕の手に『スピンドリフト』なるシロモノを握らせて彼は行ってしまった。

そいつはものすごくいやらしく見えた。表紙には緑色で長楕円形の顔をした女性が紫色のユリの花の匂いをくんくん嗅いでいる絵が描かれていて、僕は即座にそいつを放りつけて彼が話していた『毒塗りピン』を探そうと始めるところだったのだが、ちょうどその時、誰かが、あらまあ、なんてことかしらバーティー、とやっているのに気がついて振り向き、と、僕の背後に音なく近づいていた威風辺りを払うたたずまいの背の高い女性のもとから、この動物的な叫び声が発されていたことを知ったのだった。

「まあ、なんてことかしら、バーティー！　本当にあなたなの？」

僕は鋭くゴボゴボと咽喉《のど》を鳴らした。そしてびっくりした野生馬みたいに後ずさった。それはウォープルスドン親爺の娘、フローレンス・クレイであったのだ。

それで彼女を見て、どうして僕が右記のように後ずさったりゴボゴボ咽喉を鳴らしたものか、そのわけをお話ししよう。つまりだ、僕が避けたいものがひとつあるとするならば、それは人々が行ったり来たりよろめき歩き、ひたいを押さえ、強烈な感情を表明していながらも、それでいていったいぜんたいどういうことなのかは最終章で探偵がすべてを総ざらいするまで一言たりと説明はない、という類いの物語であるからだ。

そういうわけだから、この女の子が突然ひょっこり現れたのが僕にそんなふうな衝撃を与えたのはなぜかを手短かに言っておくと、つまり僕は彼女と一時期婚約していたことがあり、それがまたそれほど遠い以前のことではないからだ、ということだ。それですべては最終的にはめでたしめでたしで収まって、婚約は破棄され僕は絶体絶命のところで辛くも処刑台を逃れはしたものの、それは途轍もなく間一髪の話だったわけで、その記憶はいまだ青々としている〔『ハムレット』一幕二場〕という次第なのだ。彼女の名前を耳にしただけで、いまでも僕は気つけに二、三杯飲《や》らずにはいられない。というわけだから、こんなふうにまごうかたなき実物に出くわした僕の動揺は、容易にお察しいただけよう。

僕はそよ風に揺らいだ。そしてここで必要な答弁をどうしたものかとちょっぴり途方に暮れている自分に気づいたものだ。

「ああ、ハロー」僕は言った。

よくはない。もちろんだ。だがこれが僕にできるせいいっぱいのところだった。

2. フローレンス・クレイ

僕がこれまでもうちょっとで結婚する寸前までいった女性の名簿をざっと見渡すと、何人かのタフな女の子の名を見いだすことができる。まず最初に目がとまるのはオノリア・グロソップの名前であり、全身に激しい震えが走る。B の項に目を転ずると、マデライン・バセットがいる。しかし、すべてを考慮に入れ、あちらとこちらを比較衡量した上でなら、僕はいつだってフローレンス・クレイを同名簿の最首位にあると考えてきたものだ。衆目の一致する激烈な接戦ではあるが、僕が賞品のビスケットを贈呈するのは彼女である。

オノリア・グロソップは豪快だ、そのとおりである。彼女の笑い声は蒸気式のリベット打ち機みたいだし、また子供のときから彼女は慢性の背中はたき女だった。マデライン・バセットはお涙ちょうだいだ、そのとおりである。彼女は大型のとろけるような瞳の持ち主で、お星様は神様のヒナギクの首飾りだと考えている。これらはいずれも重大な欠陥である。しかしこのおぞましき二人組を公平に評価するならば、どちらも僕の人格を陶冶《とうや》しようとはしなかった。それでこのフローレンス・クレイがいの一番にやったことは、バートラム・ウースターを、彫刻家の手にゆだねられたただの塑像《そぞう》用粘土のカタマリ扱いすることであったのだ。

この問題の根本原因は、彼女がいわゆる知的な女の子のひとりで、真剣な目的に目いっぱい浸かりきっており、男性と見ると後ろにまわりこんで背中を押したいと思わずにはいられないというところにある。結婚の準備を整える前に、彼女は僕の読書傾向をチェックし、その時たまたま研究中だった『手すりに付いた血』に野次《やじ》を飛ばし、それに代えて『倫理学理論の諸形態』なるシロモノを僕によこした。また彼女はこれがたんなる準備運動に過ぎず、これから先もっと恐ろしいものが待ち構えているという事実を隠そうともしなかった。

あなたはこれまでに『倫理学理論の諸形態』をひもとかれたことがおありだろうか？　その書物はいまだ僕の書架にある。それを開き、それが何を提供してくれるものかを見せてもらうとしよう。さあ、こうである。

ギリシャ哲学における二つの反対項のうち、現実的で自存しうるのはひとつだけである。すなわちそれはイデア的観念であり、それが洞察しそれを手本として形成するものに対置される。他方は我々の本性に対応し、それ自体現象的で、非現実で恒常的足場を持たず、通時的に真であるような属性を持たない。要するに、現れては消える内在する現実を包摂することによってのみ否定から回復するのである。

よろしい。おわかりいただけたことだろう。また彼女の姿を認めて僕の足がいささかぐらぐらするのはなぜかも、ご理解いただけたことだろう。古傷がふたたびこじ開けられたのである。

ウースターつま先を素敵なスエードの靴の中で何かの感覚植物の巻ひげみたいに丸まらせている

困惑の念は、この死に去りし過去のカタマリのほうにはいささかも作用していない様子だった。彼女の態度物腰は、いつものようにキビキビと活発で伯母《おば》さんみたいだった。僕が彼女の横顔の魅力の虜《とりこ》になっていたときでさえ、つまり彼女の横顔というのは途轍《とてつ》もない横顔で、男をして後になってから後悔するような発言をするに至らしめる傾向がたいそう強いのだが、その時ですら、僕はいつも彼女のことを、伯母さんとなるべく訓練中の人というふうに感じていた。

「それであなたお元気でいらっしゃるの、バーティー？」

「ああ、元気さ、ありがとう」

「ロンドンに編集者に会いに来たところなの。あなたに会えるだなんて思ってもみなかったわ。それもよりによって、書店でなんて。あなた何を買ってらっしゃるの？　また何かくだらない本なんでしょう、きっと？」

それまで批判的に、検閲するみたいに、あたかもいったいぜんたいどうして自分はこんな下等生物に運命をゆだねようなどと夢にも考えたのだろうかといぶかしんでいるがごとくに僕の身体上に向けられていた彼女の凝視は、いま僕の掌中《しょうちゅう》にあった一巻の書物に転じられた。彼女は嫌悪の念にわずかに唇をゆがめ、火バサミでもあったらよかったのにと思っているみたいにそいつを僕の手から取り上げた。

そしてそれから、それを見るやいなや、彼女の顔つきは突如様変わりした。彼女は唇ゆがめをやめにした。彼女はうれしげな笑《え》みでほほえんだ。目は和らいだ。顔は恥じらいの紅潮に染まった。彼女は明らかに笑っていた。

「ああ、バーティー！」

この趣旨が僕には理解できなかった。「ああ、バーティー！」は、僕たちの婚約時代によく彼女が僕に言った台詞《せりふ》だ。だがいつだってその声には、彼女はいま憤激の思いを何かもっとずっと気の利いた言葉で表明しようとしたところだったのだが、まさしくその寸前で自分の旧い家柄のことを思い出したのだと、人をして思わしむるような、一種いやあな響きがあったものだ。ただいまの「ああ、バーティー！」はまったくちがう。ほぼクークー言うささやきに近い。キジバトがつがいのキジバトに呼びかけるみたいな声だ。

「ああ、バーティー！」彼女はふたたび繰り返した。「ええ、もちろんあたくし、あなたのためにサインして差し上げなきゃいけないわね」彼女は言った。そしてそれと同時に、僕にはすべてが突然明らかになった。僕は当初それに気づいていなかった。なぜなら緑色の顔の女の子に関心を集中していたからだ。だがいまや僕は、表紙の一番下に〈フローレンス・クレイ著〉なる語を認めた。そいつは「ブッククラブの今月の一冊」なるシールの下に半分隠れていたのだ。僕にはすべてがわかった。それで僕があとどれほどで女流作家と結婚する瀬戸際だったかを思うにつけ、しばしの間すべてが真っ黒になった。

彼女はその本に力強い手蹟でサインをし、かくて書店がそいつの返品を受け付け、いわゆる朝飯前に七シリング六ペンス僕に返金してくれる見込みを一掃してくれたものだ。それから彼女は「まあ！」と言った。彼女の声は依然さいぜんのキジバトの音調を帯びていた。

「あなたが『スピンドリフト』を買ってくださるだなんて、思ってもみなかったわ！」

うむ、人は礼儀正しい言葉を口にせねばならないものだ。それで一時の動揺のうちに、僕はそいつをちょっぴりやりすぎてしまったかもしれない。思うに、僕はこのクソいまいましい書物にまっしぐらに歩み寄ったものだと彼女に請合ったとき、僕がこの本を入手できる日を指折り数えて待ち焦がれていたとの印象が伝達されたにちがいないのだ。ともかく彼女はうれしそうなニタニタ笑いと共に僕に向かってきた。

「あたくしがどんなに嬉しく思っているか、お伝えしようがないわ。その本があたくしのだってことだけじゃなくて、あたくしがあなたの精神を涵養《かんよう》して差し上げようと骨を折ったことが、まったくの無駄ではなかったことがわかったせいでよ。あなたは上質の文学を愛せるまでに、成長してくださったのね」

このとき、あたかもキューの合図を聞いて入ってきたように、例の虫食いだらけの男が戻ってきて、うちにはスピノザの親爺《おやじ》さんの本はないがお取り寄せはできると告げた。彼はこの件全体にだいぶ落胆しているようだった。だがフローレンスの両眼は、誰かがスイッチを押したみたいに輝きだした。

「パーティー！　驚いたわ！　あなた、本当にスピノザをお読みになるの？」

いかに人が見栄《みえ》という致命的な誘惑に屈するものかは、驚くばかりである。それは最高最善の人物をも虜にする。つまりだ、彼女は調査データを曲解していて、その権威的な注釈の付いた版はジーヴスへのプレゼントなのだと答えるくらいに簡単なことはない。だが、その簡単で、男らしく、正直なことをする代わりに、僕はいい格好をし続けねばならなかった。

「ああ、そうなんだ」僕は言った。理知的に傘をピシリとはたきながらだ。「手のすいた時間があるときには、僕がスピノザの最新刊を読んで時を過ごす姿が見られるはずさ」

「まあ！」

単純な言葉である。しかし彼女がそれを口にしたとき、整髪用のオイルをつけた僕の頭のてっぺんから靴のゴム底へと、烈しい震えが走りぬけた。

この震えを生ぜしめたのは、この甲高い吠《ほ》え声に付随した目つきであった。それは僕がバセット御大《おんたい》の所有に係るウシ型クリーマーをくすね取るべくトトレイ・タワーズに出向いたとき、あのマデライン・バセットが僕に向けたのとまさしく同じ類いの目つきだった。彼女は僕がそこに来たのは、僕が彼女を激しく愛してやまず彼女と離れて暮らすことに堪えきれないからだと思い込んでいた。ぞうっとするような、やさしい、とろけるような目つきが、バターのかたまりを灼熱の錐《きり》で貫いたみたいに僕を貫き、そして名状《めいじょう》しがたい恐怖が僕を満たしたのだった。

今になって僕はスピノザの件をあんなに熱心に売り込まねばよかったと後悔した。また何よりかによりこのクソいまいましい『スピンドリフト』を買っているように一見見える行為の現行犯で捕まっていなければよかったと思った。ついうっかり僕は恐るべきでっち上げをしでかしてしまって、それでこの女の子にバートラム・ウースターを新たな目で見させてしまい、よって僕の人間性の隠れた深みに気づかせてしまったことを、僕は理解した。彼女がこの新証拠に照らして状況を再検討し、かくも類いまれなる精神との婚約を破棄したことは間違いであったとの結論に至るというようなことは十分にありうる。それでいったん彼女がそういう方向で考えはじめてしまったら、その結果は如何《いか》なることにあいなるものか、誰にわかろう？

どこか他の場所に行きたいという切迫した衝動が僕を襲った。これ以上バカな真似をしでかさない前にだ。

「あー、残念だが僕は行かなきゃならない」僕は言った。「きわめて重要な会合の約束があるんだ。

君にまた会えて、ものすごく嬉しかった」

「あたくしたち、もっと会うべきだわ」彼女は応えた。依然としてあのとろけるような目つきのままでだ。「あたくしたちゆっくりと語り合うべきだわね」

「ああ、いいとも」

「発達する精神ってとっても興味をそそられるわ。どうしてあなたは一度もバンプレイ・ホールにいらっしゃらないの？」

「ああ、うん、帝都にちょいとばかり鎖で繋《つな》がれてるってことさ、わかるだろ」

「あたくしあなたに『スピンドリフト』の書評を見せて差し上げたいわ。素晴らしいのよ。エドウィンがあたくしのためにアルバムに貼《は》ってくれているの」

「いつかぜひ拝見させていただきたいものだなあ。ずっと先のことになるかな、おそらく。さよなら」

「あなたご本を忘れてらしてよ」

「ああ、ありがとう。それじゃあ、ピッピー」僕は言った。そしてやっとこさ外にでた。

僕が言っていた会合の約束は、ボリンジャーのバーテンダーとだった。これほど気付け薬の必要を感じたことが、これまで果たしてあったかどうかだ。追撃を受けた後、冷たい小川へと猛スピードで突進する牡鹿のごとく［『詩編』四二・二］、僕は目的地に向かった。そして人命救助薬の調剤師氏とすみやかに会談した。

十分後、まだ動揺はしていたもののだいぶずっと気分がよくなって、僕は出入り口のところに立ち、傘をクルクル回しながら、次にどうしたものかと考えていた。と、僕の目はおかしな光景に釘付けになった。

通りの向こうで、とある奇妙な事象がたち現れはじめていたのだ。

3. 旧友スティルトン

ボリンジャーは慈善心に富んだその活動をボンド街を半分上がった辺りで営んでいる。そして、大通りの反対側、すぐ向かいには、礼儀正しい、評判のよい宝石店があって、宝石類に投資するような問題が生じた際には、僕はいつだってそこで購入することに決めている。実際、その日はあんまり素敵な日だったから、僕はこれからそこを覗《のぞ》いて、新しいシガレット・ケースを買おうかなと考えていたくらいなのだ。

その奇妙な光景が現在進行中なのは、この宝石店の外においてであった。コソコソした態度の男がその店の敷居の上を行ったり来たりゆらめいていて、彼の態度物腰は諺《ことわざ》の中のねこみたいだった。つまり、ジーヴスによれば、また彼にはちゃんとわかっていると思うのだが、「ほしい」より「できない」のほうを先にするとかいうやつだ［『マクベス』一幕七場］。すなわち、彼は入ろうと欲してはいるものの、目標達成にいささかの困難を覚えているように見えたということだ。彼は突然突撃開始し、それから立ち止まって、さながら世間の目による監視を恐れるかのごとく、左右にすばやく目をやったものだ。禁酒法時代のニューヨークで、僕はよくもぐり酒場の前で人がおんなじような動きをするのを見たことがある。

彼は大柄な男だった。また彼の外観には何かしら見憶《みおぼ》えのあるところがあった。それで、目を凝らしてこの人物をよくよく精査したところ、記憶が働きだした。あのがっしりした体格……あのカボチャ型の頭……ピンク色の練り粉の厚切りみたいな顔……それは誰あろう、僕の旧友、スティルトン・チーズライトにほかならなかった。それで宝石置き場の外でくるくるピルエットしながら、いったいぜんたい奴が何をしているものかは、僕の理解を超えていた。

僕は質問調査開始の意図をもって通りを渡りはじめた。時同じくして、奴は決然として突発的に意を決したように見えた。やってきたバスをかわして僕が立ち止まったとき、奴は脚を持ち上げ、威勢よく頭を突き出して、列車が出発するまでにジントニックを飲む時間があと二分しかないときに鉄道駅の食堂に駆け込む男みたいにドアを通過した。

僕がその店舗内に足を踏み入れたとき、奴はカウンターにかがみ込んでいた。奴は紳士然とした店員が見せている何かしらの商品に目を釘付けにしていた。後肢四半部に傘で突きを入れてやることは、僕にとっては一瞬の早業だった。

「アホーイ、おーい、スティルトン！」僕は叫んだ。

奴はうしろ暗げに跳びあがりながらくるっとこっちを向いた。ねこ用のミルクを水で薄めているところを驚かされたアダージョ・ダンサーみたいにだ。

「ああ、ハロー」奴は言った。

そしていったん休止があった。こういう瞬間には、つまり少年時代の旧友が長い別離の末にふたたびあい見《まみ》えたというときには、活気に満ちたヤッホーのやり取りをどっさりと、すみやかな近況報告とを人は期待するものだ。しかしながら、そういうことは明らかにそこには欠乏していた。過ぎ去りし日々を懐かしむ精神は僕においては強い。しかし、あるいは僕は間違っているかもしれないのだが、G・ダーシー・チーズライトにおいて、それは同じように強くはなかったようだ。僕はこれまでの生涯にバートラムにどこかよそに行ってほしいと願う人物に数多く出会ってきたため、そういう兆候が識別できるようになっている。それでこのかつての遊び友達がいま示しているのがそういう兆候であった。

奴は僕をカウンターのところから引っぱって遠ざからせ、それを身体で隠して僕から見えないようにした。

「人をうしろからそのクソいまいましい傘で突き刺してまわるのはやめてもらいたいな」奴は言った。またそこには不平がましい響きが感じとれたものだ。「ものすごく嫌なショックだったぞ」

僕は優雅に謝罪し、もし人が傘を持っていてたまたま幸運にも旧友が身をかがめているところに出会ったとしたら、その好機をいたずらに逃したりはしないものだと釈明した。そしてなごやかなおしゃべりで奴の気分を和らげようとやってみた。奴が示している当惑ぶりは、まるで僕が警察の高官で、奴がウィンドウ破りをやっている最中の邪魔をしたとでもいうみたいだった。奴の態度は僕を困惑させた。

「さてさて、スティルトン」僕は言った。「ずいぶん久しぶりだなあ」

「そうだな」奴は応えた。奴の態度はもっとずいぶん久しぶりに会えなくてちょっぴり残念だと思っている人物のそれだった。

「元気でやってるか?」

「ああ、何とかな。お前はどうだ?」

「ああ、元気だとも。実を言うと、ただならぬまでにご機嫌な気分なんだ」

「そりゃよかった」

「よろこんでくれると思ったよ」

「ああ、よろこんでいるとも。さてと、さよならだ、バーティー」僕と握手しながら奴は言った。

「会えてよかった」

僕はびっくりして奴を見た。奴は本当に、僕のことをこんなふうに簡単に厄介払いできると思っているのだろうか、と、僕は自問したものだ。もちろん不可能だ。専門家たちがバートラム・ウースターを厄介払いしようと過去に試み、みな敗北を認めることを余儀なくされてきたのだ。

「僕はお前とまだ離れやしないぞ」僕は奴に請合ってやった。

「ああそうか」奴は言った。陰気なふうにだ。

「そうさ。僕はここに留まる。ジーヴスが僕に、お前が今朝うちを訪ねてきたって話してくれた」

「そうだ」

「ノビーといっしょだったそうだ」

「そうだ」

「お前もスティープル・バンプレイに住んでるんだってな」

「そうだ」

「世界は狭いなあ」

「それほどでもないさ」

「ジーヴスは狭いって考えてる」

「ふむ、まあまあ狭いんだろう。おそらくな」奴は同意した。譲歩したわけだ。

「お前を無理に引き止めて邪魔になってやしないだろうな、パーティー？」

「いやいや」

「どこかで約束があったんじゃないかと思ったんだが」

「いや、まったく、全然ありゃしないさ」

またいったん休止があった。奴は流行歌を数小節ハミングした。だが陽気にはしゃぎながらではない。奴はまたずいぶんと脚をもじもじさせてもいた。

「向こうにはもう長いのか？」

「どこだって？」

「スティープル・バンプレイさ」

「えっ？　ああ、いや、それほど長くはない」

「向こうは気に入ってるのか」

「とってもだ」

「向こうで何をやってるんだ？」

「やってるかだって？」

「おいおい、〈やってる〉の意味くらいわかるだろう。たとえばボコ・フィトルワースは向こうで大衆向けの健全な書物を書いている。僕のパーシー伯父さんはその日一日海運王をやり終えた後、そこで休息する。お前の商売は何なんだ？」

いささかおかしな表情が奴の顔に浮かんだ。そして奴は冷たく、挑戦的な目で僕をねめつけた。

まるで敢然と僕に立ち向かって何か始めようというみたいな風情《ふぜい》でだ。これと同じ挑発的な目の輝きが、僕がかつて田舎のホテルで会った男の眼鏡の奥に宿るのを見たことがあったのを思い出した。自分の名前はスノッドグラスという恥ずかしい名前であると僕に告げる直前のことだ。あたかもこの旧友は、いままさに何らかの恥ずかしい告白をする瀬戸際だというみたいだった。

それから奴はそうしないでいるほうが賢明だと思い直したようだった。

「ああ、俺はぶらぶらしてるんだ」

「ぶらぶらしてるだって？」

「そうさ。ただぶらぶらしてるだけさ。あれやら、これやらをやりながらさ、わかるだろう」

この線で調査を進めても何ら得るところはないように思われた。奴に打ち解けて話す気がないのは明らかだった。したがって僕は、先ほど来僕をはなはだ当惑させてやまなかった点に話題を進めた。

「さてと、あんなふうにせわしなく動き回って」僕は言った。「どうしてお前はあんなにうろうろためらってたんだ？」

「うろうろだって？」

「そうだ」

「いつのことだ？」

「たった今さ。この店の外でだ」

「俺はうろうろためらってなんかいやしない」

「確かにうろうろやってた。お前を見てたらジーヴスがいつか話してくれた女の子のことを思い出した。その子は小川と大川が合流する場所で、気の進まないふうに立ってたんだそうだ。それで僕がお前の入るのに続いて入ったら、お前が店員の耳に何かもぞっとつぶやいているのを見た。あきらかに何か人目を忍んで買いたいものがあるんだ。お前は何を買おうっていうんだ、スティルトン？」

透徹した僕の目にねめつけられ、奴はとうとう泥を吐いた。これ以上隠そうとしたって無駄だとわかったのだと思う。

「指輪だ」奴は低い、しゃがれた声で言った。

「どういう指輪だ？」僕は問い詰めて言った。

「婚約指輪だ」奴はつぶやいた。指をよじり合わせ、その他の点では自分の置かれた立場を完全に理解していることを明らかにしながらだ。

「お前、婚約したのか？」

「そうだ」

「さて、さて、さて！」

僕は腹の底から笑った。そういうときにはいつもそうすることに決めているのだ。だが奴がロッキー山脈のシンリンオオカミみたいに、いったいぜんたいお前は何をゲラゲラ笑ってるんだとしわがれたうなり声を上げて聞き質したとき、その陽気な笑いをおしまいにしたものだ。僕はいつだってスティルトンは、動揺すると威圧的になると感じてきた。オックスフォード時代、弱っていたとき、僕は不適切な助言を得てちょっぴりボート漕ぎに手を出したことがある。それでそのとき僕たちに曳き舟道からコーチしてよこした男がスティルトンだ。奴が僕の腹について言ったことを、僕はまだ憶《おぼ》えている。奴はそれが――正当にも、あるいは不当にも――突き出ていると考えたのだ。もしあなたがヴォルガのボート漕ぎだったとしたら、腹を突き出しているべきではないと思われよう。

「僕は人が婚約したって言ったときには、いつだって笑うことにしてるんだ」僕はもっと冷静になって説明した。

だからといって奴の態度が鎮静化した様子はなかった――〈鎮静化〉というのが僕の用いたい語であるならばだが。奴はあいかわらず苦々しい顔をし続けていた。

「お前、俺が婚約することに異論はないな？」

「ない、ない」

「どうして俺が婚約していけないわけがある？」

「ああ、もっともだ」

「〈ああ、もっともだ〉ってのはどういう意味だ？」

僕は自分がどういう意味で「ああ、もっともだ」と言ったものか確信はなかった。おそらく「ああ、もっともだ」という意味で言ったのであろうという以外にはだが。僕は態度のうちに人の心を和らがせる何とか言ったものを投入すべく心掛けながら、この点を説明した。なぜなら奴はだいぶ熱くなってきてるみたいだったからだ。

「お前がとても、とっても幸せになりますようにだ」僕は言った。

奴は僕に感謝を述べた。とはいえ大げさにではなかった。

「素敵な娘なんだろうな、きっと？」

「そうだ」

この返答は詩的と呼べるような言い方ではなかった。しかし、我々ウースター家の者には行間が読める。奴の目はソケットの中でぐるぐる回っていて、奴の顔は信心深いトマトみたいな色彩と表情を帯びた。奴がレンガ千個分くらいぞっこんに恋していることが、僕には見て取れた。

僕に浮かんだ考えがあった。

「ノビーじゃないのか？」

「ちがう。彼女はボコ・フィトルワースと婚約している」

「なんと！」

「そうだ」

「ぜんぜん知らなかった。奴は僕に話してくれてたってよかったんだ。じゃあノビーとボコはくっついたんだな？」

「そうだ」

「さて、さて、さてと、だ！　近頃スティープル・バンプレイ界隈《かいわい》じゃあ、楽しき愛の神がうまいことつま先立ちして行ったり来たりしてるってわけなんだな、どうだ？」

「そうだ」

「一時たりとも暇なときはないんだ。二十四時間営業だ。するとお前の婚約者は、つまり地元の住民なのか？」

「そうだ。彼女の名前はクレイだ。フローレンス・クレイだ」

「なんと！」

その語は僕の唇を、一種悲痛な叫びとなって通過した。すると奴は僕に眉毛を上げてよこした。そりゃあ愛する人の名を明かした途端に人が悲痛な声を放ちだしたならば、若きロミオはいつだって困惑するものであろう。

「いったいどうした?」奴は訊いた。奴の声にはいささか緊迫した響きがあった。

うむ、無論、僕の発した悲痛な叫び声は、当然ご想像をいただけるように、歓喜と安堵《あんど》のそれであった。つまりだ、もしフローレンスが奴と合弁してくれるなら、僕が思い描いていた危機はヒューズが飛んで急迫の危険たることをやめたと考えられよう。スピノザであろうとスピノザでなかろうと、これでバートラムはこの件からはアウトだ。だが僕はその点を奴に告げる気にはなれなかった。

「いや、なんでもない」僕は言った。

「彼女を知っているような素振りだが」

「ああ、そうさ。会ったことがある」

「彼女がお前の話をするのを一度も聞いたことがないな」

「そうなのか?」

「彼女とは長いこと知り合いなのか?」

「ずいぶんになる」

「彼女のことをよく知ってるのか?」

「よく知ってるとも」

「お前が〈よく知ってる〉ってのは、つまり——?」

「まあまあ、よくだ。かなり、よくだな」

「どうやって彼女と知り合ったんだ？」

僕は当惑の思いが肥大するのを意識していた。こんなことをもうちょっと続けていたら、奴は自分の婚約者がかつてバートラムときわめて親密であったという事実を知ることとなろう、と僕は感じた——すでにご了解いただいたように、バートラムが望む以上に、とんでもなく親密であったのだ。それで近ごろ婚約したばかりの男というものは、自分が彼女の最初の選択でなかったことを知ってぜったいに快くは思わないものである。そういうのは何と言うか、ことにケチをつけるのだ。そいつが白馬にまたがって疾走してくるまで、彼女は切なくもの焦がれる思いで、窓辺から表をながめて時を過ごしていたのだと、連中は考えたいのである。

したがって僕はのらりくらりとこれをはぐらかした。「はぐらかす」という語でよかったはずと思う。ジーヴスに確認してみないといけない。

「彼女の恐るべき父親が僕のとんでもない伯母《おば》さんと結婚したんだ」

「レディー・ウォープルスドンはお前の伯母さんなのか？」

「そうさ、お陰でどんな目に！」

「それ以前は彼女を知らなかったんだな？」

「いや、知ってた。少しだけだ」

「わかった」

奴は依然として先ほど来《らい》の探るような目で僕を見ていた。容疑者と親しげに話しているGメンみたいにだ。また僕はひたいに生ずる汗の玉を傘の先の金具で拭《ぬぐ》ったと告白することを、恥とは思わない。すでに言及した困惑の念は、依然としていま現在も進行中で——実際、先ほどに増して活発に活動していた。

いま僕はそれ以前に気づいていなかった点に気づいていた。つまり僕は奴のことをロミオ呼ばわりすることで、誤った診断を下していた。僕の念頭に去来していて然《しか》るべきだった男の名はオセロだった。このチーズライトにおいて、その点は明白である。僕が出会ったのは猜疑《さいぎ》と赤目の精神でもってその辺を行ったりきたりするいわゆる扱いにくい恋人で、崇敬の対象といかなる意味においてもなかよしである、あるいはなかよしであった市民のはらわたを叩きのめしたいと熱望してやまない人物であるのだ。要するに、奴の内なる原始人を解き放つには、僕とフローレンスに関する大雑把な事実の概略を明らかにするだけでじゅうぶんなのである。

「僕が〈少しだけ〉と言ったとき」僕は大あわてでつけ加えた。「僕が言いたかったのは、もちろん僕たちはただの知り合いに過ぎないってことだ」

「ただの知り合い、そうなのか?」

「ただの知り合いだ」

「お前は彼女にたまたま一、二度会ったことがあるだけなんだな?」

「そのとおりだ。まさしく我が意を得たりだ」

「わかった。俺がこう訊くわけは、俺が彼女と婚約しているといったとき、お前の態度が不審だったからだ——」

「僕は昼食前はいつだってそうなんだ」

「お前はびっくりして跳びあがった——」

「ちょっぴり痙攣《けいれん》したんだ」

「そして絶叫した。まるでその報せがお前にとっては不快な衝撃だったたっていうみたいにだ」

「いや、そんなことはない」

「ぜったいにそうじゃないんだな？」

「全然まったくだ」

「本当に、お前はただの知り合いに過ぎないんだな？」

「骨の髄までただの知り合いだ」

「それでも、彼女が俺にお前のことを一度も話さなかったのはおかしい」

「それじゃあ、ピッピーだ」話題を変えつつ僕は言い、そして退散した。

4. ウォープルスドン卿の悩みごと

我がなつかしのフラットに向かってゆったりと歩き始めたバートラム・ウースターは、深刻で、思いに沈んだバートラム・ウースターであった。僕はまたちょっぴり弱っているようにも感じていた。先ほどの場面の間、僕はありとあらゆる感情の襲来にさらされていた。と、こういう言い方でよかったのだと思うのだが。それでそういうことは人を疲労困憊《こんぱい》させるものである。

スティルトンの衝撃の告白を聞いて、僕の最初の反応は、すでに示唆したとおり安堵《あんど》であった。そして無論、いまでも僕は無言の感謝のうちに両眼で天を見上げるものだ。しかしウースター家の者はひとり自分のことだけを考えはしない。そしていま、この男の身の上に起こった恐るべき事態について熟考するとき、僕の心は哀れみと恐怖でいっぱいにあふれそうになるのに気づいたのだった。スティルトン・チーズライト救済運動がただちに開始されて然《しか》るべきだと思われた。奴はボコ・フィトルワースのような、断然僕の心の友というほどではないが、それでも人には人間的感情というものがある。フローレンス・クレイに祭壇前に引率されるとの展望に直面したとき、どんなふうに胸のうちに鉄が入り込んだものかを僕は憶《おぼ》えている。

無論、どんな具合にこの悲劇が起こったものかは理解できる。己《おの》が魂にちょっとよいことをしてやろうというあの哀れな男の病的な欲求が、奴をこの恐るべき窮境に追いやったのである。ああいう頑丈で筋骨たくましい輩《やから》にはありがちなことだが、奴にはいつだってより高次のことどもへの憧《しょ》憬《うけい》があるのだ。

この魂を高めるとかいうことについてだが、これはジーヴスが個々人の心理と呼ぶところのものにより、人それぞれである。それに大賛成の者もあれば、そうでない者もある。たとえば僕を例にとろう。僕は自分がたいした魂を持ち合わせているとは言わないが、しかし、今あるがままで、僕としてはそいつに完全に満足している。僕は人にそいつをどうこうしてもらおうとは思わない。「ほっといてやってくれ」と、僕は言うものだ。「そいつにさわるんじゃない。僕はそのままのそいつが好きなんだから」

しかしスティルトンにとってはちがってくる。ボタンを外して奴の魂の腕に一本注射をしてやろうと持ちかけてみるがいい。奴は食いつきののいい聴衆となると同時に信奉者となって、どんなことでもただちに試してみようとすることだろう。フローレンスは奴にはまさしく医者の処方箋と思えたにちがいない。また『倫理学理論の諸形態』のページをめくるのを、おそらく奴はたいそう楽しんだことだろう。間違いなく、これこそ軍事慰問品として大当たりだと感じながらだ。

しかし問題は――そしてこの点が眉間にしわを寄せしむる省察であった――それがいつまで持続するか、ということだ。つまりだ、奴はこの状況を気に入っているかもしれない。だが、僕にはわかるのだが、いつか奴が自分の魂を精査し、そいつがどれだけ成長したかに目を留め、そして「よし。これでもうじゅうぶんだな。ここまでで切り上げるとしよう」と言う時がくる。そしてそのときになって、自分がその女の子と身動きできないくらいがんじがらめにこんがらがっていて、それでその娘の方はやっと仕事を開始したばかりだということに気づくのだ。時に苦き目覚めと呼ばれるこの運命から、僕は奴を救出したいと思った。

無論、どうやってそうするかは問題である。また僕の立場に置かれた者の多くが、おそらくは途方に暮れることだろう。しかしその朝、僕の脳みそは電動のこぎりみたいにブンブンうなりを上げていたし、またボリンジャーで飲んだ軽い二杯がそいつを鋭く研ぎすましてくれていた。掛け金を外してフラットに入るまでに、僕の指は解決策をぴたりとさし当てていたものだ。なすべきは、ノビー・ホップウッドにこの状況のあらましを説明し、スティルトンを脇に引っぱってきて自分がどういうことに立ち向かっているのかをはっきりわからせてやるような強い手紙を彼女に宛てて書くことだ、と僕は理解した。僕は判断したのだが、ノビーはフローレンスがほんの小さいときから彼女のことを知っている。したがってあらゆる論点を網羅して立論できる立場にあるはずである。

そしてまた、彼女がそのうちのひとつでも見逃している場合に備え、花嫁候補としてのみならず、人間として見たときのフローレンスの欠陥を、僕はその手紙の中で入念に指摘した。僕はその手紙に全身全霊を傾注したものだ。そして義務を果たし、善行をなしたとの満足の思いで、それを角の郵便ポストに持っていって投函した。

戻ると、ジーヴスが帰ってきているのに気がついた。彼は任務から帰宅し、食堂室であれこれ家内の仕事をこなしていたのだ。僕は彼に呼びかけ、彼は浮かび入ってきた。

「ジーヴス」僕は言った。「チーズライト氏のことは憶えているな？　今朝僕を訪ねてきた人物だ」

「はい、ご主人様」

「僕はたったいま奴が婚約指輪を買っているところに会った。奴は婚約したんだ」

「さようでございますか、ご主人様？」

「そうだ。それで相手は誰だと思う？　レディー・F・クレイだ」

「さようでございますか、ご主人様？」

　僕らは意味ありげに一瞥《いちべつ》を交わした。というか、意味ありげな二瞥ということだ。僕が彼に一瞥を送り、彼が僕にもう一瞥をよこした。言葉の必要はなかった。ジーヴスはウースター＝クレイ間のゴタゴタのことなら委細漏《も》らさず承知している。僕の事件の決定的な時期の間、彼は終始ずっと僕の傍についていてくれたのだから。実際のところ、この回想録のどこかに記しておいたように、僕をそこから救い出してくれたのは、彼なのである。

「それでことさらに痛恨を増すことには、ジーヴス、と言ってこの言い方でよければだが、奴はそれが気に入ってるみたいだったってことなんだ」

「さようでございますか、ご主人様？」

「そうなんだ。何よりかによりそのことに喜んでいる、との印象を僕は得た。僕にはこういう詩が思い出されるんだ――〈小さき何とか言った何とかが、いかにタムタムティディティープッシュかを見よ〉だ。おそらく君ならこの一節を憶えていることだろう？」

「〈ああ、己《おの》が運命を知らず、小さき犠牲者は遊ぶ〉［トマス・グレイ「イートン学寮遠望」］でございます、ご主人様」

「そのとおりだ。哀しいな、ジーヴス」

「はい、ご主人様」

「無論、奴は奴自身から救済されねばならない。そして幸い僕はこの状況をじゅうぶんに掌握《しょうあく》している。僕はすべて必要な手立てはとったし、幸せで成功裡《り》の結果を期待するものだ。それじゃあ、さてと」僕は言った。案件中の別議題に話を移しながらだ。「パーシー伯父《おじ》さんのことを話してくれ。君は彼に会ったんだろう？」

「はい、ご主人様」

「彼は援助と助言を求めていたのか？」

「はい、ご主人様」

「そうだろうと思っていた。どういう問題だったんだ？　伯父さんは君に髪を脱色した女から、不利な手紙を取り返してもらいたがったのかい？　誰か頭の回る野心家の女が、うまいこと御大《おんたい》を罠《わな》にはめたのか？」

「いえいえ、ご主人様。閣下の私生活は非の打ちどころのなきものと、わたくしは確信をいたしております」

僕は既知の事実に照らしてこの言明を考量した。

「僕はその件につきそんなに確信はないんだ。何をもって非の打ちどころなしと言うかでちがってくる。かつて彼は僕を一・六キロ以上追いかけまわした。正確きわまりない狩猟用鞭《むち》さばきを披露しながらだ。葉巻を半分吸い終えて、安息と休養がいままさに必要だという、まさしくその瞬間だった。僕にとって親爺《おやじ》さんは何であれおよそ可能なことは何だってやってのけられる人物だ。さてと、脅迫でないとすると、いったい問題は何なんだ？」

「閣下はいささか困難なお立場においでなのでございます、ご主人様」

「何がどうしたんだ？」

彼はしばらくの間、答えなかった。彼の顔には無表情が忍び込んだ。そして彼の目には慎重な留保の表情が宿った。それは見知らぬ他人からバナナを半分差し出され、そいつの善意に確信が持てないというときのオウムの目に宿るような表情だった。しばしばあることだが、それは彼がものすごく用心深くなっていることを意味した。そして僕は忌憚《きたん》なく話してもらって構わないのだと躍起になって請合った。

「僕のことはわかっているだろう、ジーヴス。声なき墓石だ」

「本件ははなはだ極秘の事柄でございます、ご主人様。これ以上申し上げることはかないません」

「どんなことをされたって僕は口を割らない。どんなこともされないとは思うが」

「さてと、それでしたらばご主人様、閣下はわたくしに、ご自身がきわめて繊細かつ重要な事業上の合意の最終的な詳細をまとめ上げる過程においでである旨をお話しくださったのでございます」

「それで奴さんは君に、間違いがないようそいつを念入りに精査して欲しがったんだな？」

「必ずしもさようなことはございません、ご主人様。しかしながら閣下はわたくしに助言をお求めになられました」

「みんながみんな君のところに来るんだな、ジーヴス——もっとも卑しき者からもっとも高貴な御方までだ」

「さようにおおせいただき、ご親切なことでございます、ご主人様」

「奴さんはそのきわめて繊細かつ重要な事業上の合意っていうのがどんなことか話してよこしたのか？」

「いいえ、ご主人様。しかしながら、むろん新聞紙上にて読み知っておりますことゆえ」

「僕は知らないぞ」

「あなた様は経済面をご研究あそばされぬのでございますか、ご主人様？」

「一目たりと見たことはない」

「経済面上におきましては近頃少なからぬ紙面を割きまして、閣下のピンク・ファンネル・ラインとアメリカ合衆国の同様に著名な海運業者との合併ないし事業提携が近いとの噂が伝えられております、ご主人様。閣下が慎重に暗に示唆しておいであそばされたのがこの件であることに、疑問の余地はございません」

その情報は僕を全然まったく跳びはねさせたりはしなかった。

「海運王が二人手を組むってことか？」

「さようと拝察されます、ご主人様」

「ふーん、二人に神の恵みのあらんことをだ」

「はい、ご主人様」

「つまりだ、そうして悪いわけがどうしてある？」

「まさしくさようでございます、ご主人様」

「ふーむ、それで親爺さんの問題というのは何なんだ？」

「いささか切迫した事情が出来《しゅったい》いたしておりますのでございます、ご主人様。当の交渉は、閣下と件《くだん》のアメリカ企業の利益を代表し予備会談を執り行う紳士様とが、会見し、ご協議あそばされることが必要不可欠な段階に至っておるようでございます。他方、閣下が後者とごいっしょしておいでの場面を目撃されぬことが、決定的に重要なのでございます。と申しますのは、かような会見はシティにおきましては株式統合がいままさに起こらんとしていることの決定的な証明と即刻理解されましょうし、その結果当事者おのおのの株価は即座に反応することとなりましょう」

僕には曙光《しょこう》が見えてきた。ドローンズでの暴動というかお祭り騒ぎの翌日の朝には、この種のことは僕の頭をズキズキさせるだけのときもあるのだが、しかし今日は、すでに述べたように、僕はいつになく冴《さ》えわたった気分でいたのだ。

「値上がりするんだな、つまり？」

「急激な上昇は不可避と存じます、ご主人様」

「それでパーシー伯父さんはそういう展開を心配しているわけだ？」

「はい、ご主人様」

「親爺さんは大勢の連中がでしゃばってきて市場をめちゃくちゃにする前に、安上がりに分け前を回収しようって考えてるんだな？」

「おおせのとおりでございます、ご主人様。レム・アク・テティギスティ［プラウトゥスの喜劇『綱曳き』五幕二場］、でございます」

「レム――なんだって？」

「アク・テティギスティでございます、ご主人様。ラテン語の表現でございます。文言どおりには〈汝は事態に針もて触れた〉という意味でございますが、しかしながらより慣用語法に適いました解釈は――」

「わが意を得たりってことだな？」

「まさしくさようでございます、ご主人様」

「よし、それでわかった。君は状況を明確にしてくれた。つまり要するにこの二人のハゲタカ親爺は秘密の場所で落ち合わなきゃいけなくて、隠れ家を必要としているってことだ」

「おおせのとおりでございます、ご主人様。そしてまた、もちろん、双方の紳士様のご動向は経済紙記者らの厳重な監視にさらされております」

「こういう秘密事ってのは、商取引の世界ではしょっちゅう起こっているんだろうなあ？」

「さようでございます、ご主人様」

「理解し、また同情するものだ」

「はい、ご主人様」

「パーシー伯父さんがこれ以上金持ちになるなんて考えるのはいやだが、今でもどっさり持ってるんだからな。しかしながら、結婚によって僕の伯父さんになったってことを考えるなら、親爺さんの大義を擁護してやるべきなんだろう。君は何か提案をしたのか？」

「はい、ご主人様」

「きっとそうだと思った」

「両当事者が遠隔地の田舎のコテージの屋根の下に集合されたならば、さような会合は監視の目を逃れ執り行うことが可能であろうと、わたくしは発案いたしたものでございます」

僕は考え込んだ。

「つまりどこか田舎のコテージということか？」

「わたくしの趣旨はまさしくそのご解釈のとおりでございます、ご主人様」

「僕はそいつをあんまり買わないいな、ジーヴス。君の判断力は鈍っているにちがいないぞ」

「さて？」

「うむ、ひとつだけ反論を挙げよう。君はどうやってその田舎のコテージの所有者のところへ行って、そいつのことを君はアダムの時代から知ってるわけじゃないんだぞ、それで応接室で君と君の仲間に謀議させてくれって頼むんだ？」

「もちろん当該建物の所有者が閣下のお知り合いであられることが必要となりましょう」

「つまり彼はパーシー伯父さんのことを知っている人物でなければならないということだな？」

「まさしくさようでございます、ご主人様」

「だがジーヴス、なあ心の友、それでことはもっと悪くなるってのが君にはわからないのか？　オツムを使うんだ。その場合、そいつは自分に向かってこう言うんだ。〈ハロー！　ウォープルスドン親爺が謎の男と秘密の会談をしてるんだって？　おいおい、こりゃあいったいどういうわけだ？　ぜったい新聞にどっさり書かれてた例の合併が成立するってことにちがいない〉。そうして奴は急いで出かけて株式仲買人に電話してその株を買い始め、それでそいつの顔が青ざめるまで買って買って買いまくるんだ。それでパーシー伯父さんが慎重に構築した計画はめちゃめちゃになって、親爺さんは泥沼より気分が悪くなる。わかるか、ジーヴス？」

「完全に理解いたしております、ご主人様。わたくしはさような不慮の事態を見逃してはおりません。当のコテージの居住者は、もちろん、閣下がご信頼を寄せうる紳士様であらねばなりません」

「たとえば誰だ――？」

「たとえばあなた様のような紳士様でございます」

「だが――くどくどしく繰り返すようで悪いんだが、だが君の目からウロコを落としてやるのが親切だと思うんだ――僕はコテージなんか持っちゃいない」

「はい、ご主人様」

「わからないなあ、ジーヴス」

「閣下がご自身の所有に係るコテージをひとつあなた様にお貸しになられるのでございます、ご主人様。閣下はあなた様に明日スティープル・バンプレイにお越し願うべくお伝え申し上げるよう、わたくしにご指示をあそばされました――」

「スティープル・バンプレイにだって！」

「――そちらにて手狭ながら内容充実した住まいがあなた様をお待ちしております。即入居可能な、完璧な状態でございます。それは川よりほど遠からぬ快適な場所に立地しておりまして――」

川という言葉を聞いた途端に、何が起きたのかが僕にはわかった。ロンドンの郵便番号W1区において、上等な日の朝のバートラム・ウースターくらいすばやくイカサマに気づく男はほんの一握りしかいない。それでまたその日は僕にとっては特別上等な日の朝であったのだ。僕は醜悪な陰謀をすべて悟った。

「ジーヴス」僕は言った。「君は僕に汚い真似をしたな」

「申し訳ございません、ご主人様。それが閣下のご問題の唯一の解決策と思われたのでございます。当のお住まいをご覧あそばされたあかつきには、あなた様のスティープル・バンプレイへのご偏見は必ずや克服されるものと、わたくしは確信をいたしております。無論わたくしは聞き伝えで申しておりますに過ぎませんが、しかしながら閣下のお話よりわたくしが理解いたしましたところ、あちらにはあらゆる現代的な設備が完備されております。大型の主寝室が一室、内装完備の居間、水道はお湯と水の両――」

「それと普通の使用人部屋だな？」僕は言った。突き刺してやるつもりでだ。

「はい、ご主人様。その上あなた様はフィトルワース様のたいそうご近所にお住まいあそばされることとなりましょう」

「それで君は君のさかなたちのたいそうご近所に住めるわけだ」

「おやおや、さようでございました、ご主人様。その点はわたくしの念頭に去来いたしておらぬことでございました。しかしながらただいまのあなた様のご指摘のとおり、確かにおおせのとおりでございます。ささやかな釣り遊びに打ち興ずることは、さぞや楽しいことでございましょう。もしあなた様がウィー・ヌック滞在中の折々に、わたくしにさようなお暇をくださいますならばでございますが」

「君は〈ウィー・ヌック〉と言ったか？」

「はい、ご主人様」

「Nookeの綴りの最後にはeがひとつ付くんだろう？」

「はい、ご主人様」

　僕は鼻孔から勢いよく息を吹きだした。

「ふん、聞くんだ、ジーヴス。終了だ。わかるか？　終了。終いという字に了いという字を書く。そんなことをした日には僕は破滅だ。そんな――何と言ったか？」

「さてと？」

「ねこ足だ［利用される者の意］。だがどうしてねこ足なんだ？　つまり、どうしてねこがここに関係してくるんだろう？」

「その表現はねこ、さる、栗《くり》が登場する昔話に由来いたすものでございます、ご主人様。管見のところ——」

「そこはとばしてくれ、ジーヴス。どうぶつ王国の話にかかずらわって無駄話をしている暇はない。それでその話がもしさるが木の実を賭ける話なら、僕はそいつを知っているしひどく俗悪な話だ。レス、すなわち本質に立ち返るならば、僕は絶対的決定的全面的にスティープル・バンプレイに行くことを拒否するものだ」

「さてと、もちろんあなた様がご示唆あそばされたご態度をご採用あそばされることは、完全にあなた様のご自由でございます。しかしながら——」

彼は言葉を留めた。あごをさすりながらだ。僕は彼の言いたい点を理解した。

「パーシー伯父さんは不審に思うだろう、ということだな?」

「はい、ご主人様」

「そしてこの件をアガサ伯母《おば》さんに報告するかもしれないというんだな?」

「まさしくさようでございます、ご主人様。そして奥方様は、ご立腹あそばされた折には、いちじるしくご不快なご存在となり得ましょう」

「レム・アク・テティギスティだ」僕はむっつりと言った。「よしわかった。荷造りを始めてくれ」

5. 船乗りシンドバッド

バートラム・ウースターとの親密な交友を享受する者たちの間においてよく言われることだが、彼にひときわ顕著な美質があるとするならば、それはつねに唇を固く上に向けて平然を装い、その状況での最善を尽くす点である。たとえ地面に叩きつけられようと、という表現でよかったと思うのだが、彼はふたたび立ち上がるのだ——おそらく必ずしもシーズン真っ只中の絶好調というほどではないにせよ、予想よりも元気に、希望の曙光《しょこう》を見てやまないまなざしをもってである。

翌朝新たなる一日の目覚めを得、一杯の紅茶を求めてベルを押しながら、僕は依然としてその未来に不安を抱いてはいたものの、ワイン洋酒類の格付けリスト中で昨日よりだいぶ位置を上げている自分に気づいた。パーシー伯父《おじ》さんと愛する人々の影響圏内に入ってゆくとの思いに、依然肉体は盛大にぞうっとしていたが、しかし僕はこの状況のうちに、ひとつのまああ明るめの点を識別できていたのである。

「君はこう言ったな、ジーヴス」彼が湯気立つボヒー紅茶を持って入ってきたとき、僕はこの点に触れて言った。「アガサ伯母《おば》さんはスティープル・バンプレイにいなくて僕の到着を出迎えられない、と?」

「はい、ご主人様。奥方様はしばらくの間お留守あそばされるご予定でございます」

「もしトーマスの奴のおたふく風邪が治るまで、伯母さんはあっちにいるんだとすると、僕の逗留中はずっと留守ってことになりそうだな」

「あるいはさようと存じます、ご主人様」

「それでだいぶ気が楽になるというものだ」

「はい、ご主人様。また幸いにもわたくしは別のうれしい報せをお伝え申し上げられます。ホップウッドお嬢様が昨日のご訪問中にお話しあそばされたところでは、スティープル・バンプレイに隣接いたします市場町イースト・ウィブレイにおきまして、仮装舞踏会が開催されるとの由にございます。あなた様におかれましては、お楽しみあそばされることでございましょう」

「楽しむとも、もちろんさ」僕は同意した。なぜならば、ダンサーとして、僕はもっとも敏捷《びんしょう》なフレッド・アステア［二十世紀最高のダンサーとしてハリウッドの黄金時代を築いたミュージカル俳優］をもしのぐものだからだ。また仮装舞踏会はいつだって僕の大のお気に入りであるのだ。「そいつはいつあるんだ？」

「明晩と理解いたしております、ご主人様」

「うむ、これによって地平線は目に見えて明るさを増したと言わねばならない。朝食がすんだら、出かけていってコスチュームを買うことにする。船乗りシンドバッドだ、どう思う？」

「さぞかし強い印象を与えることでございましょう、ご主人様」

「それに似合ったジンジャー色の頬《ほお》ひげも忘れちゃならない」

「おおせのとおりでございます、ご主人様。そちらが必要不可欠でございます」

「もう荷造りが済んでるなら、そいつは小さいスーツケースの中に押し込んでおいてくれ」

「かしこまりました、ご主人様」

「当然車で行くな？」

「おそらくはご主人様、わたくしは列車にて旅行いたすが最善と思料いたします」

「その孤立主義はちょっぴり偉そうに過ぎないか、ジーヴス？」

「申し上げておくべきでございました、ご主人様。ホップウッドお嬢様がお電話をかけておいであそばされ、あなた様のお車にご同乗させていただけないものかとのご要望でございました。さようにあそばされることが当然あなた様のご希望にかなうものと拝察申し上げ、あなた様におかれましてはお嬢様のご同行をたいそうおよろこびあそばされることであろうと、わたくしの責任にてお返事申し上げておきました次第でございます」

「わかった。それじゃあそれはそれでいい」

「奥方様よりのお電話もございました」

「アガサ伯母さんか？」

「はい、ご主人様」

「まさか考え直してトーマスの世話をしに行くのはやめたなんてたわごとを言ってよこしたんじゃないだろうな？」

「いいえ、さようなことはございません、ご主人様。あなた様にボンド街のアスピナールをご訪問され、奥方様が昨日同店にてご購入あそばされたブローチをお受け取りいただきたいとのご伝言でございました」

「そうか、そうなのか？　どうして僕が？」いささか辛辣《しんらつ》さを込めて僕は訊《き》いたものだ。なぜならこの親類における、甥《おい》と地元のメッセンジャーボーイとの弁別能力の欠如に僕は反感を覚えたからだ。

「承りますれば、ご主人様、同装身具は本日誕生日をご祝賀あそばされるレディー・フローレンスへのプレゼントである由に存じます。奥方様はそれをあなた様おん自らお届け先にご搬送いただくことをご希望でおいであそばされます。すなわち、通常の配送手段によっては、ご贈答品到着が絶対必要の時を過ぎることになろうと、ご理解あそばされてのことでございます」

「つまり、郵便で送ってたんじゃ届くのが間に合わないってことだな？」

「まさしくさようでございます、ご主人様」

「わかった。よし、となればそれも一理あるな」

「奥方様におかれましては当該任務を事故なく遂行しうるあなた様のご能力に関し、いささかご疑念をお持ちでおいでのご様子であそばされ――」

「ホー！」

「――しかしながらわたくしは、さようなことはゆうにあなた様のご能力の範囲内であると保証申し上げたものでございます」

「無論そうだとも」気分を害され、僕は言った。僕は思いにふけりつつ、ティースプーンの上で角砂糖の釣り合いをとっていた。「そうか、すると今日はレディー・フローレンスの誕生日なんだな？」僕は言った。考え込みながらだ。「となると君の見解をよろこんで拝聴したい社交上の問題が出来《しゅったい》する次第となる。僕はプレゼントを持参すべきだろうか？」

「いいえ、ご主人様」

「必要ではないと、君は考えるんだな？」

「はい、ご主人様。かつて出来いたしましたことの後でございますからには」

彼がそう言ってくれるのを聞いて、僕はうれしかった。つまりだ、人はいかなる場面においてもプリュウ、すなわち騎士のごとき勇ましきことをしたいと願うものだが、このプレゼント贈呈というのはややこしい仕事であるし、また女の子の頭に色々なよしなしごとを吹き込む傾向がある。『スピンドリフト』とスピノザのてっぺんに重ね置くとなると、いまこの時なら、ただのつまらない香水瓶だって僕の男性的魅力の絶頂を標しうるし、その結果あの娘がスティルトンを返品して、新たに僕の購入手続きをしようと決意することだって十分考えられる。

「ふむ、君の判断に従おう、ジーヴス。ラ・クレイへのプレゼントは、それじゃあなしとすることにする」

「はい、ご主人様」

「だが、この件についてはそれでよしとしても、我々は間もなくラ・ホップウッドのためにプレゼントをクンクン探し回らなきゃあなるまいな」

「さて？」

「結婚祝いだ。彼女はボコ・フィトルワースと婚約している」

「さようでございますか、ご主人様。わたくしはご令嬢様と紳士様のお幸せを、衷心《ちゅうしん》より願うものでございます」

「よくぞ言った、ジーヴス。僕もそうだ。即座に言うところだが、僕はこの結婚の予定を完全に是認してやまないものだ。友だちが結婚予告をするって時には、なかなかそうはいかないものなんだが」

「おおせのとおりでございます、ご主人様」

「そういう場合には、哀れなスティルトンの奴に対して僕が強烈に感じているみたいに、忠実な犬が暗夜に断崖絶壁の縁でご主人様にするごとく、花婿候補のズボンを歯で齧《かじ》って押さえつけ、危険から引き戻してやらねばならないというふうに、あまりにしばしば人は感じるものだ」

「さようでございます、ご主人様」

「だが本件の場合僕はそんなふうな心配をしやしないんだ。僕の意見では、契約当事者双方ともが当たりを引いたというものだ。またはずむ思いで僕は必要な結婚祝い品を購入することだろう。もし要望されたなら、新郎介添え人になって結婚披露宴でスピーチしてやる覚悟だってあるくらいだ。これ以上のことは言えまい」

「おおせのとおりでございます、ご主人様」

「よしきた、ホーだ、ジーヴス」僕は言った。掛け布団を後ろに放りだし、ベッドから起き上がりながらだ。「エッグス・アンド・ベーコンの用意はいいか。いますぐそちらへ急行する」

　朝ごはんを済ませて癒《いや》しの煙草《たばこ》を吸った後、僕は出航した。今朝は仕事が目白押しだったからだ。僕はアスピナールをちょいと訪ねてブローチをポケットに入れた。そして然《しか》る後にコヴェント・ガーデンのコーエン・ブラザーズの店舗におもむいた。目利きの間では、違いのわかる仮装舞踏会用コスチューム探求者たちのメッカとしてよく知られている。運良くシンドバッドに必要なものはぜんぶ入手できた。在庫にあった最後の品だそうだ。また周辺の劇場用カツラ屋を訪なった結果、僕は立派なジンジャー色の頬ひげ一対の所有者となり、よって両手はいっぱいとなった。

帰宅するともうドアのところに車が回してあり、またその中には女物のスーツケースが戴っていた。ここから察するにノビーは到着したようだ。そして予想通り、僕は居間で飲み物を啜《すす》っている彼女の姿を見いだした。

前に会ってからはずいぶんと時が経過していたから、当然ながら続いて一定期間ぴょんぴょん跳《と》んだりはねたり兄妹のごとき親しき交わりがあったものだ。それから僕も飲み物をいただいた後、僕は彼女をエスコートして車に向かい彼女を乗せた。ジーヴスは僕の指示に従い、シンドバッドの入った小型のスーツケースを僕が直接監督できるよう、前部座席の下に置いておいてくれた。かくて準備は整った。僕はセルフスターターを足先で突っつき、旅行を開始した。ジーヴスは路上に立ち、巡礼たちを祝福する大司教様みたいに僕らを見送ってくれた。彼の態度は、ほどなく重たい荷物を持って列車で後を追う人物のそれであった。

わが右腕たるこの人物と同行できないことを残念には思ったが、つまり彼との対話はいつも僕を向上させ、教導してくれるものとなる傾向があるからだが、とはいえ僕はノビーと二人きりになれて嬉しかった。僕は現在懸案のボコとの事業合併のことについてぜんぶ聞きたかったのだ。両名とも僕の近しい友人の貴重な一員である。二人が婚約したとの報せは僕を不思議と興味津々《しんしん》にした。

僕は乗り物の中でそれほどおしゃべりをする男ではない。また混雑した地区を通り過ぎるまで、僕は強く寡黙でいた。唇は引き締め、両眼は鋭くである。だが何ひとつ注意をそらすものなきポーツマス・ロードを走行する段となって、僕はそいつに取り掛かった。

6. 悲しみの乙女

「それじゃあ君とボコはオレンジの花々の中に飛び込もうって計画してるんだな？」僕は言った。「このニュースを昨日スティルトンから聞いて、僕はすごく動揺したんだ」

「あなた賛成してくださるんでしょう？」

「徹底的にさ。僕の意見じゃ、うまいことやったな。君たちは二人ともいい相手をつかんだと思うし、最大限の精力を傾注してどんどんそいつを進めるのが賢明だと思う。僕はいつだって君のことを、ものすごく真っ当なジャガイモちゃんだと考えてきたものだ」

彼女はそんなにご親切なことを言ってくれてありがとうと僕に感謝した。また僕は当然の賛辞だと彼女に請合った。

「ボコにしたって」僕は続けた。「もちろん最高の男だ。僕はボコについて、君がつかんだのが大当たりだってじゅうぶんその頭に叩き込んでやれるような話を色々してやれるんだ」

「そんな必要はないわ」

彼女の声は優しくもの柔らかだった。メンドリがタマゴに向かって甘やかにささやくみたいにだ。また彼女に関する限り、キューピットの矢がいい仕事をしてくれたことは容易に見て取れた。僕は通りすがりの犬をよけるためにハンドルにひねりを加え、然《しか》る後に質問調査を開始した。こういうときにはいつだって僕は事実をぜんぶ知るのが好きなのだ。

「この縁談はいつ決まったんだい？」

「だいたい一週間前よ」

「でも君はその前からそうなるって思っていたんだろう、きっとさ？」

「ええ、そうよ。出会ってすぐによ」

「それはいつだったんだい？」

「五月の末だったわ」

「一目ぼれだったってことだな？」

「そう」

「奴の側でもそうだったんだな？」

「彼の側でもそうだったの」

うむ、僕にはボコがノビーを見て一目で恋に落ちたというのは容易に理解できる。もちろんだ。なぜなら彼女は盛大に魅力にめぐまれた女の子であるからだ。だが彼女がボコを見て、一目でどう恋に落ちようがあったものかは、僕を困惑させた。ボコを一目見ると、見る者にわかるのはそいつが頭のいいオウムみたいな顔をした物体であることだ。さらに若き知識階級が往々にしてそうであるように、奴は放浪の自転車乗りみたいな格好でいる。タートルネックのセーターとひざに継ぎのあたったグレイのフランネルのズボンを好んでその身にまとい、雨の中、戸外のゴミ箱に一晩じゅう放っておかれたみたいな全体的印象を発しながらだ。ジーヴスが本当に狼狽《ろうばい》した姿を僕が見た唯一の場面は、彼が初めてボコに出会った時のことだった。彼は目に見えて表情を曇らせ、台所へよろめき去った。間違いなく料理用シェリーを気つけに一杯やろうとの目的のもとにであろう。

僕はこの点をノビーに告げた。僕が何を言いたいかはわかると彼女は言った。

「彼は女の子にだんだん好きになられるんじゃなきゃだめな男の人だって、あなた思うんでしょ——しだいしだいに、ってこと——ね、そうでしょ？　だけどちがうの。一瞬、わたしは幻覚を見ているのかしらってびっくりした瞬間があったの。そしたら——ドーン！——落雷みたいにそれは訪れたんだわ」

「そんなにすぐだったんだ？」

「そうなの」

「それで奴の反応もおんなじだったんだな？」

「そうなの」

「うーん、ここのところが僕にはわからないんだ。君は奴と五月に会ったって言った。それでいまは七月だ。どうして君に求愛するのに、奴はそんなに手間どったんだ？」

「彼は厳密な意味で求愛したってわけじゃないの」

「厳密な意味でってのはどういう意味だい？　男は求愛するか求愛しないかだ。中間コースなんてのはあり得ないんだ」

「彼にはそうできない理由があったの」

「君は謎かけみたいな話し方をしてるぞ、ノビー。とはいえ、いずれにせよ奴はついにそいつに取り掛かったわけだ。それで小さな村の教会の鐘は、いつ鳴らされる予定なんだい？」

「鳴るかどうかはわからないの」

「へぇ？」

「パーシーおじ様がそういうふうに考えてくださらないみたいなの」

「どういう意味だい？」

「おじ様はこの結婚に反対しておいでなの」

「なんと！」

僕はびっくり仰天した。一瞬彼女がウースター氏をからかっているのだと僕には思われた。そして、この娘を厳密に精査した結果、その唇は固く結ばれ、ひたいは曇っていることに気がついた。このホップウッド嬢というのは青い瞳のおチビさんで、いつだって生き生きした顔をしているのが常である。いま僕が言及したその顔は、たったいま、いたんだ牡蠣《かき》を飲み込んだばかりであるがごとく苦悩にゆがめられた。

「まさかそんなことはないだろう？」

「本当なの」

「なんと！」僕は言った。

となるとことは深刻だ。おわかりいただけよう。ノビーの立場は微妙である。女の子Aが親爺《おやじ》さんBの被後見人になるときにはしばしばそういうものだと僕は信じるところだが、契約の中に、二十一歳になるまで、あるいは四十一歳になるまでとか何とかだ、彼女が大酋長《だいしゅうちょう》様の同意なく結婚するなんてふざけた真似はなしでなきゃならないとかいう意味の条項が挿入されているのだ。それでもしパーシー伯父《おじ》さんが本当に反ボコ・コンプレックスの持ち主であるとなると、親爺さんは作品に確実な手さばきでスパナをぶち込んでくれられる立場にあるわけだ。

僕にはわからなかった。

「だけど、どうしてさ？　親爺さんはカッコーみたいに頭がヘンにちがいないな。ボコは当代もっとも前途有望な独身者の一人なんだ。筆一本でどっさり金を稼ぎ出してる。奴の作品はそこいらじゅうで目に入る。去年奴が手がけた芝居は大ヒットだったんだ。それで前にドローンズの連中が言ってたが、奴にはハリウッドに来いってオファーが来てるってことだ。そうなんだろう？」

「そうよ」

「うーん、それじゃあ」

「ええ、そんなことは全部わかってるわ。だけどあなたが見逃してるのは、パーシーおじ様が作家ってものを怪しげだって思ってらっしゃる種類の人間だっていう事実なの。彼らの支払い能力を信用していないの。おじ様は実業界で一生涯を過ごしてらした方よ。だから実業家以外に本当のお金を持ってる人がいるだなんて想像もできないの」

「だけど伯父さんだってボコがほとんどセレブの仲間だってことは知ってるにちがいないだろ。奴は『タトラー』誌に写真が載ったんだぞ」

「ええそうよ。だけどパーシーおじ様は作家の成功なんて今日あっても明日には消えるものだって考えてらっしゃるの。確かにボコは今のところうまくやってるかもしれないわ。でもおじ様はいつ何時《なんどき》彼の収益力がパンクするかわからないって思ってらっしゃるの。おじ様はこれから一、二年して配給パンの行列から彼を引きずりだして、彼とわたしと半ダースのボコの子供たちを一生支えてやらなきゃいけなくなってるご自分の姿を思い描いてらっしゃるんだと思うわ。それにもちろん、おじ様は可哀そうなダーリンに、最初っから偏見を抱いてらっしゃるんですもの」

「あのズボンのせいでか？」

「そのせいもあるとは思うわ」

「あの親爺はバカだ。ボコは作家なんだ。作家ってものには広範な自由度が許容されてるってわかってやってなきゃいけないんだ。それに、僕がこう言うのをジーヴスに聞かれたくはないんだが、ズボンだけがすべてじゃない」

「だけど本当の理由は、おじ様がボコのことをチョウチョウだって思ってるせいなの」

彼女の言うことがわからなかった。彼女は僕を混乱させた。旧友ボコくらいチョウチョウらしからぬ生き物を僕は見たことがない。

「チョウチョウだって？」

「そうよ。花から花へと、ひらひら飛んでまわって蜜を吸うの」

「それで親爺さんはチョウチョウが嫌いなんだな？」

「ひらひら飛んで蜜を吸うところが嫌なの」

「いったいぜんたいどうして親爺さんはボコがひらひら飛んでまわる蜜吸いだなんて考えを、あの頭に思いついたんだ？」

「うーん、わかって。スティープル・バンプレイにやってきたときには、あの人はフローレンスと婚約していたのよ」

「なんと！」

「彼女が彼をあそこに住まわせたの。あの人が最初わたしに自由奔放に求愛できなかったって言ったのは、そういう意味だったの。フローレンスと婚約していることは、彼にとって、ある意味障害となっていたのね」

僕は驚愕《きょうがく》した。感情のたかぶりのあまり、もう少しでメンドリを轢《ひ》きそうになったくらいだ。

「フローレンスと婚約してただって。奴は一言も話しちゃくれなかった」

「あなたずいぶん長いこと彼に会ってないでしょう」

「ああ、そのとおりだ。うーん、なんてこった。君は僕が以前フローレンスと婚約してたことは知ってるかい？」

「もちろんよ」

「それで今はスティルトンがだ」

「ええ」

「なんて絶対的にとんでもない話なんだ。なんだか本で読んだ民族大移動みたいな話じゃないか」

「彼女の横顔のせいだと思うわ。彼女の横顔は素晴らしいもの」

「左から見るとだ」

「右から見てもよ」

「うーん、そうだな。ある程度、右から見てもだ。だけどさ、そんなことが説明になるかい？　つまりだ、多忙な今日にあって、人は女の子のまわりでひらりひらりと身をかわしながら、その子の横顔を見ようなんてのべつやって過ごしてはいられないものだ。この、フローレンスと婚約しようとの民衆の傾向性は説明不能であると、僕はなおも主張するものだ。それでパーシー伯父さんはボコにちょっぴり冷たいってわけなんだな？」

「氷河みたいによ」

「わかった。むろん伯父さんの見解も理解されようというものだ。彼はこういう不規則走行には眉をしかめるんだ。昨日はフローレンス、今日は君、だ。親爺さんは君のことを、ボコが蜜を吸おうとの目的でひらひら飛んでまわってる花のひとつに過ぎないと考えてるってことなんだな」

「そうだと思うわ」

「そしてそれに加えて、彼は奴の収益力を疑問視している」

「そうなの」

僕は思いに沈んだ。もしパーシー伯父さんがボコのことをいつなんどき無一文になるか知れないチョウチョウだと本当に考えているのだとすると、愛の若き夢［トマス・ムーアの詩「愛の若き夢」］がけつまずいていることに疑問の余地はない。つまりだ、金持ちのチョウチョウでも十分悪いのだ。だがそいつには少なくとも家賃が払える。保守的見解の持ち主が、残る人生の間おめぐみ頂戴にやって来続ける男から後ずさるのは、容易に想像できる。

僕に考えが浮かんだ。明るい側面を見るウースター一族の才能をもってすれば、まだすべてお手上げというわけではない。

「パーシー伯父さんのオッケーなしに結婚できるのは、いくつになってからなんだい？」

「二十一歳よ」

「君はいまいくつだ？」

「二十歳」

「なんだ、それじゃあ大丈夫じゃないか。じゅうぶんじっくり見れば依然太陽は輝いていることに気がつくはずだ。君はあと一年待てばいいだけじゃないか。そしたら大丈夫だ」

「ええ。だけどボコは来月ハリウッドに行くの。あなたがわたしのこの夢の人のことをどう思ってるかは知らない。でもわたしの思うところ、またわたしは彼の性格を愛情あふれる配慮でもって研究してきたものなんだけど、彼は傍らにいて地元の生態系への関心をそらしてくれる妻なしで、ハリウッドに行っていいような人じゃないの」

彼女の見解は僕にはショックだった。そのため次なる皮肉には厳しいトップスピンがかけられていたものだ。

「まったき信頼なき場所に、愛は存在し得ない」

「そんなこと誰が言ったの?」

「ジーヴスだったと思う。いかにも彼が言いそうなことだ」

「ううん、ジーヴスは間違ってるわ。まったき信頼なんかなくても愛はじゅうぶん存在し得るの。忘れないでね。わたし、ボコのことを夢中で愛してる。でも彼がわたしなしでハリウッドに行っちゃうって考えるだけで、わたし卒倒しちゃうんだわ。彼にはわたしを見捨てるつもりなんかないの。もしそうしたとしたって自分では意識してないんだと思うわ。でもある朝わたしは彼から言い訳がましい電報をもらって、それでそこには、どういうわけでこうなったのかうまく説明はできないんだけど、僕は昨夜ついうっかり結婚してしまって、それで君の方で何か提案してくれることはないかなあ、って書いてあるのよ。彼の優しい、衝動的な気質のせいなの。彼にはノーって言えないんだわ。彼がフローレンスと婚約したのも、そういうわけだったんだと思うの」

僕はもの思わしげに顔をしかめた。いま彼女が事実の概要を説明してくれたことで、本状況が厄介なものであることが、僕には理解できたのだ。

「それじゃあどうしたらいいんだ？」

「わからない」

僕はもういっぺんもの思わしげに顔をしかめた。

「なんとかしなきゃならない」

「でもどうやって？」

僕には考えがあった。ウースター家の者はしばしばこうなのだ。彼らは途方に暮れているように見える。そしてそれから突然——ビンゴ！——ひらめくのだ。

「僕にまかせるんだ」僕は言った。

僕の脳裏をよぎったのは、パーシー伯父さんの御為《おんため》にウィー・ヌックに住み込むことで、僕は親爺さんにものすごく恩を売ってやっているということだった——ものすごすぎて、もし彼の胸に感謝のひらめきがあるなら僕に断然首ったけになっているはずなくらいの恩をである。伯父さんが僕の手を握り締め、僕のお陰で合併がうまくいったから、何かご褒美《ほうび》に頼みたいことはないか、どんなことだって聞いてやろうと言っている姿を僕は思い浮かべた。

「君にここで必要なのは」僕は言った。「洗練され、世事に通じた男の、スマートな介入だ。すなわち、パーシー伯父さんを脇に寄せて君の言い分を申し立て、ハートを和らげて親爺さんにでっかく広々とした見解をとるに至らしめる雄弁家だ。僕がこの件を仕切る」

「あなたが？」

「御自《おんみずか》らだ。一両日中にだ」

「ああ、パーティー！」

「君のために口添えすることを、僕はよろこびとするものだ。僕はいちじるしい成果を予想している。おそらく僕はあの親爺さんを一挺の弦楽器みたいに演奏することだろう」

彼女は女の子らしい歓喜をあらわにした。

「パーティー、あなたって仔ヒツジちゃんだわ！」

「あるいは君の言うとおりかもしれない。ちょっぴり仔ヒツジちゃんだ、おそらくね」

「それって素敵なアイディアだわ。ねえ、あなたはボコのことを長いこと知ってるんだもの」

「ほとんどタマゴのときから知ってる」

「あなただったら彼についてありとあらゆる素敵なことを思いつけるはずだわ。彼、少年時代にあなたの命を救ったことはなかった？」

「憶《おぼ》えているかぎりないな」

「救ったって言ったっていいはずよ」

「そんなのでうまくいくかどうかは疑問だな。パーシー伯父さんはあの時代の僕にすごく夢中だったわけじゃないんだ。少年時代の僕のことをボコは繰り返し暗殺しようとしたものだって言ってやったほうが、伯父さんの心の琴線《きんせん》が打ち鳴らされる可能性は高い。とはいえ、僕におまかせだ。僕が何とか言ってやるさ」

無論、この間ずっと、僕の素敵なツーシーターは時速百キロ近辺でスティープル・バンプレイ目指してブンブン走り続けていたわけで、そしてこのとき、ノビーが僕に目的地が近いことを教えてくれたのだった。

「林の向こうに見える煙突の並んでいるところがバンプレイ・ホールよ。左手に細い道が見えるでしょう。あそこを行くとボコの家に出るの。あなたのコテージはそこからもう一キロくらい先にあるわ。また別の分かれ道の先よ。あなた本当にパーシーおじ様にお願いしてくださるのね？」

「猛烈にさ」

「挫《くじ》けたりはしない？」

「ありえない」

「もちろんあなたにお願いしてもらわなくてもよくなるってことだってありうるの。ねえそうでしょ。もしボコとパーシーおじ様が本当に心を割って話し合えば、パーシーおじ様だって彼を愛せるようになるかもしれない。だから簡単ではなかったけど、わたしボコが今日おじ様をご昼食に招待するようにって段どっておいたの。全部うまくいってるといいんだけど。ボコがどう振舞うかにみんなかかってるのよ。つまり、いままで二人して顔を合わせるときって、ボコったらいつだってすごく気難しい態度をとるんですもの。わたし目に涙を溜めて、彼に元気を出して明るく愛想よくしてってお願いしたの。彼やってみるって約束したわ。だからわたし最善を願っているところなの」

「僕もだ」僕は言った――また僕の記憶が正しければ――彼女の小さな手をぽんとたたきもしたものだ。僕はホールに車を進め、もし仮にボコが昼食で親爺さんを魅了しそこなったとしても、僕がなんとかするから全部大丈夫だよと請合ってやって、彼女を門のところで降ろした。最後に陽気に手を振って、僕は車に戻り彼女が言っていた細い道を目指した。

　無論、これだけ話した後で、僕は明らかな咽喉《のど》の渇きを覚えており、したがって我が家を一刻も早く占有したいという世帯主の当然の欲望にもかかわらず、僕の最初の行動はボコのところに寄って入用な飲み物をねだることであったほうがいいように思われたのだ。川岸に立つ白しっくい塗りの家がボコ家にちがいないと僕は確信した。つまりウィー・ヌックに行く途中にその前を通り過ぎるはずだとノビーが指摘してくれていたからだ。

したがって僕は車を横付けし、横側の窓がひとつ開いているのを見ると、そこに近づいて口笛を鳴らした。

中から聞こえたしゃがれた叫び声と、僕の頭の横をビュンと音立てて飛び去った小さな磁器製の飾り物が、旧友の在宅を知らせてくれた。

7. 文士ボコ

磁器製の飾り物の通過により、あとほんの少しで僕のオツムは直撃を被るところであったものだが、それは僕の唇から鋭い「オイッ！」の声をひきだし、あたかもその叫びに呼応するがごとく、いまボコが窓辺に姿を現した。乱髪を振り立て、顔面紅潮の様子でだ。おそらく文芸創作活動のゆえにであろう。外見上、すでに僕が示唆したとおり、この文士はお笑い曲芸師と生け垣の中をうしろ向きにひきずられたオウムを足して二で割ったような具合である。また仕事場での奴はけっしてすごく垢抜《あかぬ》けた姿でいるわけではない。奴が章の途中のものすごく大変な箇所に差しかかっているところに来合わせてしまったのだと、僕は解釈した。

奴はべっ甲ぶちのメガネ越しに僕をにらみつけた。しかし戸外に立つその人が何者かを悟るに及び、レンズのうしろの炎は勢いを失い、驚きの表情がとって代わった。

「なんてこった、バーティー！　お前なのか？」

そのとおりだと僕は請合った。また磁器製の飾り物を投げつけてすまなかったと奴は僕に謝罪した。

「なんでお前はイカレたオオコノハズクの真似なんかしやがった？」なじるように奴は言った。

「エドウィンのガキだと思ったんだ。あいつはこの界隈《かいわい》をこそこそうろついちゃあ、俺に一日一善をしてよこそうとする。それでその存在を宣言しようっていうとき、あいつはいつもそいつの真似をやるんだ。俺はいつだって必ず何かしら武器弾薬を机の上に備え置くことにしてるんだぜ。いったいぜんたいお前、どこから湧いてきやがった？」

「帝都よりだ。いま着いたばかりだ」

「ふーん、電報を送っとこうとかって良識があったってよかったんじゃないか。太った仔牛を屠《ほふ》っといてやったのになあ」

奴が誤解をしていることに僕は気がついた。

「お前のところに厄介になりに来たわけじゃないんだ。僕はこの道の先をちょっと行ったところにあるっていうコテージで、ぶらぶらして過ごすつもりだ」

「ウィー・ヌックか？」

「そのとおりだ」

「お前、ウィー・ヌックを借りたのか？」

「そうだ」

「いったい突然どういうわけでそう決めた？」

僕がここにいることにはいささか説明が必要だろうと予測はしていた。それで準備万端物語の用意はできていた。無論、僕がスティープル・バンプレイにやってきた本当の理由については、唇は封印されていたものだ。しらばっくれる必要があった。

「ジーヴスがちょいっとばかり釣りをしたがったんだ。それに」僕はことのもっともらしさをもっと増すため、こう付け加えた。「明日の晩この辺りで仮装舞踏会があるって聞いたんだ。うーん、そういう娯楽のうわさを聞いたとき、僕がどうなるかは知ってるだろう。軍馬にラッパだ。それじゃあさてと」唇をなめながら僕は言った。「冷たい飲み物はいかがだい？　旅路の果てでちょっぴり咽喉《のど》がカラカラなんだ」

僕は窓をよじ上って中に入り、椅子に身体を沈めた。その間に奴は材料を取りに行ってしまった。さてといま、奴はチリチリ鳴るトレイをもって戻ってき、それで男同士のやりとりをちょっとやって、あれやこれやについてとりとめのない会話を交わした後、僕は礼儀正しく奴の婚約を祝福した。

「僕の車にノビーを乗っけてこっちに来る途中で彼女にも言ったんだが、いったいお前に一目ぼれで恋しようなんて女の子がいるだなんて、どうにもこうにもとんでもない話じゃないか。そんなことがありうるだなんて、僕は思ってもみなかった」

「俺にだって驚きだった。羽一枚でだってノックアウトされてたはずだ」

「さもありなんだ。とはいえあらゆる種類のらしからぬ人々が情熱の火花を発してるみたいじゃないか。僕のアガサ伯母《おば》さんを見よだ」

「ああ」

「それからスティルトンだ」

「お前、スティルトンの件を知ってるのか？」

「奴と宝石店ででくわしたんだ。指輪を買っていた。それで奴は己《おの》が恐るべき窮境につき、語ってくれた」

「俺じゃなくてよかった」

「僕もおんなじように感じてる。ノビーはフローレンスの横顔がくせものだと考えている」

「まったくありうる」

それから沈黙があった。われわれが不老不死の妙薬をもう一杯やる妙《たえ》なる音色によってのみ中断される沈黙が。そうして奴はため息を洩《も》らし、人生とはおかしなものだと言った。またそれに同意して多くの意味でそれはおかしなものだと僕は言った。

「俺を例にとろう」奴は言った。「ノビーは事情はどんな具合かを話したのか？」

「パーシー伯父《おじ》さんがだいなしにしようとしてるって件のことか？　ああ、それなら聞いた」

「実にたいしたとんでもない話だろう、どうだ？」

「僕もそう思う。断然そうだ。心痛む話だ」

「この啓蒙の時代に、結婚するのに誰かの同意がなきゃいけないだなんて、驚いた話じゃないか！　時代錯誤だ。そんな話、今日び女性誌でだってネタにゃあ使えない。お前のダリア叔母《おば》さんは何かそんなふうな三文女性誌をやってるんじゃなかったか？」

「『ミレディス・ブドワール』だ。一週間六ペンスなりだ。僕はそこに『お洒落な男性はいま何を着ているか』に関する小論を一度寄稿したことがある」

「ふむ、俺は『ミレディス・ブドワール』は一度も読んだことはないが、間違いなくそいつは出版界における最低の紙クズのはずだ。だがもし俺がお前の叔母さんのところに、クソいまいましい家長の同意なしに男と結婚できない女の子の話を持ち込んだとしたら、叔母さんはそいつを野次《やじ》り倒すだろうよ。つまり俺はこの悲劇を俺の小説で利用させてもらって、正当な利益を稼ぎだすことも許されないってことだ。だのにそいつが乱入してきて俺の人生をだいなしにするのは許されてるんだ。素敵な状況じゃあないか！」

「もしそれにもかかわらず前進したらばどうなるんだ？」

「俺はムショ入りってことだと思う。それともそうなるのは衡平法《こうへいほう》裁判所で大法官がよしきた旗を挙げてないのに被後見人と結婚した場合だけだったかなあ？」

「それ以上は僕にはわからない。ジーヴスに訊《き》くのがいい」

「そうだ、ジーヴスなら知ってるはずだ。彼は連れてきてるんだろうな？」

「重たい荷物を持って後からくるんだ」

「彼の調子は最近どうだ？」

「良好だ」

「脳みそは大丈夫だな？」

「どっさりだ」

「それじゃあこの窮状をなんとかする方法を考え出してくれるかもしれないな」

「ジーヴスなんて必要ないさ。僕がすべてを掌握《しょうあく》している。僕がパーシー伯父さんをつかまえて、お前のために嘆願してやる」

「お前がか？」

「おかしなことだが、ノビーもそう言ったんだ。おんなじびっくりした調子でだった」

「だけど親爺《おやじ》さんはお前を死ぬほど怖がらせるんだと思ってた」

「そうさ。だが僕は伯父さんに恩を売ってやっているからな、それで彼にとって僕の魅力は、いまやたいへんな勢いなんだ」

「ふうん、それじゃあよかった」奴は言った。表情を明るくしながらだ。「どんどんやってくれ、バーティー。だが……」奴は付け加えた。またもや表情を暗くしながらだ。「厄介な仕事になるはずだぞ」

「いや、わかるもんか」

「俺にはわかるんだ。今日の昼食で起こったことの後じゃあな」

僕は突然の、急迫の不安を意識していた。

「パーシー伯父さんとお前の昼食のことか？」

「そいつのことだ」

「うまくいかなかったのか？」

「あまりうまくはな」

「ノビーはそれでうまくいくはずだって期待してたぞ」

「ハッ！　彼女の楽観的な小さき魂に神の恵みあれだ」

僕は持ち前の厳しい目を奴にやった。奴の顔には陰鬱《いんうつ》な表情があった。鼻はひどく緊張したふうに小刻みに動いていた。ひたいを悩ませている苦痛と怒りを認めるのは容易だった。

「ぜんぶ話してくれ」僕は言った。

奴は重たいため息を放った。

「だからさ、バーティー、そもそも発想からしてまったく間違ってたんだ。彼女は俺たち二人を引き合わせるべきじゃなかった。それに、どうしても俺たち二人を引き合わせたいんなら、彼女は俺に明るく愛想よく振舞えなんて言うべきじゃなかったんだ。彼女が俺に明るく愛想よくしてろって言ったのは知ってるな？」

「ああ。パーシー伯父さんに対するとき、お前の態度はちょっと気難しくなりがちだって彼女は言ってた」

「俺が出ていくと霧笛みたいな音で鼻を鳴らして、俺のことをモスクワから赤のプロパガンダを撒《ま》き散らしにきた誰かだみたいににらみつけてよこすご年配の紳士に対する俺の態度は、いつだって気難しいんだ。感受性に富み、高度に張りつめた、俺のうちなる芸術家のせいだと思う。年寄りの動脈硬化連中は俺が好きじゃない」

「ノビーもそう言ってた。親爺さんがお前のことをチョウチョウだって見てるせいだと彼女は考えている。僕の個人的意見じゃあ、そのグレイのフランネルのズボンのせいだ」

「このズボンのどこが悪い？」

「主としてひざの継ぎあてだな。悪い印象を与える。ほかにズボンはないのか？」

「俺をいったい誰だと思ってる？　ボー・ブランメル［十九世紀の有名な伊達男］だとでも言うのか？」

　僕はこの主題の追求を差し控えた。

「さてと、話してくれ」

「どこまで話したっけか？」

「お前は明るく愛想よくしようとしてへまをやったって話の途中だった」

「ああそうだった。そのとおりだ。俺はへまをやった。それでそいつはこんな具合だった。わかるだろう、明るく愛想よくしてろって言われた男が最初に自問することがこれだ。つまり、〈どれくらい明るく？　どれくらい愛想よく？〉ってことだ。すなわち中くらいの照り加減でいるだけでいいのか、あるいはお日様全開でいって、一《いち》か八《ばち》か、とことん勝負に出るべきなのか？　俺はその点をよくよく考え、何ものも除外せず、完全に陽気にいくことにした。それで今ならわかるんだが、そいつが失敗だった」

奴は言葉を止めた。そしてしばらくの間もの思いに沈んだままでいた。何らかの痛ましい記憶が奴の注意を捕らえているのが見てとれた。

「なあ、バーティー」ようやく水面に浮上してきて、奴は言った。「お前はフレディー・ウィジョンがドローンズの昼食で冗談グッズを披露したときに、あそこに居合わせたっけか？」

「冗談グッズだって？」

「オモチャ屋のカタログに、お手軽に場を和ませ、食卓を爆笑の渦に巻き込むって広告が出てるやつだ。知ってるだろ。皿もちあげ機。こぼれるグラス。ビックリ塩いれ」

「ああ、あれか」

僕は腹の底から笑った。あのときのことならよく憶《おぼ》えている。キャッツミート・ポッター＝パーブライトはあのとき二日酔いで苦しんでいた。それで奴がロールパンを手にとったらそいつがチューチュー言って中からゴム製のネズミが走り出てきたときの奴の情動の噴出のことは、やすやすと忘れはしない。強靭《きょうじん》な男らがブランデーをもって駆けつけねばならなかったものだ。

それから僕は腹の底から笑うのをやめた。奴の言葉の恐るべき意味が理解されたのだ。それで僕は誰かに灼熱の焼き串を表皮に突きたてられたみたいに跳《と》びあがった。

「まさかお前、あれをみんなパーシー伯父さんにやったって言うんじゃないだろうな？」

「そうだ、バーティー。俺がやったのはそれだ」

「ひゃあ！」

「そういうことだ」

僕はうつろなうめき声を放った。心は沈んだ。無論、人は作家というものを大目に見てやらねばならない。連中はみんな程度に差はあれキチガイなのだ。たとえばシェークスピアを見よである。はなはだバランスを欠いている。アヒルを盗んでまわっていたのだ。それでもなお、愛する女の子の後見人に冗談グッズを仕掛けることで、ボコは作家生来性のとんまさを限界以上に追究してしまったと僕は感じずにはいられなかった。シェークスピアだってそこまでやるのはためらったはずだ。

「だけど、どうしてさ？」

「俺の心理の背後にあった発想は、俺の人間的な側面を親爺さんに見せてやらなきゃいけないって思いだったんだと思う」

「すごくびっくりしてたか？」

「ものすごくびっくりしてた」

「伯父さんの気には入らなかったんだな？」

「そうだ。何らの留保なくその点には即答できる。親爺さんはあれが気に入らなかった」

「お前を出入り禁止にしたのか？」

「親爺さんがビックリ塩入れ越しに俺を見たような目で人を見た後に、そいつの出入りを禁止する必要はないさ。目言葉だけでじゅうぶんだ。お前、ビックリ塩入れのことは知ってるな？　そいつを軽く振ると、中からクモが出てくるんだ。俺が受けた印象からすると、親爺さんはクモアレルギーらしいな」

僕は立ち上がった。もうじゅうぶん聞いた。

「失礼する」僕は言った。心ここになくだ。

「何でそんなに急ぐんだ？」

「ウィー・ヌックに行かなきゃならない。ジーヴスがいつ何時重《なんどき》たい荷物を持って到着するか知れないんだ。引っ越しの片づけをしなきゃいけない」

「わかった。いっしょに行きたいんだが、俺はウォープルスドン卿にうまい表現で詫び状を書いてる最中なんだ。そいつをまず書き終えたほうがいいだろう。とはいってもそんな必要はないかもしれないな。お前が親爺さんに嘆願できる立場にあるって言ったのがもし本当ならだ。うまいこと嘆願してくれ、バーティー。猛烈に口説《くど》いてやるんだ。黄金の台詞《せりふ》を蜜のごとく流れださせてやれ。なぜなら、いま話したように、お前の手にしているのは容易な仕事じゃない。ありきたりでない雄弁さが求められているんだ。それと、ところでだが、昼食の件については一言たりともノビーに言わないでおいてくれ。この事実をもし彼女に告げるにしたって、そうっとやさしく、少しずつ告げられなきゃならないんだ」

ウィー・ヌックに向かう僕の心は、じゅうぶんご想像いただけるように、それ以前よりはるかにずっと活気を欠いていた。パーシー伯父さんに嘆願するというアイディアは、ほぼまったくその魅力を失っていた。

僕の眼前にはこの義理の親戚の幻影が立ちはだかっていた。僕がボコの名を口にした直後におそらく見えるであろうような姿でだ——すなわち、目はギラギラと光を放ち、口ひげは逆立ち、そのトゥ・アンサンブルというか総体的効果は、獲物の農奴がたったいま木に登るのを見たばかりのジャングルの短気なトラとの強い類似性を示していた。それでバートラム・ウースターが激しく身震いしたとまで述べたならば、おそらく言いすぎであろうが、ある程度足は冷たく心おじけたものだ。

合併さえ成功裡《り》に完了してくれたら、歓喜が至高に君臨する可能性はものすごく高いし、そしたらこの下劣な親爺だってボコのことを親切みのある目で見るのではなかろうかと、僕はなんとか思おうとしていた。と、そのとき自転車のベルのリンリンいう音がしてウースターウースターと僕の名を呼ぶ声がし、それがまたひどく怒りに燃えた情熱的な声であったものだから、僕はブレーキを掛け、辺りを見まわした。僕が見た光景は痛棒のごとく僕を強打した。

道路脇で息をあえがせているのはスティルトン・チーズライトだった。そして自転車を降りて僕に対峙《たいじ》する奴の顔には、これまで僕の眼球を真正面から覗《のぞ》き込んできた中で一番不愉快な表情があった。それは驚愕《きょうがく》と敵意に満ち満ちた表情だった。いったいぜんたい・こいつは・ここで・なにを・してるんだ、という表情である。要するに、悪魔の大王が突然自分のすぐ脇に出現したとき、パントマイムのヒロインがするような表情だ。それで奴の心のうちにどういう思いが去来しているものかは、全国ネットで放送されているみたいに僕には理解できた。

終始ずっと、僕がご近所に越してきたと知ったらばこのオセロはどんな反応を示すだろうかと想像するとき、僕の思いはまるきり愉快ではなかったものだ。僕がフローレンスの旧い知人であるとの情報を得たときの奴の態度から、奴の思考が病的に回転し、バートラムを猜疑《さいぎ》の目もて見るに至らしめていることは明らかだった。そして奴の近辺への僕の突然の到着に奴が不幸な解釈を下すだろうと僕は怖れていた。つまりだ、奴の見解によれば、これは若きロキンバー［ウォルター・スコットの詩「マーミオン」に登場する騎士。婚礼の宴から花嫁をさらってゆく］が西方より現れたという気味が、あまりに強いのだ。そしてもちろん僕の唇は封印されているわけだから、僕には説明ができない。

微妙かつ厄介な状況である。

またしかし、こう述べたらば読者諸賢は驚かれるかもしれないが、僕の目玉を皿のように見開いて飛びださせたのは、僕の危惧《きぐ》に十分な根拠があったことを示すこの表情ではなく、その表情に付属した顔のてっぺんには、警官のヘルメットが載っていたという事実であった。さらに、そのがっしりした体格は警官の制服をまとっていた。そして足許は警察官用ブーツあるいは大足にて固め、もって恐るべき法の威厳を体現する武具一式を完璧たらしめていたのであった。

要するに、スティルトン・チーズライトは突然田舎警官に変身していたのであり、僕にはどういうことか皆目《かいもく》わからなかった。

8. 田舎警官の黒い疑惑

僕はこの男をまじまじと見た。

「命が止まるかと思ったぞ、スティルトン」僕は叫んだ。どうしようもないほどに驚いていた。

「なんで仮装なんかしてるんだ？」

奴のほうにも質問があった。

「いったいぜんたいお前はここで何をしてる、この血みどろウースターめ？」

僕は片手を上げた。瑣末《さまつ》な問題にかかずらわっているときではない。

「どうしてお前は警官みたいな格好をしてるんだ？」

「俺は警官だ」

「警官だって？」

「そうだ」

「お前が警官、って言うとき」探るように僕は訊いた。「お前は警官、ってことを言っているのか？」

「そうだ」

「お前は警官なんだな？」

「そうだ、クソったれ。お前耳がないのか？　俺は警官だ」

　いまや僕は理解した。奴は警官なのだ。そして僕の思いは昨日の宝石店における奴との邂逅《かいこう》へとフラッシュバックした。僕が奴にスティープル・バンプレイで何をやってるんだと訊ねたとき、奴がこそこそと、はっきりしない態度をとった理由が理解された。僕が面白がって奴をコケにするかもしれないと怖れ、奴は真実を明るみに出すのに尻込みしたのだ――もしそうしていたら、とんでもなくものすごく楽しかったはずだ。いまですら、事態の重大さゆえ口には出せないものの、僕はすごく面白いひやかしを少なくとも三つは思いついていたくらいだ。

「それがどうした？　どうして俺が警官じゃあいけない？」

「いや、いいじゃないか」

「いまどきお前の知ってる連中の半分は警官になるんだ」

　僕はうなずいた。その点は間違いなく本当だ。ヘンドンにあの警察学校［一九三五年から三九年までの四年間、ロンドンの北の郊外ヘンドンに存在した、警察幹部養成学校］ができてよりというもの、警察はみんなの旧友がひしめき合うところとなった。バーミー・ファンジー＝フィップスが身振りを交え、ボートレースの晩にレスター・スクウェアで弟のジョージにヘルメットをくすね取られたときの感情を語り聞かせてくれたのを思い出す。またハースト・パークで従兄弟《いとこ》のシリルに関連して、まったく同じことがフレディー・ウィジョンの身に起こった。

「そのとおりだ」僕は言った。論理の不備を指摘しつつだ。「だがそれはロンドンでの話だ」

「必ずしもそうじゃない」

「スコットランド・ヤードに入ってその職業の階梯《かいてい》をのぼりつめようって考えがあってのことだ」

「俺もそのつもりだ」

「スコットランド・ヤードに入るのか？」

「そうだ」

「高位高官に出世するのか？」

「そうだ」

「うむ、お前の将来の進歩を、多大な興味を持って見守らせてもらうとしよう」

だが僕の口調は疑わしげだった。イートン校で、スティルトンはボート部のキャプテンだった。また奴はオックスフォードでもせっせとボートを漕ぎつづけた。したがって奴の人格形成期は、オールを水にばちゃばちゃやって、のべつそいつを押し入れ、引っぱり出すことで費やされたのだ。よほどの間抜けでなければ、そんな真似――バカバカしいだけでなく、とんでもなく骨が折れるものだ――をやって黄金の青春時代を空費できるものではない。そしてスティルトン・チーズライトはよほどの間抜けであったのだ。首まで北上する限り、立派な体つきの若者であるのだが、そこから先がまるまるコンクリート製なのだ。ビッグ・フォー［首都警察の上位四つの官職］の仲間入りしている奴の姿など考えられない。シャーロック・ホームズにご迷惑をかけてばかりいたような、スコットランド・ヤードのドジな連中のひとりで終わる見込みのほうがよっぽど大きい。


　しかしながら、僕はそうは言わなかった。実のところ、僕は何も言わなかった。この予測せぬ新たな展開についてよくよく思案するのに忙しかったからだ。フローレンスに誕生日プレゼントを贈るのにジーヴスが反対投票をしてくれたことに僕は感謝した。そんな贈り物のことをもしスティルトンが耳にしようものなら、奴は僕を八つ裂きにするであろうし、あるいは一番よくてもモクモク煙の出すぎる煙突を放置した件で僕を召喚するだろう。警官を挑発せぬよう、注意してしすぎることはない。

僕は奴の質問をしばらくはうまくはぐらかしていた。しかし、この猶予がほんの一時的なものであることが僕にはわかっていた。警察学校ではこういう警官を、問題に固執するよう訓練するものである。したがって奴がいまその質問を繰り返したとき、僕は驚きはしなかった。奴がそうしなければいいのにと願わなかったと言っているわけではない。僕は驚かなかったと言っているだけだ。

「そんなことは地獄に落ちろだ。お前はスティープル・バンプレイで何をしてるのかまだ説明してないぞ」

僕はのらりくらりとこれをかわした。

「ああ、ちょっとの間逗留するだけだ」僕はのほほんと言ってのけた。いつもののんきなバートラム・ウースターだ。

「ここに滞在するつもりで来たってことか？」

「しばらくの間だ。あっちのどこかに僕のささやかな住まいがある。非番の時にはどんどん立ち寄ってもらいたいな」

「いったいどうしてこの地にささやかな住まいを構えに来ようだなんて突然決心したんだ？」

僕はいつものやつをやった。

「ジーヴスがちょっぴり釣りをしたがったんだ」

「ほう？」

「そうなんだ。ここはいい釣り場なんだそうだ。釣り針があれば、あとはさかなのほうでやってくれる」

ずいぶんと長い間、奴は僕を不快な、煮え立つような様でじっと見つめていた。ひたいは緊張し、目はソケットの中でふくれ上がった。奴の凝視の厳しさは、いまやますますその強さを増した。手帖とちびた鉛筆を取り出していなかったという事実のほかは、さながら六月二十五日の夜はどこにいたかと暗黒街のヨタ者に質問しているところだったとしたっておかしくなく見えたくらいだ。

「わかった。それがお前の供述だな？　ジーヴスがちょっとさかな釣りをしたがった、と？」

「そのとおりだ」

「ああそうか？　さて、お前が何をしたいか俺が教えてやろう、この悪党ウースターめ。ちょっぴり草むらのへビがやりたいんだろう」

僕は要点をつかみ損ねたような顔をして見せた。だが実のところはその趣旨を完璧に了解していたものだ。

「何むらのへビだって？」

「草むらだ」

「わからないなあ」

「それじゃあはっきりさせてやる。お前はここに、フローレンスをちょろまかしに来たんだ」

「なんてことを言うんだ！」

奴は一、二度歯ぎしりをした。険悪なムードでいるのは明らかだった。

「またこうも言ってやろう」奴は再び話しだした。「俺はお前の証言にはまったく満足しちゃいない——きのうお前に会ったとき、お前が言っていたことにだ。お前はフローレンスのことを知っているだけだと言った――」

「ちょっと待て、スティルトン。邪魔をして申し訳ない。だがわれわれは女性の名を無造作に口にしているんじゃないか？」

「そうだ。しているとも。さらにどんどん無造作に口にし続けるんだ」

「ああ、よしきた、ホーだ。ちょっと訊きたかっただけだ」

「お前はフローレンスのことをほんのわずか知っているだけだと言った。〈かなり、よく〉と言うのがお前が使った正確な表現だ。それで俺はお前の態度は疑わしいと思った。それで戻って俺は彼女に会ってお前のことを聞き質した。彼女はお前とかつて婚約していたことを告白したんだ」

僕は舌先で唇を湿した。僕は警官と一対一で本調子が出たためしがない。彼らはいつだって僕の勇気を抑制するみたいなのだ。ヘルメットのせいかもしれない。あるいはもしかしてブーツのせいかもしれない。それで無論、ジャンダルムというか警官が自分の恋人をくすね取ろうとしたと人を非難するとき、狼狽《ろうばい》の思いは深まるものだ。スティルトンの目が僕の身体を貫通した瞬間、僕は手首に手かせをはめられる直前のユージン・アラムみたいな気分になり始めていた。あの一節をご記憶でおいでかどうか僕は知らない。「ティータムティータムティータミティータミータム、ティータムティータムティー狭霧（狭霧だったと思う）。かくてユージン・アラムはその間を歩みゆき、その手首には手かせが嵌《は》められていたのであった」［トマス・フッドの詩「ユージン・アラムの死」末尾］だ。

僕は咳払いをした。そして人を魅了してやまない率直さでもって語ろうと心がけたものだ。

「ああ、そうさ。そのとおりさ。ぜんぶ思い出した。僕たちは婚約してた。ずっと昔のことだ」

「それほどずっと昔のことじゃない」

「うーん、ずっと昔のことに思われるんだ」

「そうか？」

「そうだ」

「そうなのか？」

「断然そうだ」

「すべては終わってるんだな、どうだ？」

「完全にだ」

「いまじゃあお前たちの間には何にもないんだな？」

「まったくない」

「それじゃあ彼女がお前に彼女の本を贈って、そこに〈パーティーへ、愛を込めてフローレンスより〉って書いたという事実をお前はどう説明するんだ？」

僕はよろめいた。告白せねばならないが、同時に僕はスティルトンに対して新たな尊敬の念を覚えているのに気がついた。当初、ご記憶のとおり、奴がスコットランド・ヤードで出世の階梯をのぼりつめると語ったとき、そんな見込みは薄いと僕は思った。だがいまや奴は実にたいしてホットな探偵になったにちがいないと思われた。

「あの宝石店に入ってきたとき、お前はあの本をカウンターに置いた。お前がそいつを放ったまま出ていったんで、俺は中を見たんだ」

僕は奴の探偵能力に関する見解を修正した。結局のところ、それほどホットではない。もしご記憶なら、いつだってシャーロック・ホームズは、自分の方法を説明するのは探偵にとって誤りであると言っていたものだ。

「さてと？」

僕は明るく笑った。少なくとも、そうしようとした。実際のところ、その笑いはどちらかというと断末魔のガラガラ声みたいに響いたものだ。

「ああ、そりゃあずいぶんと面白いな」

「わかった。続けろ。俺を笑わせてくれ」

「僕が書店にいると、彼女が入ってきて――」

「お前は彼女と本屋で落ち合う約束をしてたのか？」

「ちがう、ちがう。たまたま偶然会っただけだ」

「わかった。それでお前はもう一度たまたま偶然会おうとここに来たわけだな」

「なんてこった。ちがう」

「お前が彼女のことを俺から奪おうとしてるんじゃないと、俺が信じるだなんてお前は大真面目で思ってるのか？」

「それほど僕の思いとかけ離れたことはありやしないさ、なあ親友よ」

「俺のことを親友呼ばわりするな」

「よしきたホーだ。いやならいい。警察官殿、すべてはばかげた誤解なのです。いま言いかけたように、僕はその書店にいて――」

そこで奴は話に割り込んできて、その書店のことを強烈な熱を込めて思いっきり罵倒した。

「俺は本屋なんかに興味はない。肝心なのはお前がここに草むらのヘビの真似をしにやってきて、俺はそれを許さないってことだ。一言だけ言いたい、ウースター。出ていけ！」

「だが――」

「消えろ。姿を消せ。ロンドンのお前のうちにとっとと戻ってそこに留まれ。それも今すぐにだ」

「だけどそうするわけにはいかないんだ」

「どういう意味だ？」

さてと、すでに述べたように、僕の唇は封印されている。しかしウースター家の者には敏速な思考が可能なのだ。

「ボコの奴のことだ」僕は説明した。「僕はいささかデリケートな問題で、奴のために活動してるところなんだ。おそらくお前も知ってるかもしれないが、僕のパーシー伯父《おじ》さんが奴とノビーの結婚をぺしゃんこにしようとしている。それで僕はあの若いカップルのために嘆願してやるって約束したんだ。無論そのためには僕がイン・スタトゥ……何だったったっけか？」

「チッ！」

「ちがう、チッじゃない。クゥオだ。そいつを思い出そうとしてたんだ。義理の伯父に向かって嘆願するためには、僕はイン・スタトゥ・クゥオ、すなわち現状維持でいかなきゃならないんだ」

僕にはこれはとてもよくできた、理に適った説明だと思われた。したがって奴が不快にあざ笑うのを見たとき、僕の心はかなしみに沈んだ。

「そんなのは一言だって信じない。お前が嘆願するだって？　お前が嘆願して何になる？　お前に言えるようなことが他人にちょっとでも重く受けとめてもらえるとでもいいたげな言い方じゃないか。繰り返す――消えうせろ。さもなけりゃ――」

さもなくばどうなるか、奴は言わなかった。だが奴が自転車に飛び乗ってペダルを踏んで走り出した様のその険悪さが、どんな言葉よりもはるかに雄弁に物語っていた。あれ以上悪意に満ちた足さばきでペダルをこぐ人の姿を、僕はいままで見たことがあったとは思わない。

僕はまだ奴の姿を目で追っていて、ちょっぴり弱った気分でいた。と、反対の方向、というかウィー・ヌックのほうから別の自転車のベルのリンリンいう音が聞こえてき、くるりと振り向くと、フローレンスが近づいてくるのを僕は認めた。僕がこれまで経験したクソいまいましいことがこれでもかこれでもかとたて続けに起こる例として、これは実に一番最高に完璧である。

スティルトンのそれとは鋭い対照を見せ、彼女の目は歓迎の光に輝いていた。彼女は車に近づくとぴょんと飛び降り、僕に向かって晴れやかな笑顔を向けた。

「あら、いらっしゃい、バーティー。いまちょうどあなたのためにウィー・ヌックにお花を飾ってきたところなのよ」

僕は彼女に感謝を述べた。だが心は重く沈んでいた。僕はあの笑顔が気に入らなかったし、また彼女がわざわざ僕の行く手に花を撒《ま》き散らしてくれてまわっているというそのことが気に入らなかった。彼女の口調は全部が全部、親しげすぎると僕には感じられた。それから僕は、彼女がスティルトンと婚約しているなら、本当に警戒する理由はありえないと自分に言い聞かせた。結局、彼女の父親は僕の伯母《おば》と結婚したのだから、僕らは一種のいとこということになる。それで少しばかりいとこらしく騒ぎたてたからといって、何も必ずしも不吉だということはないのだ。つまりだ、結局のところ、血は水よりも濃しである。

「すごくありがたいことだ」僕は言った。「僕はたったいまスティルトンと話をしたばかりなんだ」

「スティルトンですって？」

「君の婚約者のさ」

「ああ、ダーシーのこと？　どうして彼のことをスティルトンなんて呼ぶの？」

「子供じみた綽名《あだな》さ。僕たちはいっしょに学校に行ったんだ」

「まあ？　それじゃあおそらくあなたにはあの人がその頃も今と同じで、いつもあんなふうな完全な痴愚者だったって話していただけるわね」

僕はこれが気に入らなかった。これは愛の言葉ではない。

「どういう意味で君は〈痴愚者〉って語を用いるんだい？」

「あたくしはそれを、大金持ちの叔父《おじ》様がその人のために何でもしてあげようと思い願ってるのに、わざわざ自分から進んで平巡査になろうとするような人のことを形容する、唯一可能な語として用いるのよ」

「どうして奴は」僕は訊いた。「平巡査なんかになったんだい、つまりさ？」

「彼は誰もが自分の足で立って、自分で生計を立てるべきだって言うの」

「良心的だな」

「くだらないわ」

「それで奴は立派だって君は思わないの？」

「思わないわ。あたくし彼は完全なバカだって思うもの」

一時の間があった。奴のこの行動がイライラの元であるのは明らかだったし、ここで必要なのは若き警察官氏のために強力な後押しをしてやることだと思われた。いまこの女の子と差し向かいで話してみれば、〈スティルトン・チーズライトを救えキャンペーン〉を推進しようとの思いは、僕の心からこれまでないほどに遠ざかっていた。

「そういうこと全部に君はもっとよろこんでるんだと思ったよ。つまりさ、魂の証左じゃないか」

「魂ですって？」

「奴が偉大な魂の持ち主だってことを証明してるんだ」

「あの人が履いてるあの偉大などた靴の上に、少しでも魂を持ち合わせているようだったら、あたくし、すごく驚いてよ。あの人はただ偏屈なだけなの。あたくし彼に何度も何度も繰り返し説得してきたのよ。あの人の叔父様はあの人に国会議員に立候補してもらいたくて、それでその費用全部を支払って、彼に生涯たっぷりと経済支援をしてやるって張り切ってらっしゃるの。だけどだめ。彼はただラバみたいに強情で、自分で生計を立てるとか何とか言うだけなの。あたくし、もうすっかりうんざりしていやになっちゃったわ。それじゃあ、さよなら、バーティー。もう行かなきゃ」

彼女は急に話を締めくくった。まるでこの話題をくどくどしく論じるのは苦痛だと思っているみたいにだ。そして行ってしまった。それでその瞬間、僕はその日が彼女の誕生日で僕は彼女に届けるべくアガサ伯母さんに言いつかったブローチをポケットに入れていたことを思い出したのだった。

僕は彼女に声を掛けて呼び戻すこともできたはずだとは思う。だがなぜかそういう気分ではなかった。彼女の言葉は僕の全身を震撼《しんかん》させていたのだ。フローレンス＝スティルトンのロマンスの基盤となるべき土台の脆弱《ぜいじゃく》さが露呈したことは、僕を愕然《がくぜん》とさせた。そしてふたたび移動を開始するのにじゅうぶんな気力を覚えるまで、イン・スタトゥ・クゥオに留まってタバコを数本吸うことを余儀なくされたのだった。

それから少し気分がよくなって、こんなのはただの一時の小ぜり合いで、すぐうまく片がつくさと自分に言い聞かせながら、僕は出発し、それから数分の後ウィー・ヌックの後方に投錨《とうびょう》するに至ったのだった。

9. ボーイスカウトのエドウィン

ウィー・ヌックは気持ちのよい環境に位置する、なかなか立派な掘っ立て小屋であった。ちょっぴり古風だが、そのほかは結構だ。わらぶき屋根と小さな鉛枠の窓がたくさんと、前庭にはロックガーデンがあった。要するにそれは、後にそのとおりであることが判明するのだが、あたかも以前そこには良家の老婦人が居住してねこを飼っていた、というふうに見えたものだ。

僕は中に入り、小さいスーツケースを玄関ホールに置いた。と、そこに立って辺りを見回し、こういう古色のかかった室内に滞りがちなむうっと澱《よど》んだ空気を吸い込むにつけ、この場所には目に見える以上の何ものかが存在することに僕は気づいた。ここは空気が澱んでいるだけでなく、何かが憑《つ》いているのではないかとの可能性に思いをめぐらせている自分に、突然僕は気がついた。

こういう思考の脈絡を開始させたのは、おかしな物音がすぐそばのどこかで進行中で、こちらでドシン、あちらでバタン、と、ポルターガイストか何かの存在を示唆していたという事実であった。

その音は玄関ホールの突き当たりにあるドアの向こう側から発しているようだった。したがって僕はそちら側へ調査に急行し、つまり僕としてはポルターガイストにまるでここが自分のうちだみたいな顔してゆったりくつろがれて暮らすのはすごくいやだったからなのだが、と、廊下の真ん中に置かれていたバケツにけつまずいて転んだ。足をさすりながらやっとのことで起き上がると、そのときドアが開き、中よりフェレットみたいな顔をした小柄な少年が登場した。そいつはボーイスカウトのユニフォームを着ており、よってこいつの全身が埃《ほこり》でふんだんに覆われていたという事実にも関わらず、奴がフローレンスの弟のエドウィンであることを認めるのに僕は何ら困難を覚えなかった。ボコ・フィトルワースが磁器製の飾り物を投げつけることを常としているクソガキである。

「ああ、ハロー、ハロー、バーティー」そのいやらしい顔中にニタニタ笑いを浮かべながら、奴は言った。

「ハロー、恐るべきクソガキ君」僕は礼儀正しく応えた。「ここで何をしてるんだ?」

「片づけをしてあげてるんだよ」

僕はきわめて興味深い論点を指摘した。

「あのクソいまいましいバケツをそこに置きっぱなしにしたのは、君か?」

「どこ?」

「玄関ホールの真ん中にだ」

「クー! そうだ、いま思い出したよ。邪魔にならないようにあそこに置いたんだった」

「そうか。さてと、僕がもう少しで足を折るところだったと言ったら、君には興味深いんじゃないかな」

奴は跳《と》びあがった。奴の目には狂信的な光が宿った。奴は予期せずアイスクリームを一皿もらった男の子みたいに見えた。

「なんだって! 本当かい? やった儲《もう》かった。僕は応急処置をしてあげられるんだ」

「だめだ、できない」

「だけど足をそんなに強く打ったんだったら――」

「そんなに強く打ってない」

「でも打ったって言ったよ」

「たんなる言葉の綾《あや》だ」

「でも、足首を捻挫《ねんざ》したかもしれないんだよ」

「足首を捻挫しちゃあいない」

「僕は打撲傷のための応急処置をしてあげられるんだ」

「僕は打撲傷なんて受けちゃいない。下がれ！」僕は叫んだ。鉄の決意をもってわが身を守る覚悟でいたからだ。

しばらく間があった。奴の態度物腰はことが膠着《こうちゃく》状態に陥ったと理解した人物のそれであった。僕の毅然《きぜん》たる態度が、明らかに奴をひるませたのだ。

「包帯を巻いてあげるのはいい？」

「そんなことをしたら、殴られて耳が腫《は》れるぞ」

「壊疽《えそ》を起こすかもしれないんだよ」

「そんな可能性は予測するところじゃない」

「もし壊疽を起こしたらすごくバカに見えるよ」

「いや、見えない。ちゃんとして見えるはずだ」

「脚をぶつけて、そしたらそこが黒くなってひざのところから切断しなきゃならなくなった人を僕は知ってるんだ」

「君はどうもとんでもなくとんでもない人たちとお付き合いがあるようだな」

「僕が冷湿布をしてあげられるのに」

「だめだ、しないでくれ」

またもや途方に暮れたような様が、奴の態度物腰に宿った。僕は奴を困惑させたのだ。

「それじゃあ僕、台所に戻ることにするね」奴は言った。「僕、煙突を掃除してあげるんだ。すごく掃除が必要なんだよ。僕がいなかったらここは、ものすごくたいへんなことになっていたはずなんだ」僕の感性にひどく障るうぬぼれの込もった口調で、奴は付け加えた。

「君がいなかったら、っていうのはどういう意味だ？」持ち前の辛辣《しんらつ》な調子で、僕は即座に言い返した。「君は破壊と荒廃をそこいらじゅうに撒《ま》き散らしてきたに決まってるんだ」

「僕は片づけをしてあげてたんだよ」ちょっぴり傷ついたふうに奴は言った。「フローレンスがあなたのために居間に花を飾ったんだ」

「知ってる。彼女がそう話してくれた」

「僕が水を運んであげたんだ。じゃあ、僕は行って煙突を掃除するね、いい？」

「やりたきゃやってくれ。目に泡が立つまでな」僕は言い、冷たい身振りで奴を追っ払った。

さて、読者諸賢におかれては冷たい身振りというものをどのようにされるものか僕は知らない——間違いなく人によって種々様々であろう——しかし、僕のやり方は右腕を敬礼するみたいに上げて、それから僕の側に下ろす、というものだった。そして、腕が僕の側に下ろされるにつれ、僕は何かが足りないことに気がついた。僕の手首が衝突した上着のポケットには、小さくて固い物が——すなわち、アガサ伯母《おば》さんがフローレンスの誕生日プレゼントとして届けるようにと僕に言いつけたブローチの入った箱が――入っていたはずであった。そしてそれはそこになかった。ポケットは空っぽであったのだ。

それとどき同じくしてエドウィンのガキが「クー！」と言って身体をかがめ、何かを拾い上げて身を起こした。

「あなた、これを落とした？」奴は訊《き》いた。

僕が足を骨折した点について奴の念頭にいささかなりと残存していたやもしれぬ疑いの念は、僕のした跳躍によってきれいさっぱり払拭《ふっしょく》されたにちがいない。僕はかるがると空中を舞った。ヒョウだってかくも敏捷《びんしょう》には動けなかったはずだ。僕はそいつを奴の手からもぎ取って、ふたたびポケットに納めた。

奴は好奇心をそそられた様子だった。

「それは何？」

「ブローチだ。フローレンスへの誕生日プレゼントだ」

「僕が持っていってあげようか？」

「いや、結構」

「持っていってあげるよ」

「いや、結構」

「僕が持ってったほうが楽チンでしょう？」

もし状況がこういう具合でなかったら、僕は奴の善意あふれる態度に辟易《へきえき》していたことだろう――実際、あんまり辟易しすぎて、奴のパンツに蹴《け》りを入れていたはずだ。だが奴は僕にあんまりにもたいへんな奉仕をしてくれていたものだから、僕はこのイボ野郎に暖かくほほえみかけただけだった。僕が数年来、していなかったことだ。

「結構だよ、ありがとう」僕は言った。「手許から離したくないんだ。どうせ今夜会うんだから自分で渡すさ。さて、さて、エドウィン君」僕は愛想よく言葉を続けた。「たいしたお手柄だ。ボーイスカウトってのは君たちに、常に目を見開いてるようにって訓練するんだろう？　話してくれないか。君はこのところずっとどんなふうに過ごしてきたんだい？　ちゃんとやってたかな？　風邪とか疝痛《せんつう》とか、その他幼少期に付き物の病気にはかからなかったかい？　たいへん結構！　君が何であれ苦しい思いをしたなんてのはいやだからな。僕の脚に湿布をしてくれるなんて言ってくれて、なんて親切なことだ。本当にありがたいよ。君に一杯ご馳走してやれたらよかったんだが。もっと家が落ち着いたら、君にはちょくちょく来て、顔を見せてもらいたいものだなあ」

かくてこういう友好的な調子でもってわれわれの会談は終了したのだった。僕は庭にとことこ歩み出て、しばらくの間、表門に寄りかかってたたずんでいた。つまり僕はまだ背骨がちょっぴりゼリー化したみたいに感じていて、支えが必要だったからだ。

僕は背骨がゼリー化したみたいだったと言ったが、もし僕のアガサ伯母さんをご存じでおいでなら、さもありなんとご同意をいただけることだろう。

この親戚は、ナポレオンみたいに、ナポレオンでよかったはずだと思うのだが、それがいかにもっともな言い訳であろうと、失敗の言い訳などに耳を傾ける女性ではない。もし彼女が義理の娘にブローチを持っていけとあなたにブローチを渡して、それをあなたが失くしたとなったら、すべてはあなたを予見されぬバケツにけつまずかせて当の物件をあなたのポケットから飛びださしめた神のみわざであったのだと彼女に言って聞かせようとしたってまったく処置なしである。宿命の手の中にあってあなたはポーンに過ぎなかったのかもしれない。しかし、そこを通り過ぎてきたからには同じことなのだ。

もしこのちょっとしたアクセサリーを取り戻せずにいたらば、話はそれで終わりはしない。それは一時代を画する出来事となったことだろう。世界を震撼《しんかん》させる出来事が、「バーティーがあのブローチを失くした頃」、あるいは「バーティーがフローレンスの誕生日プレゼントのことでバカをやった後」に起こったとして語られることとなろう。アガサ伯母さんは象のごとき人である――外見がそうだと言うのではない。なぜなら彼女はむしろお育ちのよいハゲワシに似ているからだ。そうではなくつまり、彼女はけっして忘れない、ということが言いたいのだ。

門にもたれかかりながら、僕はエドウィンのガキに対するやさしき思いが湧きあがってくるのを意識していた。奴のことをフェレット顔の何とかの息子だなどと判断する過ちがどうして犯せたものか、僕は不思議に思った。そして奴の賞賛さるべき行動のご褒美《ほうび》として何か贈り物を買ってやろうとのアイディアを心のうちで検討していた、と、ちょうどそのとき、大きな爆発音がして、振り向くと、僕はウィー・ヌックが炎に包まれているのに気づいたのだった。

僕はまったくびっくり仰天したものだ。

10. ウィー・ヌック炎上

無論、心地のよい火を誰もが楽しむものだ。またしばらくの間、僕は純粋に客観的かつ観照的な精神でもってこの火祭りを眺めたたずんでいた。これはお値打ちな見世物だと僕は感じた。すでにわらぶき屋根は炎に燃え立っていた。丸々ほどよく乾燥腐敗したこの博物館所蔵品級の大建造物は、遠からずまっぷたつに裂け、本当に崩れ落ちることとなろうと思われた。それでそういうわけで、すでに述べたように、アヒルが尻尾をふた振りするくらいのほんのちょっとの間、僕は静かにそれを眺め享楽し、たたずんでいたものだ。

それからこの祝祭にちょっぴり水を差すことに、僕の脳裏にいささか不愉快な思いつきがあらわれ浮かんだ――すなわち、エドウィンのガキを最後に見たとき、奴は台所に消え去っていったところだったということだ。したがっておそらく奴は依然そこにいて、それゆえその必然的帰結は、誰かしらがすみやかに適切な措置をとらない限り、奴はほどなく人間の食用にはまったく適さぬ状態になろう。これに続いて第二の、さらにもっと不愉快な思いつきがあらわれ浮かんだ。すなわち、「消防士さんうちの子を助けてください」ってやつができる立場にいる人間は、懐かしき善良なウースターただひとりである、との思いである。

僕は思いにふけった。読者諸賢におかれては、おそらく僕を総体的にきわめて大胆不敵な男とお呼びになられることと想像するところだが、しかし僕はこの件にものすごく夢中であったわけではなかったと認めねばならない。何よりかにより、両面をこんがり焼かれるとの前途に直面しているこの青二才に対する僕の態度は、いまひとたびすみやかな転回を遂げていたのである。

先に述べたとき、ご記憶でおいでかどうか、僕はこのエドウィンのガキのことを心憎からず思い、何か安価なプレゼントでも買い与えてやろうとすら考えていた。しかしいまや僕はふたたび奴を激しい非難の目もて見やっている自分に気づいたのだ。つまりだ、どんなに貧弱な知能の持ち主にだって、この大火災の原因が奴の何らかのとんまですっとんとんな所業によるところであることは火を見るよりも明らかである。そして僕はいいから奴のことはこのままほかしておこうとの強い意向を意識していた。

しかしながら、こういう状況は多かれ少なかれノブリス・オブリージュ［高い身分に伴う徳義上の義務］というべきものである。僕は公正なことをしたほうがいいと決心し、上着を脱いで放り捨て、燃えさかる建物の中に突入しようと覚悟した。とはいえ依然として、燃えカスになるまでよくよく焼いてやったほうがずっといいようなガキをよろこばせるためなんかに黒焦げになるのはちょっとあんまりだなあ、と感じていたものだ。と、そのとき奴が姿を現した。奴の顔は真っ黒で、眉毛はなかった。しかしその他の点ではまあまあ元気一杯に見えた。実際、奴はこの事態を怖がっていると言うよりは面白がっている様子だった。

「クー！」嬉しそうな声で奴は言った。「ちょっと爆発しちゃったね、そうじゃない？」

僕は厳しく奴をねめつけた。

「いったいぜんたい何して遊んでたんだ？　この底なしのシラミガキめ」僕は聞き質した。「あの爆発は何だったんだ？」

「台所の煙突だよ。煤《すす》がいっぱいだったから、ちょっぴり火薬を突っ込んでみたんだ。それで思うんだけど、たくさん入れすぎたのかもしれない。恐ろしい爆発があって何もかにもに火がついちゃったんだ。クー！　これっぽっちもおかしかないや」

「どうして火に水をかけなかったんだ？」

「かけたよ。かけたらそれがパラフィン［石ろう］だったんだ」

　僕はひたいを強く押さえた。深く心かき乱されていた。ここで燃えさかり火葬に付された建物は、本来ウースターＧＨＱとなるはずであった場所だとの思いが突然寄せてきて、僕のうちなる家長精神が目を覚ましたのだ。このアホ息子に棍棒《こんぼう》で効き目のいい奴を六発お見舞いしてやれと、ありとあらゆる思いが僕を衝《つ》き動かした。しかし、たったいま眉毛をなくしたばかりのガキをぶっ飛ばせるものではない。その上、僕は棍棒を持っていないのだ。

「ふむ、君はうまい具合にことをめちゃくちゃにしてくれたな」僕は言った。

「僕が思ってたとおりにはうまくいかなかった」奴は認めた。「でも僕は先週の金曜日の一日一善がやりたかったんだ」

　この言葉を聞いて、僕にはすべてが突然明らかになった。このガキ毒薬袋とはものすごく久しぶりに会ったもので、僕はこいつをこんなにも社会の脅威たらしめている、このガキの心理のゆがみのことを忘れていたのだ。

　僕はいまや思い出したのだが、このエドウィンというのはいかなる努力をも惜しまぬ、いわゆる徹底主義のガキのひとりなのだ。奴は姉のフローレンスと同じく真剣な人生観の持ち主である。ボーイスカウトに入団したとき、このガキは己《おの》が義務をおこたるまいと固く決意しつつそうしたのだった。当該プログラムにおいては日々の善行が求められる。それでこいつはそれに真剣かつ真面目な精神でもって取り組んでいるのだ。不幸なことに、あれやこれやで、奴はいつでも予定に遅れている。そうして目標達成に追いつこうと急いでじたばたやって、それゆえ奴がたまたま機能開始した場所はすみやかに人と獣の双方にとって完全なる地獄と化するのである。僕が奴にはじめて会ったシュロップシャーの邸宅でもそうだった。そして明らかにいまもまったくおんなじである。

厳粛な顔と思慮深げに下唇を嚙《か》み締める歯でもって、僕は上着を拾い上げ、身にまとった。もっと弱い男であれば、自分がフローレンス・クレイ、チーズライト巡査、パーシー伯父《おじ》さんのみならず、一日一善をしてまわるエドウィンをも含有する地域に囚われの身となってしまったという事実をじっくり考察したらば、おそらくひざががくんとなるはずである。また僕だって、もし恐るべき発見によって心そらされていなかったら、そうなっていなかったかどうかわかったものではない。その発見はあまりにも恐ろしすぎたもので、僕はしゃがれた叫び声を発し、フローレンス、スティルトン、パーシー伯父さん、そしてエドウィンに関するすべての思いは僕の脳裏から一掃されてしまったのだった。

僕は船乗りシンドバッドのコスチュームの入った僕のスーツケースがウィー・ヌックの玄関ホールに置いてあって、火の手がいますぐそこに迫っていることを思い出したのだ。

いまや僕の動きには何らの躊躇《ちゅうちょ》も、動揺もなかった。ボーイスカウトを救出するために自分の命を危険にさらすという時にあっては、僕は立ったまま顎《あご》を撫《な》でさすっていたかもしれない。しかし、今回はちがう。僕にはあのシンドバッドが必要だった。あれをとり返すことによってのみ、僕はイースト・ウィブレイで明日の晩開催される仮装舞踏会に出席できるのだ。暗く、厄介な未来のうちの、唯一の光明である。うむ、ロンドンに飛んで帰れば何か別のものを入手できはしよう。だがおそらくただのピエロに過ぎまい。僕のハートはまるごとシンドバッドとジンジャー色の頰《ほお》ひげで決まっていたのだ。

エドウィンが消防隊について何か言っていた。僕は心ここにないふうによしきた返事をした。そして、ジャックウサギみたいにすばやく飛び上がって、我が魂を神に託し、突入した。

さてと、行動を起こしてみれば、心配するほどのことはなかった。確かに玄関ホールの中にはだいぶ煙が充満していて、どんよりした雲になってもうもうとうねっていた。しかし、キャッツミート・ポッター＝パーブライトが葉巻を楽しんでいるときに奴の風下にしばしば座る男にとっては、どうということもなしだ。数分のうちに、この建物全体が陽気な炎に包まれるのは明白だった。しかしいまのところ、状況はまずまず普通だった。

要するに、僕がこれからお話しせねばならないのは、素敵にカリカリに焼きあげられたバートラム・ウースターの物語ではなく、むしろ懐かしきスーツケースを拾い上げ、陽気に口笛を吹いて傷ひとつなく颯爽《さつそう》とあらわれいでたるバートラム・ウースターの物語であった。僕は一、二度咳《せき》をしたかもしれない。しかしそれ以上のことはない。

しかし、危機は屋内では着手に至ってはいなかったものの、舞台袖の屋外では強烈だった。出てきて最初に僕が見たものは、門のところにたたずむパーシー伯父さんの姿であった。それでエドウィンがいまや、おそらく消防隊を求めていなくなっていたものだから、僕は彼と広大な地平にふたりっきりになった——子供時代から、僕がいつも絶対に避けてきたことである。

「ああ、ハロー、パーシー伯父さん」僕は言った。「こんにちは、結構なお日和《ひより》ですね」

　通りすがりの人であれば、この言葉を聞き、またそれが語られる心のこもった声を耳にするにつけ、バートラムはくつろいでいると誤って思い込まれるかもしれない。しかしながら、事実はまったくそうではない。この神様お助けをというような老人と同席してくつろげる人物がいるものかはわからない。しかし僕は断然ちがう。背骨が溶解のきわみまで行ったという事実を、僕は隠そうとは思わない。

　あるいはこうも思われるかもしれない。われわれに降りかかった大災難は僕の責任ではないのだから、僕は何ら怖れることはない、と。しかし長い経験が僕に語るところでは、こういう時にあって無実であるなどは取るに足らないことだ。吹き寄せられた雪くらいに潔白［『冬物語』四幕三場］だとしたって、あるいはそれよりもっと潔白なくらいだとしたって、侮辱を受けるのはその場にいた男なのである。

　僕の礼儀正しい挨拶《あいさつ》は何らの反応も誘発しなかった。彼は僕を通り越して家を見ていた。それでそいつはいまやいかなる疑問の余地なく全焼する運命にあった。エドウィンがハンプシャーじゅうの消防隊をぜんぶ連れて戻ってきたとしたって、ウィー・ヌックが灰燼《かいじん》に帰することはもはや何ものにも止めようがなかった。

「なんと？」愚鈍な言い方で、彼は言った。まるで魂が傷ついたとでもいうみたいにだ。またおそらく事実またそのとおりであったのだろう。「なんと？　なんと？　なんと？　なんと……？」

　抑制しないかぎり、これはずいぶんかかりそうだと僕は見て取った。

「火事なんです」僕は言った。

「どういう意味じゃ？」

ふむ、これ以上どう明瞭《めいりょう》に言いようがあるものか僕にはわからない。

「火事です」僕は繰り返した。燃えさかる大建造物の方向に手を振って、ご自分でご覧になってくださいとの趣旨を込めながらだ。「いかがお過ごしでいらっしゃいますか、パーシー伯父さん？お元気そうですね」

実のところ彼はお元気そうではなかった。また彼にお世辞を言って緊張を和らげようとの試みも所期の効果をあげなかったものだ。彼は逆上してギラギラした目を僕に向け、そこには伯父の愛情など微塵《みじん》も含まれてはおらず、またうつろな、絶望した声で話した。

「承知しておるべきじゃった！　わしの親友だったらみな、お前みたいなキチガイを野放しにしておいたら何が起こるか知れんと警告してくれたものじゃろう。お前が最初にすることは——荷解きすらしないうちにじゃ——この家全体に火をかけることだと、わしは察しておって然《しか》るべきじゃった」

「僕じゃありません」僕は言った。功績を帰すべきところに功績は帰したいものだと願いつつだ。

「エドウィンです」

「エドウィン、わしの息子の？」

「そうです。わかりますよ」同情するげに僕は言った。「本当にお気の毒です。そうです、彼はあなたの息子さんなんでした。彼は片づけをしていたんですよ」

「片づけで火事は起こせん」

「火薬を使えばできますよ」

「火薬じゃと？」

「彼は台所の煙突が煤を溜める性向を矯正《きようせい》しようと、そいつの中で一、二樽、引火させたみたいですね」

さてと、誰もがご想像されるように、僕は当然にこの率直な説明で己《おの》が潔白を証明し、よって彼は僕の人品に何ら瑕《きず》を負わせることなく無罪放免としてくれるものと、また彼の発言に紛れ込んでいた人格的中傷は即座に消滅するものと想像していた。僕が予想していたのは、彼がキチガイに関して行なった失言に対する謝罪であり、僕はそれを優雅に受け入れ、それから僕たち二人は昔ながらの旧友みたいに寄り添い、若い世代の衝動性を思って首を横に振る、と、そういう展開であった。

しかし、そんなことはぜんぜんなかった。彼は僕が最初から好きでなかった責めるような目を、あいかわらず僕の上に投げかけてよこし続けていた。

「いったいぜんたいどうしてお前はあの子に火薬なんぞを与えたんじゃ？」

僕は彼がいまだに間違った角度から物を見ていることを理解した。

「僕はあの子に火薬なんかやってません」

「生来性のバカくらいしか子供に火薬なんぞは与えんものじゃ。英国中に、お前以外、子供に火薬を与えたらどうなるかがわからん男は一人もおらん。自分が何をしでかしたかわかっておるのか？お前がここに来た唯一の理由は、わしが旧友と会ってさる関心事について話し合うための場所を確保するためじゃった。さてとそれでこれを見よじゃ。わしはお前にお願いする。これを見よ、と」

「あんまりよくはありませんね」僕は譲歩せざるを得なかった。屋根が崩れ落ちるにつれ、シャワーのように火花が降り注ぎ、僕らの頬《ほお》には朗らかに燃え立つ色が遊んだ。

「火に水をかけようとの考えはお前にはまったく浮かばなかったのじゃろうて？」

「エドウィンには浮かんだんです。ただ彼はパラフィンを使ったんですね」

彼は跳《と》びあがった。信じられぬというように僕を見つめながらだ。

「お前は火にパラフィンをかけようとしたと言うのか？　お前は精神障害認定を受けるべきじゃ。医者を何人か集めたら、すぐさまそうしてやる」

おそらくお気づきのことと思うが、この会話をかくも困難たらしめていたのは、このアホ親爺《おやじ》がことの原理を選り分け、各原理に役割を割り当てることが明らかにできない人物であるということであった。彼は時折出くわす、自分に向けて発された所見の最初の二語しか聞かない男たちの一人なのだ。思うに、彼はこういうやり方を、取締役会で議長を務め、つねに株主たちの話の途中で割り込んではそれを鎮圧することを通じて身に着けたのだろう。

またもやふたたび僕は彼に、いわゆる力仕事をぜんぶやったのはエドウィンであり、バートラムは終始たんなる傍観者であったのだと言って聞かそうとした。しかしそれが彼の胸に落ちることはなかった。彼は僕とあの子供が共同謀議し、火薬によって建物に火を放った後、パラフィンを注意深く投入することによって大火を絶やさぬよう番をして、大切なのはチームワークだとの原理に基づき、互いが互いを励まし合ったとの確信に固執を続けたのだ。

ジーヴスが到着したらその瞬間に自分のところに来させるようにと指示を残し、ようやく立ち去るまでに、僕は野放しでいるべきではないとの見解を彼は改めて表明し、また――この点僕は彼と見解を等しくするものではないが――もし僕があと十歳若かったら、狩猟用鞭を持って追いかけてやれたのにと希望してみせた。そして彼は退場し、僕は黙想すべくひとり残された。

容易にご想像いただけるように、それはすごく成果が上がるというような黙想ではなかった。しかしながら、それはたいして長くはかからなかったものだ。と言うのはつまり、僕が黙想を始めて一、二分経《た》つかどうかというところで、ガラガラ言う音が遠方より聞こえ、左上方中央より駅タクシーでしかありえない乗り物が登場したからである。そこには荷物が載っていた。そしてさらによくよく見ると、僕はジーヴスが窓から顔を突き出すのを認めたのだった。

そのおかしな物体――タクシーのことで、ジーヴスではない――は、門のところで停止した。ジーヴスが支払いを済ませ、荷物は路上に投げ下ろされ、かくして彼は若主人様と自由に会談できる身の上となった。後者はその時を待ち構えていたものだ。僕は彼の同情と励ましと助言を必要としていた。僕はまた、僕をこんな目に遭わせたことについて、彼をちょっぴり叱責《しっせき》してやりたかった。

11. 消えた装身具

「ジーヴス」僕は言った。ことの核心にまっすぐに切り込む旧きウースター家の流儀でだ。「素敵な状況になっていることだな！」

「さて？」

「地獄の大地も鳴動しているんだ」

「さようでございますか、ご主人様」

「呪《のろ》いは我が許に達した。僕がスティープル・バンプレイを訪ねたが最後、そうなるだろうと警告したとおりにだ。この隔離病院に関する僕の見解を、君は長らくよくよく承知してたはずだ。僕は繰り返しこう言いはしなかったか？　かぐわしきそよ風スティープル・バンプレイの頭上にやわらにそよぐとも、私見によればそいつを全面的に無視するのが一番賢明だ、と？」

「はい、ご主人様」

「ようし、ジーヴス。君もいつかはきっと僕の言うことを聞いてくれることだろう。しかしながら、非難のほうは軽く済ませて、事実に関心を限定するとしよう。僕らの楽しい我が家が焼け落ちたことに、君は気づいているな？」

「はい、ご主人様。ただいま拝見いたしたところでございます」

「エドウィンがやったんだ。あいつだ、ジーヴス。この国に必要なのはヘロデ王［イエスが誕生した時代のユダヤの王。男児を皆殺しにした］みたいな人物だと、人をして思わしむるようなガキがいる。火薬で始めて、パラフィンで完了だ。ここなるくすぶりゆれる廃墟に目を向けよだ。スポーツシャツにカーキ色のズボンをはいた弱々しいガキに、これほど徹底的な破壊が可能だとは、よもや君は思うまい。だが奴はやり遂げたんだ、ジーヴス。独力でだ。これが何を意味するか君にはわかるな？」

「はい、ご主人様」

「奴はうまい具合にパーシー伯父《おじ》さんと彼の海運王仲間の会合場所にとんでもないことをしでかしてくれたんだ。君はまた考え直さなきゃならない」

「はい、ご主人様。現今の状況下においてウィー・ヌックにての会合は実現不可能との事実を、閣下は完全にご了解でおいであそばされます」

「すると君は彼に会ったんだな？」

「わたくしが小道に差し掛かりましたとき、あの方は小道よりお姿を現されました、ご主人様」

「親爺《おやじ》さんは君に、できるかぎり早く自分のところに来て話をするようにと言ったのか？」

「はい、ご主人様。閣下はわたくしに、バンプレイ・ホールに居を定めるようにとご要望あそばされたものでございます」

「君が突然ひらめいたときに便利なようにか？」

「疑問の余地なくさようなお考えが閣下のご胸中にあってのことと存じます、ご主人様」

「僕は招待されているのか？」

「いいえ、ご主人様」

うむ、そう期待してはいなかったものだ。とはいえ、僕は胸の痛みを意識していた。

「となると、僕らはしばしば離れ離れになると、そういうことだな？」

「遺憾《いかん》ながらさようと存じます、ご主人様」

「君はあちらの道を行き、僕はこちらの道を行く〔スコットランド民謡「ロッホ・ローモンドのうるわしき湖畔」より〕、と、そうだな？」

「さようでございます、ご主人様」

「君がいないと寂しいな、ジーヴス」

「有難うございます、ご主人様」

「ガゼルを失くしたっていつも文句を言ってた男は誰だったか？」

「詩人のムーアでございます、ご主人様。やわらかき黒き瞳もてわれをよろこばす愛しのガゼルをいとしみ育んだことなし。われと親しむや、きっと儚《はかな》く死にゆかん、と、苦痛を訴えたのでございます〔十九世紀のアイルランド詩人トマス・ムーアの詩「ララ・ルーク」〕」

「僕も同じだ。僕も一匹ガゼル不足なんだ。君をガゼル呼ばわりしても、構わないかな、ジーヴス？」

「まったく構いません、ご主人様」

「うーん、それじゃあそういうことだ。となると僕はボコのところへ行って泊めてもらったほうがいいな」

「わたくしもさようにご提案を申し上げるところでございました、ご主人様。フィトルワース様はあなた様をよろこんでおもてなしくださいますことと、わたくしは確信をいたしております」

「僕もそう思う。そうあってもらいたい。ついさっき、奴は太った仔牛を屠《ほふ》るとかって話してくれてたところなんだ。だがパーシー伯父さんとアメリカから来る親爺さんに話を戻すと、君は二人を密会させる件について何かアイディアはあるのか？」

「いま現在はございません、ご主人様」

「うむ、脳みそを全力で働かせてくれ。なぜならそれが重要なんだ。ボコとノビーが婚約していると話したのを、君は憶《おぼ》えているか？」

「はい、ご主人様」

「彼女はパーシー伯父さんの同意なしには結婚できない」

「さようでございますか、ご主人様？」

「彼女が二十一歳になるまではだ。法律的なことだな。それでここが肝心なんだ、ジーヴス。いま完全なことの詳細まで話してる時間はないんだが、あのバカ間抜けのボコがバカ間抜けな真似をやって、その結果、奴は――誰かに口から泡を吹かせてカーペットをずたずたに噛《か》み切らせちゃうことを意味する言葉はなんと言ったかなあ？」

「あなた様がお探しの動詞は、〈疎《うと》んじる〉であろうかと存じます、主人様」

「そいつだ。疎んじる、だ。さてとすでに言ったように、いま君に内幕話をぜんぶ聞かせている時間はない。だがボコがバカな真似をやってパーシー伯父さんに疎んじられたんだ。それで後者においては後見人の祝福なんて、においだけだってやる気はないんだ。だからこの会談の持つ意味が君にはわかるな。そいつが可能なかぎり早期に行なわれることが決定的に重要なんだ」

「閣下がより友好的なご心境にお至りあそばされますように、ということでございましょうか？」

「そのとおりだ。例の合併がうまくいけば、人間的優しさの甘露［『マクベス』一幕五場］が彼のうちに上げ潮みたいにばしゃんばしゃんと跳《は》ねまわって、敵意を水びたしにして圧倒するにちがいないんだ。君はそうは思わないか？」

「疑いのなきことと、管見いたします、ご主人様」

「僕もそう思う。それで僕がいま憂鬱《ゆううつ》でいたのはそういうわけなんだ、ジーヴス。僕はたったいまパーシー伯父さんと不快な会見を終えたところで、それでその間じゅうずっと伯父さんは僕の賞賛者のひとりではないことをおおっぴらに表明してくれたものだ。不当にも、僕が先の放火において重要な役割を果たしたと考えているんだ」

「閣下はあなた様を誤解されておいでなのでございましょうか、ご主人様」

「完全にだ。僕はぜんぜん関係ないのになんだ。僕はこの件についてはちょい役ですらない。エドウィンがぜんぶ面倒を見たんだ。だが親爺さんは僕のせいだって思っていて、聞く耳を持たなくて頑迷でいるんだ」

「ご不運なことでございます、ご主人様」

「最悪だ。もちろん、実際の非難の発言についてはもう済んだことだし僕は気にしやしない。ちょっぴりフンッとかチッって言えばそれで済むことだ。バートラム・ウースターはちょっとやそっとのきつい言葉を気にかけるような男じゃない。彼は明るく笑って指をパチンって鳴らすんだ。あの親爺が僕をどう思おうと僕にはどうだっていいことだ。それにアガサ伯母《おば》さんがおんなじ状況で言うようなことの十分の一も親爺さんは言いやしなかった。だけど重要なのは、僕はノビーに彼女の愛する人のために嘆願してやるって約束したってことで、それで君が来たとき僕が悲しがっていたのは、その方面での僕の能力がたいへんな勢いで低減したっていう、その思いのせいでなんだ。パーシー伯父さんに関するかぎり、僕にかつての威力はない。だからその会談をどんどん進めてくれ」

「全身全霊を尽くして努力いたす所存でおります、ご主人様。現状況につきましてはすべて了解いたしました」

「よし。さてと、ほかに何を言っておくんだったかな？　ああそうだ。スティルトンだ」

「チーズライト様のことでございますか？」

「チーズライト巡査だ、ジーヴス。スティルトンは村のおまわりさんになっていたんだ」

彼はびっくりした様子だった。また僕はそれを驚かない。無論彼にとって、僕のフラットで出会ったときには、スティルトンはただの、普通の、ツイードのスーツを着た訪問者だった。つまり、制服なし、ヘルメットなし、制靴の気配も微塵《みじん》もなし、であったわけだ。

「警察官でございますか、ご主人様？」

「そうだ、それもいやらしい、底意地の悪い警察官だ。奴ともまた、僕は不快な会見をしたものだ。奴は僕がここにいることに反対している」

「近頃はきわめて大勢の若紳士様が警察にご入隊あそばされていることと拝察いたします、ご主人様」

「もっと少なけりゃよかったんだ。警察といざこざを起こすってのは、厄介なもんだなあ、ジーヴス」

「はい、ご主人様」

「奴に公権力を濫用する隙《すき》を与えないよう、僕は不断の監視を心がけなきゃならない。村のパブでの飲めや歌えの大騒ぎはなしだ」

「はい、ご主人様」

「一歩でも間違ったら、奴は僕になんとかみたいに急襲してくるんだ――ヒツジを襲うオオカミみたいにやってくるのは、誰だったかな？」

「アッシリア人でございます［バイロンの詩「セナケリブの破壊」冒頭］、ご主人様」

「そのとおりだ。さてと、君と別れてから僕が通り過ぎてきたことはこれでぜんぶだ。最初がスティルトン、それからエドウィン、それから火事、そして最後がパーシー伯父さんだ――これだけぜんぶ半時間の間にだ。いったん取り掛かったらスティープル・バンプレイにどれほどのことができようものか、これでわかろうってもんじゃないか。それで、なんてこった、忘れるところだった。ブローチのことは知っているな？」

「さて？」

「アガサ伯母さんのブローチのことだ」

「ええ、はい、ご主人様」

「僕はそいつをなくしたんだ。ああ、だが大丈夫だ。また見つけ出したからな。だが僕が言いたいのは、僕の狼狽《ろうばい》を想像してくれってことだ。僕の心臓は停止したものだ」

「容易に想像されるところでございます、ご主人様。しかしいまやそれをご確保されておいでなのでございますな？」

「ああ、そうだ」ポケットに手を突っ込みながら僕は言った。「ああ、そうだとも」僕は続けた。

灰色の顔ととび出した目をしてその手を取り出しながらだ。「ああ、そうじゃないみたいだ、ジーヴス」僕は言った。「こんなことを言っても信用してはもらえまいが、あのシロモノはまたどこかにいってしまった！」

しばしばあることだが、またそのことで僕は彼を叱責《しっせき》してこねばならなかったものだが、若主人様の世界が振動してまわっているという宣言を、彼はたんなる「きわめて不快でございます、ご主人様」で受けとめることがある。しかしいまやことはそれで済ますには重大すぎると彼が気づいたのは明白だった。彼が蒼《あお》ざめたとは思わないし、また彼は「なんと！」とも何とも言わなかった。しかし彼はいわゆる映画で言われるところの「短い〈ほうっ〉」を言ってしまいそうなところまでいった。彼の目には憂慮が見えた。それで雇用者被雇用者間のエチケットに関する彼の見解がかくも厳格でなかったら、彼は僕の肩をぽんと叩いていたことだろうと僕は思う。

「それははなはだ最悪の事態でございます、ご主人様」

「君もそう思うのか、ジーヴス！」

「奥方様はお怒りあそばされましょう」

「僕には伯母さんが怒り狂って絶叫する姿が見える」

「どちらにてお落としあそばされたものか、ご想起をいただけましょうか、ご主人様？」

「僕もいまそうしようとしてるんだ。待ってくれ、ジーヴス」目を閉じて僕は言った。よくよく考えさせてくれ」

僕はよくよく考えた。

「ああ、なんてこった！」

「ご主人様？」

「ああわかった」

「ブローチの所在がでございますか、ご主人様？」

「ちがう、ジーヴス。ブローチの所在じゃない。僕は場面を再構成して僕がどこでそいつと離れ離れになったかにいま思い当たったんだ。順番はこうだ。家が火事になった。そして僕は玄関ホールに小さいスーツケースを置いてきたことを突然思い出した。その中身はあえて言うまでもあるまい。僕の船乗りシンドバッドのコスチュームだ」

「え、ああ、さようでございます、ご主人様」

「〈え、ああ、さようでございます〉なんて言うんじゃない、ジーヴス。ただ聞いていてくれ。繰り返す。僕は玄関ホールに小さいスーツケースを置いてあった。それで、僕のことはわかっているだろう。思いついたら即行動の男だ。僕は屋内にいて、一瞬の遅れもなくそいつを取り上げた。それには身をかがめる必要があった。この身をかがめる必要のせいでブツは僕のポケットから落っこちたものにちがいない」

「するとそれは玄関ホールの中にございますのでしょうか、ご主人様」

「そうだ。それで玄関ホールを見てくれ！」

僕たち二人はそれを見た。僕は僕の首を横に振った。彼は彼の首を横に振った。ウィー・ヌックはいまや弱火加減になってはいた。だがその内部は依然、シャドラク、メシャク、アベドネゴ〔『ダニエル記』三〕だけが本当に楽しく入ってゆけるような具合の有様であった。

「もしあそこにあるとしたら、取り返す望みはないな」

「はい、ご主人様」

「それじゃあ、どうしたらいいかなあ？」

「よくよく熟考いたしてもよろしゅうございましょうか、ご主人様？」

「もちろんだとも、ジーヴス」

「有難うございます、ご主人様」

彼は黙りこくった。その間僕はアガサ伯母さんが何と言うかを考えながら時間をつぶしていた。僕は伯母さんと連絡を取るのはいやだった。実際、またもや急なアメリカ旅行が必要になるかとも思われた。アガサ伯母さんのような伯母を持つことの唯一の利点は、それが人を旅へと駆り立てることである。かくて視野を広げることが、新しい人々との出会いが、可能となるのである。

それで僕がほとんど自分に「若者よ、西に向かえ［アメリカのジャーナリスト・政治家のホレース・グリーリーが「ニューヨーク・トリビューン」紙の社説で引用して有名になったJ・B・S・ソウルの言葉］」と言い聞かせようとしていたところで、たまたま思索者をちらりと見ると、彼の顔に聡明そうな表情が浮かんでいるのを認めた。その表情はつねに何かホットなやつが浮かんできたことを意味する表情なのだ。

「なんだ、ジーヴス？」

「あなた様のご困難のきわめて簡単な解決策に、わたくしは思い至ったものと存じます、ご主人様」

「聞かせてくれ、ジーヴス。今すぐにだ」

「わたくしが提案申し上げますのは、これよりわたくしが車を運転いたしましてロンドンに向かい、奥方様がご購入をあそばされた店舗を訪れ、紛失したブローチの代わりに別のブローチを入手することでございます」

僕はこれを考量した。見込みありと思えた。希望が萌《も》え出《い》ではじめた。

「つまり、替え玉を使うってことだな?」

「はい、ご主人様」

「受取人に本物として配達するんだな?」

「まさしくさようでございます、ご主人様」

僕は考量を続けた。そしてすればするほどに、それは申し分のないアイディアだと思えてきた。

「よし、君の言いたいことはわかった。メカニズムは君がアガサ伯母さんの犬のマッキントッシュのときに用いたのとほぼおんなじだな」

「異質ではございません、ご主人様」

「あのときはアバディーン・テリアがプラス一匹いなきゃいけないのに、アバディーン・テリアがマイナス一匹いるんだったんだ。君は正当にもこの種の犬一族はみんな似ているものだと指摘し、替え玉を投入して完勝したんだった」

「はい、ご主人様」

「同システムはブローチでも成功するだろうか?」

「さようと拝察いたします、ご主人様」

「ブローチというものは他のブローチとみんな似ているものだろうか?」

「必ずしもさようなことはございません、ご主人様。しかしながら調査の言葉をいささか発しました後ならば、紛失した装身具の描写を得、奥方様が支払われたご金額を確認いたすことができましょう。かようにいたしまして、わたくしはオリジナルとほぼ見分けのつかぬ品物を持って戻ることができようかと思料いたします」

僕は納得した。まるで魂の上から重たい重石《おもし》が転げ落ちたみたいだった。先ほど僕は、彼が僕の肩をぽんと叩こうと考えているようだったと述べた。いまや僕は彼の肩をぽんと叩こうという衝動と必死で戦っていた。

「最高だ、ジーヴス！」

「有難うございます、ご主人様」

「レム――もう一ぺん訊《き》くが、何だったか？」

「アク・テティギスティでございます、ご主人様」

「君が方途を見つけてくれるって、僕はわかってなきゃいけなかったんだ」

「あなた様のご信頼にお応えできますことがわたくしのよろこびでございます、ご主人様」

「アスピナールには僕の勘定帳がある。だから連中にはそこにつけとくようにって言えばいい」

「かしこまりました、ご主人様」

「いますぐ出発してくれ」

「時間はたっぷりございます、ご主人様。閉店時間のじゅうぶん前にロンドン到着が可能でございましょう。そちらへ向かう前に、わたくしはフィトルワース様のお住まいに立ち寄り、出来《しゅったい》いたしたことどもをお知らせ申し上げ、お荷物をお預けしてあなた様のご到着を警告申し上げてまいるのがよろしかろうと拝察申し上げます」

「〈警告する〉という表現でいいのか？」

「〈お知らせする〉と申し上げておりますべきでございました、ご主人様」

「うん、あんまり時間ぎりぎりにしないでくれよ。承知していてくれ、時間はないんだ。あのブローチは今夜受取人の手に渡されなきゃならない。目標はそいつをディナーテーブルの彼女の皿の横に並べて置くことなんだからな」

「間違いなくディナーの時刻には、スティープル・バンプレイに戻ってまいることができようと存じます、ご主人様」

「よしきた、ホーだ、ジーヴス。君が時間に間に合うって信頼できることはわかってる。それじゃあ最初にボコのところに立ち寄ってくれ。それじゃあ僕はしばらくこの界隈《かいわい》を嗅《か》ぎ回ってみるとしよう。戸外のどこかに落としたって可能性もあるいはあるかもしれないからな。火事を見て僕がどういう心境に至ったものか、はっきりとは思い出せないんだ。だが間違いなく跳《と》び上がったり下がったりをちょっぴりやったにちがいない――素早すぎて包みがポケットからとび出したってことだってありそうだ」

　無論、本当にそう思っていたわけではない。僕のそもそもの、スーツケースを取り上げるときにブローチを失くした説があくまで有力だった。しかしこういうとき、本能はすべての石をひっくり返し、あらゆる可能な手段を検討することを要求するものだ。

　したがって僕は芝生を見てまわり、ロックガーデンの方に行ってみることまでして辺りを嗅ぎまわった。予想どおり、何も出てこなかった。ほどなく僕はあきらめて、ボコのうちまでぶらぶら歩きだした。そうしてちょうど奴の家の門のところに着いたところで、自転車のベルのリンリン鳴る音がして――スティープル・バンプレイの居住者たちには、自転車に乗って、ベルをリンリンやるしか能がないようなのは奇妙な現象だと僕は思ったものだ――そして僕はノビーが近づいてくるのを目にした。

僕は彼女に急いで会いたかった。というのはつまり彼女は僕が連絡を取りたい唯一の女の子であったからだ。スティルトンならびに奴の恋愛生活というトピックに関して、僕は彼女と徹底的に議論を深めたくてたまらなかったのだ。

12. ボコの名案

彼女は機敏に優雅に、自転車から降りた。歓迎するげにほほえんでいる。最後に別れてから、彼女は旅の垢《あか》を洗い落とし、着替えてこざっぱりとこぎれいに見えた。ひざに継ぎのあたったグレイのフランネルのズボンにタートルネックのセーター姿の男と会うためなんかに、どうしてわざわざおしゃれなんぞをしてこなけりゃならないものか僕にはまったく理解不能だが、とはいえ無論女の子とは、女の子なのである。

「ハロー、バーティー」彼女は言った。「ボコのところにご近所訪問に来たの？」

僕はだいたいそんなところだと答えた。そしてまず第一に彼女の貴重な時間を少しいただかなきゃならないと付け加えた。

「聞くんだ、ノビー」僕は言った
もちろん彼女は聞きはしなかった。僕はいままで人の話を聞く女の子に会ったためしがない。誰でもいいから手弱女《たおやめ》らの一員に「聞くんだ」と言ってみるがいい。彼女はそれを自分の話を開始するキューの合図ととらえることだろう。しかしながら彼女が導入した主題が、僕が公開討議しようとしていたのとまさしく同じものであったため、彼女の脳みそをレンガで叩きのめしてやりたいとの欲求は、そうでなかったときのようには表明されなかったものだ。

「あなたスティルトンを怒らせるような何をしたの、バーティー？　わたし彼にたったいま会ってあなたに会ったかって聞いたところなの。そしたら彼ったら朱色になって顔じゅうの歯をぜんぶ歯ぎしりして見せたのよ。わたしいままであんなに熱くなった警官って見たことないと思うわ」

「奴は説明はしなかったのか？」

「しないわ。ただ怒り狂ってペダルをこいでったわ。まるで六日間の自転車競走の途中で先頭集団に遅れてるっていま気づいたところだっていうみたいによ。何があったの？」

　僕は人差し指で厳粛に彼女の腕をコツコツ叩いた。

「ノビー」僕は言った。「ちょっとした混乱があったんだ。〈コン〉で始まる単語は何だったかなあ？」

「〈コン〉ですって？」

「ジーヴスが使うのを聞いたことがあるんだ。どこかにねこ《キャット》が入っていた」

「いったいぜんたい何バカなこと言ってるの？」

「〈連鎖《コンキャトネイション》〉だ」僕は言った。思い出した。「不幸な連鎖《コンキャトネイション》のおかげで、スティルトンは僕を憂慮の目もてながめている。奴の頭には、僕はここにフローレンスを奴の許から奪い返しに来たっていう考えが深く根を張っているんだ」

「あら、あなた、そうだったの？」

「ねえ親愛なるイボ娘君」僕は言った。ちょっぴり業《ごう》を煮やしつつだ。「いったい誰がフローレンスを奪い去りたいっていうんだ？　知性を使いたまえ？　しかし、僕が言ったように、この不幸な連鎖が、奴に最悪の疑念を持たせてるんだ」

そして僕は手短かにここまでのシナリオの展開を説明した。本件の若きロキンバー的側面を強調しながらだ。僕が話し終えると、女性という性は鎮圧されて然《しか》るべきだとの確信を男に強めさせるようなバカげた発言を彼女はした。

「あなたは彼に自分は清廉潔白だって言えばよかったのよ」

僕は我慢ならないというふうに舌打ちした。

「僕は奴に自分は清廉潔白だって言った。それでぜんぜん信じちゃもらえなかったんだ。奴はどんどん逆上し続けて、ついにはあの場で僕が現行犯逮捕されなかったのはびっくりみたいな温度にまで達したものだ。そうだその件についてだが、奴が警官だってことは、君には話しておいてもらいたかったな」

「忘れてたの」

「それで面食らって受けたショックはずいぶんと小さくなってたはずなんだ。誰かが僕の名を呼ぶのを聞いて振り返って、それで奴が田舎警官の正装一式に身を包んで自転車でやってくるのを見たとき、僕は自分が幻覚を見てるんだって思ったんだぞ」

彼女は笑った――ソロ演奏でだ。現今の状況下には僕をデュエットに突入する気分にさせるものは何ひとつなかった。

「可哀そうなスティルトン！」

「そうだ、そうかもしれない。だが――」

「わたし彼にはスポーツマン精神があるって思うのよ。叔父様《おじ》のおひざに座って叔父様のポケットから飲み食いするんじゃなくって自分で生計を立てたいだなんて」

「それはそうだ、だが――」

「フローレンスはそうは思わないの。それにおかしいのよ。だって彼の思想をそういう方向に向けたのは彼女なんだから。彼女が彼に社会主義の話をして、カール・マルクスを読ませたの。彼ってとっても影響を受けやすいんだわ」

僕はその点で彼女に同意した。オックスフォード時代に誰だったかが奴を一時的に仏教徒に改宗させたときのことを、僕はけっして忘れはしない。おかげで大学当局との間にだいぶ不快事が発生したのを思い出す。奴はすぐさま礼拝を無断欠席するようになり、近在じゅうで天竺《てんじく》菩提樹に一番近そうなシロモノの下に行って瞑想《めいそう》をはじめたのだ。

「彼女はいまでは怒り狂っていて、それで彼女の言うことを文字通り解釈するなんて彼はバカだって言っているわ」

彼女は言葉を止めた。もう一度笑うためにだ。僕はその機をとらえて横から口を挟んだ。

「そのとおりだ。君の言ったとおり、彼女は怒り狂っている。それでまさしくその点について僕は話し合いたいんだ。僕は緑目のスティルトン、朱色に染まったスティルトン、僕の名前を聞いて臼《うす》歯《ば》を軋《きし》らせるスティルトンには我慢ができる。警察の人間が僕に向かって歯ぎしりをしてるって承知しながらそこいらを歩き回ってるってのが、気持ちのいいことだとは言わない。だけど人は鷹揚《おうよう》に構えていられるようになるものだ。真の問題は、奴に対するフローレンスの愛情が弱まっているということだ」

「どうしてそんなふうに思うの？」

「彼女はたったいま僕に奴の話をしていったんだ。彼女は〈偏屈〉との表現を用いたし、ぜんぶがぜんぶにうんざりして疲れ切っているしこの件をこれからどうするか本当にわからないと言った。彼女の態度全般は、憧《あこが》れの人に愛想尽かしをして指輪とプレゼントを返すぎりぎりの瀬戸際だっていう女の子のそれだった。君には恐るべき脅威が見て取れることだろう?」

「つまりスティルトンをご返品したら、彼女はまたあなたをお買い上げしようって考えるかもしれないってこと?」

「そういうことだ。その危険ははなはだものすごいんだ。またも別の不幸な状況の連鎖のおかげで、彼女の中じゃ僕の株価は最近恐ろしい勢いで上がっていて、いつ何時《なんどき》何が起こったっておかしくない状況なんだ」

それから僕は手短かにスピンドリフト=スピノザ事件のあらましを説明した。僕が話を締めくくると、瞑想的な表情が彼女の顔に浮かんだ。

「バーティー、知ってて?」彼女は言った。「わたしときどき思うんだけれど、フローレンスがいままで婚約してきた大勢の人たちの中で、彼女が本当に欲していたのはあなただけだったんじゃないかしらって」

「なんてこった!」

「そんなにも魅力的なのは、あなたのせいよ」

「多分そうなんだろう。だけど今更どうしようもない」

「それでもよ、あなたがどうしてそんなに心配しなきゃならないのかわからないわ。もし彼女があなたにプロポーズしたら、ちょっとだけ頬《ほお》を染めておののくように笑って〈ごめんなさい——本当に、本当にごめんなさい〉って言えばいいだけじゃないの。〈貴女は女性が男性に与えうる最大の賛辞を僕に贈ってくれたわ。でもそれはだめなの。だからお友だちでいましょう――ほんとうの、お友だちでよ？〉って。それでおしまいだわ」

「絶対にそんなことはない。フローレンスがどんなかは知っているだろう。プロポーズだって。けっ、だ！　彼女は僕に、またわれわれは婚約したことになったって通告するだけさ。女家庭教師が教え子にホウレンソウを食べなさいって言うみたいにだ。それで僕にノッレ・プロセクゥイでもって返せる度胸があると思うなら――」

「何でもってですって？」

「ジーヴスのギャグだ。おおよそ〈クソくらえ！〉と同じ意味だ。自己を強く主張して彼女に野次《やじ》を飛ばしてやることが僕にできると、もし君が考えているようなら、君はウースター家の堅忍不抜《けんにんふばつ》の精神をおおいに過大評価しているというものだ。彼女とスティルトンは和解しなきゃならない。それが唯一の道だ。聞くんだ、ノビー。僕は昨日君に手紙を書いた。フローレンスに関する僕の見解と、君がありとあらゆる力をつかってスティルトンの目を開けてやって自分が何をしようとしているかを奴にわからせてやってくれるようにってことが書いてある。もう読んだかい？」

「一字一句もらさず読んだわ。わたしの心をものすごくわしづかみにしてくれたものよ。わたしあなたにあんなあざやかな散文体が使えるだなんて思っても見なかった。アーネスト・ヘミングウェイを思わせたわ。あなた、ひょっとしてアーネスト・ヘミングウェイって筆名でものを書いてはいない？」

僕は首を横に振った。

「いない。僕がいままで書いたのは『ミレディス・ブドワール』に載せた〈お洒落な男はいま何を着ているか〉って論文だけだ。それは僕の実名で載った。だが僕が言いたいのは、その手紙のことは無視してくれ、ってことだ。僕はいまや全身全霊でこの縁談を祝福している。スティルトンを救えとの願いは消え去った。僕が救出しようとの目で見ている男はB・ウースターだ。したがってフローレンスとおしゃべりするときには、可能なかぎりスティルトンを持ち上げてやってもらいたい。なんて素晴らしい人間をつかまえたことかって、彼女にわからせるんだ。それでもし君が奴に対してちょっとでも影響力をもっているなら、彼女が望んでるとおりこのくだらない警官の真似はぜんぶよしにして国会議員に立候補しろって説得してくれ」

「わたしスティルトンが国会議員になってる姿が見たいわ」

「僕もだ。もしそれがこの断絶を癒《いや》してくれるならだ」

「彼を見たらみんなキャーキャーキャー大騒ぎよ！」

「必ずしもそんなことはない。わが国の立法府には、スティルトンよりもっと間抜けな奴だっている――何ダースもだ。連中がたぶん奴を内閣に押し込んでくれるだろう。だからどんどん行くんだ、ノビー」

「できるだけのことはしてみる。でもいったん心がある方向を向いたとなると、スティルトンは説得しやすい人じゃないのよ。耳の聞こえない毒へビのことは知ってるでしょ？」

「どういう毒へビだい？」

「耳を閉じちゃって、へビ使いがこれ以上ないってくらい上手にあやつろうとしても、その声を聞こうとしないっていうへビのこと〔『詩編』五八・五―六〕よ。でも、言ったとおり、できるだけのことはしてみるわ。それじゃあ行ってボコをたたき起こしましょ。わたし昼食がどうなったのか聞きたくて死にそうなの」

「それじゃあ君はパーシー伯父《おじ》さんには、まだ会ってないんだ？」

「会ってないわ。出かけてるの。どうして？」

「いや、なんでもない。ただ思ったのは、もし会ってたら、目撃証人の報告を本人から聞けたのにってことだ」僕は言った。そしてわが旧友のための同情の激痛を意識し、くだんの大騒ぎのことをうまい具合に言いつくろえる適当なつくり話を奴がもうでっち上げているようにと願った。

敷居をまたぐとタイプライターの音がわれわれを出迎えた。つまりボコはいまだパーシー伯父さん宛ての手紙を書いている最中だということだ。ノビーのヤッホーの声でその音は突然止み、それでわれわれが居間に進むと、奴は大あわてで一枚の紙片をくずかごに押し込んでいるところだった。

「ああ、ハロー、ダーリン」奴はほがらかに言った。奴が椅子から飛び上がってノビーをしっかりと抱擁《ほうよう》する姿を見たら、ちょっと見の傍観者は、奴の頭にはあきらかに何日も梳《と》かしつけてない髪の毛のほかにはなんにもないと思うことだろう。「僕はいま章のコンセプトをおおざっぱに練ってたところだったんだ」

「ああ、エンジェル、わたしたちあなたのアイディアの奔流を中断しちゃったのかしら？」

「そんなことはない、ぜんぜんそんなことはないよ」

「わたし、昼食がどうなったか聞きたくてたまらなかったの」

「もちろんさ、もちろんだとも。ぜんぶ話すよ。ところでバーティー。ジーヴスがお前の荷物を運んできた。予備寝室にある。よろこんで宿を貸そう、もちろんだとも。火事の件は残念だったな」

「火事って何のこと？」ノビーが訊いた。

「ジーヴスが話してくれたんだが、エドウィンの奴がウィー・ヌックをうまいこと全焼させちまったってことだった。そのとおりだな、バーティー？」

「まったくそのとおりだ。奴の先週の金曜日の分の一日一善だったんだ」

「なんてことかしら！」ノビーが言った。彼女にふさわしい、女性的な同情に満ちた態度でだ。

しかしボコは明るい側面を見ていた。

「個人的な意見を言わせてもらうなら、こんなに軽く済んでバーティーは幸運だった。奴の顔には災難の痕跡《こんせき》だって残っちゃいないさ。家が焼け落ちるくらいで済んでよかった。エドウィンが一日一善に追いつこうってやるときには、人命が危険にさらされるのが普通なんだ。あいつが俺のゆでタマゴ器を修理してくれたときのことに思いは馳《は》せ飛ぶってもんだ。ときおり、仕事に熱中して、読者に最高の作品を贈り届けるためにはどんな努力も惜しまないってやっているとき、俺は早起きして、通いの家政婦が来るよりもはやく目覚めるときがある。そういうとき、俺はおいしいタマゴを自分でゆでることにしているんだ。それ専用の特許器具を使ってな。どんなやつかは知ってるだろう。ベルが鳴って、よくおやすみになられましたかって言ってコーヒーを淹《い》れて、それで下に火がついてタマゴをゆで始めるんだ。さてそれでエドウィンがその機械のちょっとした故障を直してくれたその翌朝、タマゴは持ち場につく間もなく弾丸みたいに俺めがけて飛んできて鼻先に命中して足の先から頭の先まで俺をぶちのめしてくれたんだ。何時間も出血が止まらなかった。だからただの火事で家が全焼しただけで済んだなら、お前は結構なご身分ってもんだって俺は主張するものだ」

ノビーがいつの日か誰かがエドウィンを殺害してくれる可能性について希望的観測を述べ、われわれはそういう人物が出現するのは時間の問題だとそれに同意した。

「さてとそれで」ボコが言った。依然おかしいくらいにほがらかな調子でだ。事実を知る者として、僕はただそれを賞賛するほかなかった。「君は昼食のことをぜんぶ聞きたいんだったね。うん、あれは大成功だったよ」

「ダーリン！」

「ああ、いちじるしい大成功だった。僕は最高のスタートを切ったと思う」

「あなた、ほがらかだったの？」

「とってもほがらかだったさ」

「それでにこやかだったのね？」

「それじゃあ言葉が足りないくらいだ」

「エンジェル！」ノビーは言った。そしてすみやかにほぼ十五回連続で奴にキスをした。

「そうさ」ボコは言った。「僕は逃げまわる彼をうまくつかまえたと思う。ああいう、ポーカーフェイスの後ろに自分の感情を押し隠す人物と話をするのは難しいんだ。だが彼は弱ってきてるって僕は信じている。すぐに彼が僕の首許に抱きついてくるとは期待しちゃあいなかったろう？　昼食はたんなる地ならしだってことだったじゃないか」

「あなたどんな話をなさったの？」

「ああ、あれやこれやだ。思い出した。クモの話がでたっけな」

「クモですって？」

「彼はクモに関心があるみたいだった」

「ぜんぜん知らなかったわ」

「たまたま君には明かしていなかった、彼の性格の一側面なんだろう。それで、もちろん、あれやらこれやらを話した後、われわれはこれやらあれやらの話をした」

「間の悪い沈黙はなかった？」

「一度もなかったように思うな。うん、なかった。彼はぺちゃくちゃしゃべくっていたな。とりわけ終わりのほうになればなるほどだ」

「おじ様に、あなたがどんなにどっさりお金を稼いでるかはお話しした？」

「ああ、話したとも。その件には触れた」

「あなたは堅実な収入のある若者で、これからもどんどん稼ぎ続けるってことを、ちゃんと説明してくれたらよかったんだけど。おじ様が心配してらっしゃるのはそこなの。おじ様はあなたがいつ何時《なんどき》爆発するか知れないって思ってらっしゃるの」

「ウィー・ヌックみたいにかい？」

「わかって、若い時分、海運業を始めたばかりの頃よ、パーシーおじ様はロンドンの遊び好きなお友だちといっしょに出歩いてらしたものなの。おじ様はときどきどっさり稼いでは、二、三日で全部使い果たして、後は借金して暮らさなきゃならないって作家たちをたくさんご存じでらしたのよ。わたしのパパもその一人だった」

これは僕には初耳だった。パーシー伯父さんが若者時代に遊び好きな連中と遊んでまわっていた人物だとは想像したこともなかった。実際、彼がそもそも若者だった姿すら、僕は想像したことがない。世の中とはそんなものだ。こわい口ひげと堅実で実入りのいい商売と冬眠中に起こされて興奮したクマみたいな態度物腰の親爺《おやじ》さんがいるとき、人は彼の過去に探りを入れ、彼もまた若い時代には若者のひとりであったのだろうかと問いはしないものだ。

「その点はちゃんと説明した」ボコは言った。「その点は僕が真っ先に強調しておいたところだ。現代の作家は手堅くて実際的だって僕は話した。われわれは稼ぎを求め、稼いだらすぐさま大事にしっかり貯め込むんだ」

「おじ様はよろこばれたにちがいないわ」

「ああ、そうだとも」

「それじゃあ、ぜんぶ大丈夫ね」

「最高さ」

「それじゃあ後はバーティーに一肌脱いでもらうだけだわ」

「そのとおり。未来はバーティーにかかっている」

「彼が嘆願してくれれば――」

「あー、そうはいかないと思うんだ。残念ながら君は最近の事態の急激な展開と旋回に追いついていない。いまやバーティーが嘆願したってどうかなるかは疑問だ。彼の名前は泥にまみれている」

「泥ですって?」

「〈泥〉が、モ・ジュスト、すなわち適語だと思う、なあバーティー?」

僕は多かれ少なかれそんなようなところだと認めねばならなかった。

「パーシー伯父さんは」僕は説明した。「僕がエドウィンの火遊びを幇助《ほうじょ》助長したって思い込んでるんだ。これで嘆願者として見たときの僕の掛け率は大幅ダウンだ。もはや彼を葦《あし》みたいに揺らすことは、僕には困難になった」

「それじゃあわたしたちはどうなるの？」苦悩もあらわにノビーは言った。

ボコは励ますように彼女の肩を叩いた。

「大丈夫だよ。心配しないで」

「だけどパーティーが嘆願してくれないんじゃ――」

「ああ、だけど君は彼がどんなに多才かを忘れているんじゃないかな。君が見逃しているのは、彼の資質における洗い場のウィンドウ破り強盗的側面だ。そいつがわれわれの苦難を乗り切らせてくれるはずだ。この問題について緊密に思考を傾注して、考えが浮かんだんだ。すごいやつだ。僕は自分にこう言った。僕が親爺さんの家が深夜の襲撃者に略奪されるところを救ったと考えてみよう。そしたら親爺さんは僕の中には正しい美質があるって思うようになるんじゃないかなあ、と僕は思った。彼は〈なんとまあ！　たいした若者じゃ、このフィトルワース君というのは！〉と言うことだろう。どうだい？」

「そうだと思うわ」

「君は疑っているような言い方をしているね」

「わたしはただそんなことが起こる可能性はあんまりないわって思っただけなの。スティープル・バンプレイにはもう何世紀も強盗なんて出ていないもの。つい先日スティルトンがそのことで文句を言っていたわ。この土地は野心ある若い警官には見込みなしだって」

「その手はずは整えられるさ」

「どういう意味？」

「ちょっぴり段取りがいるだけだ。まさに今夜、スティープル・バンプレイに夜盗が現れようとしている。バーティーがやってくれるんだ」

この件について発しうるコメントはひとつしかなかったし、僕はそれを発したものだ。

「ヘイ！」僕は叫んだ。

「口を挟まないでくれ、バーティー」咎《とが》めるようにボコが言った。「考えを整理する邪魔になる。要するに俺が考えた計画はこういうことだ。深夜の何時ごろかに、バーティーと俺はホールに向かう。われわれは洗い場の窓に近づく。奴がそれを破壊する。俺は警報を発する。奴はとんずらする――」

「ああ！」僕は言った。そこのところは奴が述べた中ではじめて僕が是認する箇所だ。

「――一方、俺はそこに留まって、一同の拍手喝采を受けてみんなにちやほやされるんだ。失敗しようがない。ウォープルスドン・タイプのたくましい世帯主が嫌うことがひとつあるとすれば、それは自分の家が夜盗に押し入られることだ。それでそういう危険をつぼみのうちに摘み取ってくれた人物は誰であれ、彼のハートにまっすぐに忍び入るんだ。夜が明ける前に、親爺さんはわれわれの結婚式でダンスする約束をしてくれていると、俺は期待するものだ」

「ダーリン！　それって素敵だわ！」

こう言ったのはノビーであって僕ではない。僕は依然、懸念をむき出しに下唇を嚙《か》み締めていた。僕は思い出していて然《しか》るべきだった、と、僕は自分に言い聞かせていた。僕が前に言及したボコの劇のことを。そいつはいわゆるミステリー・スリラーだった。だからこいつの病んだ頭にこういうヨタ話が思い浮かぶのは当然だ、と。

　つまりだ、夜陰に絶叫が起こり、照明が向けられると不可思議な手が壁沿いに伸び、人々が「シャドウが現れた！」と叫びながら急行する、というような方向につねに思考が向かう男をつかまえてきたとするならば、そいつが緊急の際にでっちあげてくるシロモノがこうなることは必然である。そこでそのとき、僕は断固たるノッレ・プロセクゥイに突入すべく意を決した。バートラム・ウースターほど、愛の若き夢に助力の手を差し伸べることを欲してやまぬ人物はいない。しかし彼が支持を表明することには限界がある。またそれは画然と規定された限界であるのだ。

　歓喜に満ちたノビーの表情はちょっぴり影を潜めた。僕と同じく、彼女も下唇を噛み締めていた。

「ええ、素敵だわ。だけど――」

「君が〈だけど〉なんて言うのは聞きたくないな」

「わたしはただ、どうやって説明するの？　って言おうとしてただけよ」

「説明するだって？」

「あなたがそこにいて警報を発してみんなにちやほやされる件についてよ」

「完全に簡単だ。君への僕の愛はスティープル・バンプレイじゅうの噂なんだ。君の窓の下にたたずんでそれを見上げている以上に当然のことはないだろう？」

「わかったわ！　そしたらあなたは物音を聞いたのよね――」

「ガラスがバラバラに砕けるような、おかしな物音をだ。それで僕は屋敷の周りをまわって調査におもむいた。するとくせ者が洗い場の窓を割っていたんだ」

「もちろんそうだわ！」

「わかってくれると思ってたさ」

「それじゃあすべてはバーティーにかかってくるわね」

「すべてはだ」

「彼が反対するだなんて思わないでしょう？」

「そんな発言は慎んでもらいたいものだ。彼の気分を害することになる。君はバーティーがどんな男かをわかってないんだ。彼の神経は冷硬鋼だ。そして友達を助けるという問題に関しちゃあ、彼は何ものをも顧みないんだ」

ノビーは深く息をついた。

「彼って素敵だわ、ねえ」

「唯一無類だ」

「わたし、いつだってバーティーに夢中だった。子供のとき、彼はわたしに三ペニー分の酸味ドロップをくれたのよ」

「あまりにも寛大すぎるんだ。ああいう素晴らしい男ってのはいつだってそうなんだ」

「わたし、どんなに彼のことを崇拝したことかしら！」

「俺もだ。奴以上に俺が崇拝してやまない男はいない」

「彼ってサー・ギャラハド［聖杯を見つけだした円卓の騎士］を思い出させない？」

「俺もまさにそう言おうとしたところだった」

「もちろん、わずかばかりの助力を惜しもうだなんて、彼は夢にも思わないんだわ」

「もちろんさ。それじゃあそういうことでいいな、バーティー？」

少しばかりの優しい台詞《せりふ》に、どれほどのことができるものかは不思議である。今の今まで僕は、すでに述べたように、ノッレ・プロセクゥイの用意を固めていた。そしてそいつを思う存分強力に発射すべく、唇を開いてもいた。しかし、僕を信じきって僕を見つめるノビーの目を見るにつけ、また同時にボコが僕の手を握って振り、僕の肩を捏《こ》ねまわすのを意識したとき、何かが僕を抑制したのだった。つまりだ、関係者一同の士気を害することなく、ノッレ・プロセクゥイをしてのける術はほんとうにないように僕には思えたのだ。

「ああ、いいとも」僕は言った。「絶対的にだ」

しかしほがらかにではない。ほんとうの快活さとはほど遠かったものだ。

13・怪盗パーティー

ちがう。ほんとうの快活さとはほど遠かったものだ。そして僕は告白せねばならないが、この快活さ不足は行動開始時刻直前まで持続し続けたものだ。静けき夕暮れ時の間じゅう、つましい晩餐《ばんさん》と村の時計が深夜を打つのを待つ、長く退屈な間じゅう、僕は不安が増大してゆくのを意識していた。そしてその時が訪れ、なすべきほどのことを開始すべくボコと僕が静まり返ったバンプレイ・ホールの庭を歩き始めた、そのとき、その不安はかつてないほどに巨大化したのだった。

ボコは陽気ではしゃいだ気分でいた。低いが、しかし熱を帯びた声で大自然の美について語り、いま横を通り過ぎてきた花々のかぐわしさに用心深いささやき声で僕の注意を向けさせた。しかしバートラムにとって事情はまるでちがった。バートラムは、また僕はその点を隠し立てするものではないが、最高のわくわく気分でいはしなかった。彼の背骨は総毛立っていた。彼のハートは悲哀の重みにたわんでいた。ウースター家の者の言葉は固い誓約である。僕は若き恋人たちの心のままにと奉仕を差し出した。すみやかにこっそり抜け出てこの仕事からにじり去るなどは問題外だ。だが、この仕事を好きになれというのは、どうしたって無理な話だ。

暗中不慣れな庭を忍び歩くことに対する僕の嫌悪の念については、以前お話ししたことがあったと思う。わが過去におけるあまりにも多くの苦痛に満ちた出来事が、他人の庭に関係していた。とりわけ諸般の事情から深夜にこっそり抜け出てブリンクレイ・コートの火災報知機を鳴らすことを余儀なくされた折、またその他にも学校から無断外出した従姉妹《いとこ》のクレメンティーナが誰にも見られぬままひそかに帰れるようにと、ロバータ・ウィッカムが僕の賢明なる判断に反して僕を木に登らせて温室の屋根の上から植木鉢を落とすようにと仕向けた折がそうであった。

こういう経験の中でも、最後に挙げたものが今までじゅうで一番魂に深く焼きつけられている。なぜならばそれは「いったいこれはどういうわけですかな？」と言いながら警官が登場するところでクライマックスを迎えたからだ。このお約束の再現がいかにもありそうだとの思い、そしてまたもしここに力ずくで割り込んでくる警官がいるとしたらそれはスティルトンであるとの認識が、僕の血を凍らせ、あたかもスプーン山盛り一杯のチョウチョウを飲み込んだかのごとくに、僕の脇の下に乾いた、ぶるぶるする震えを感じさせていたのであった。

この感覚があまりにも顕著であったもので、僕はパニックをうまく隠すこともできずボコの腕を握り締め、通りかかった木の下に奴を引っぱっていった。

「ボコ」僕はガラガラ声で言った。「スティルトンはどうする？　お前、スティルトンのことは考えてあるのか？」

「へぇ？」

「奴が夜番だったらどうする？　奴がうろつきまわってたらどうする？　奴が警笛と手帖で完全武装して突然僕たちの前に出現したらどうするんだ？」

「ナンセンスだ」

いっしょに学校に行った友達に逮捕されるなんて、恐ろしい話だぞ。それにあいつはその任務に飛びつくに決まってる。あいつは僕に悪意を抱いてるんだ」

「ナンセンス、ナンセンスだ」ボコは言った。あいかわらず頭のてっぺんまで屈託のない様子でだ。「そういう病的な方向で物事を考えちゃいかん、バーティー。そんな身震いはお前にふさわしくないぞ。スティルトンのことなんか心配するな。あの男を見るだけで――あの澄んだ瞳、あの薔薇《ばら》色の頬《ほお》だ――奴が毎日八時間の睡眠を大切にしてる男だってことはわかろうってもんじゃないか。早寝早起きが奴のスローガンだ。スティルトンはシーツの間に挟まって、子供みたいに眠ってるさ。それで目覚まし時計が七時三十分に鳴るまで、ふたたび機能開始しやしない」

うむ、そういうことならそれで大丈夫だ。奴の推論はもっともらしかったし、僕をずいぶんと安心させてくれた。スティルトンのほっぺたは確かに薔薇色だ。しかし僕が心強く思ったのはほんの一瞬だけだった。実際、僕は思い直したのだ、スティルトンは脅威の一部でしかない。彼を除外するとしたって、この問題にはパーシー伯父《おじ》さん、アガサ伯母《おば》さん方面の側面がある。われわれがプライヴァシーを侵害しているこの庭園と家屋敷が前者の所有に属し、後者がそれに対し共同利益を保有しているという事実からは逃れようがない。つまりだ、ドラゴンに関しては安全であるかもしれない。しかしヒッポグリフについてはどうだ？　それが僕が自問している問題であった。ヒッポグリフはどうするのだ？

もし何かがうまくいかなかったら、もし僕が着手したこの恐るべき騒動がほんのちょっぴりでもしくじるようなことになったら、その帰結はいかがあいなろうか？　どうなるものかをご説明しよう。美容と健康に必要な眠りを妨げられたことで正当にも激怒し、よだれを流す伯父さんに、どうして僕が彼のうちの洗い場の窓を壊しながらこの界隈《かいわい》をうろついてまわっていたかを説明しなければならない立場に置かれるだけでなく、すべての話は帰宅したアガサ伯母さんに細部の描写もふんだんに物語られるのだ。そうしたらばどういうことになる?

これよりはるかに重大でない僕の過去の行為が、この親戚に手斧《ておの》を持たせて僕を追いかけさせたものだった。僕の血を求め怒号をあげながら出征してゆくレッド・インディアンみたいにだ。

目的地にたどり着くと僕はこの点をボコに告げた。すると奴は僕の肩をぽんと叩いた。善意からしてくれたことだろう、間違いない。また親切な身振りではある。しかし僕の士気を強固なものにするという意味では、ほとんどないしまったく何も成し遂げてはくれなかったものだ。

「もし捕まったら」ボコは言った。「うまく言いつくろえばいいさ」

「言いつくろうだって?」

「そうだ。何食わぬ顔でさ。糖蜜は持ったな?」

僕は糖蜜は持ったと言った。

「紙もだな?」

「ああ」

「それじゃあ俺は十分ばかしこの辺をぶらぶらしてくる。それでお前には障害を克服する勇気を振り絞るのに八分、窓を壊すのに一分、逃げ出すのに一分時間はあるってわけだ」

糖蜜を使うというのはボコのアイディアだった。奴はそれが当該手続きに不可欠の付加物だと言い張ったのだ。われわれが目指すプロフェッショナルなタッチが得られるということだった。奴によれば、また奴はこういうことを研究してきた人間であるのだが、この分野に精通した夜盗がまず最初にすることは、糖蜜とハトロン紙を入手することである。彼は前者を用いて後者を窓に貼《は》り付け、然《しか》る後に身体を引き、握りこぶしで強く叩いてガラスを割るのである。

何という生計の途であろうか！　思うに僕は持ち時間十分のうちのゆうに三分はこういう勇敢な男たちに思いを馳《は》せ、彼らはこんなにも過酷な職業をどうして選び取ったものであろうかと考えていた。間違いなく、利潤は莫大である。諸経費もほぼ不要だ。だが彼らが神経科専門医と安息療法に支払わねばならない掛かりを考えてもいただきたい。ある種の滋養強壮剤だけだって、夜盗の支出のうちのかなりの金額を占めるはずだ。

僕はこの線でずいぶんと考え込んでもいたかったのだが、しかしこの件は念頭から追放せねばならなかったものだ。つまり時は過ぎ、いまにもボコが戻ってくると思われたからである。僕は奴に、行動すべく割り当てておいた時間を白日夢にふけって無為に費やしてしまったと説明しなければならない展望にたじろいでいた。

したがって、ことがガツンとやられねばならぬものなら、「すみやかにガツンとやられて然るべきなり」とはシェークスピアも言ったところだ。僕はハトロン紙に糖蜜を塗り、窓にあてがった。残るは握りこぶしで強く叩きを送り出すだけだ。と、このとき、突然僕は「諺《ことわざ》の中のねこ」じみた感情に全身を圧倒されたのだった。足先の冷たさはことさらに強烈になった。そして僕は、スティルトンが宝石店の店先でやっていたような、行ったり来たりのうろつきを開始していたのだった。

あのとき奴の姿を見ていて、僕は奴がジグザク走行の決定版を成し遂げたと思ったものだ。しかしいま僕は、奴がたんに表面をカリカリひっかいていただけであったことを理解した。現時点での僕に比べたら、スティルトンの行ったり来たりはおよそ行ったり来たりと称するのもおこがましい。

僕は目的物の方向に移動し、目的物から離れた。そして時には横向きにも移動した。もしここに観察者がいたならば、僕が何かリズムダンスの複雑なステップを練習しているところに見えたことだろう。

しかしながら、ついに僕は筋肉を硬直させて輝かしきウースター家の勇気のすべてを奮《ふる》い起こし、すみやかに前方に移動してこぶしを振り上げる行為にまで及んだものだ。と、あたかも僕の下でダイナマイトが一本爆発したみたいな具合になった。髪の毛は固形のかたまりと化して立ち上がり、全身の全神経は直立して先っぽがくるんと丸まった。バートラム・ウースターの経歴の折々には、彼の心安らがぬ時が数多くあったものだが、こいつはそのトップだ。

どこか上方から、声が発された。

「クー！」そいつは言った。「そこにいるのは誰？」

もしそれが「クー！」という声でなかったら、僕はそれを良心の声だと思ったかもしれない。だがそれはそういう声であったものだから、僕はそいつがクソいまいましいエドウィンのガキの声であることを正しく判断できた。糖蜜つきの紙になったみたいに壁にぺたりと貼りついていたものから、僕には奴がすぐそばの窓から身をのり出すのが見えただけだった。そしてこれだけのことを通り過ぎてきた後で、いまや自分がボーイスカウトの追跡を受けているのだと思い至ったとき、魂のうちに鉄が入り込んできたことを認めるに、僕はやぶさかではない。実に苦々しいことだ。この全体がだ。

「そこにいるのは誰？」と言った後、奴はしばらく口をきかなかった。返事を待って黙っているみたいにだ。とはいえいくら奴くらい間抜け頭のガキにだって、夜盗と会話を続けようとするのが絶望的な話だとはわかりそうなものである。

「誰なの？」奴は言った。やっとだ。

僕は賢明なる留保を維持した。奴はそれから「お前の姿は丸見えだぞ」と言ったが、それははっきりしない声で、真っ赤な嘘であることは明らかだった。このきわめて不快な瞬間に僕を励まし、元気づけてくれたのは、今夜が月とかなんとかそういうふざけたモノはぜんぜんない暗い夜であったという事実だった。星はあった。だが月はなかった。大ヤマネコだったら僕が見えたかもしれない。だが大ヤマネコだけだ。それもものすごく視力のいい大ヤマネコでなくちゃだめだ。

僕の沈黙は奴を落胆させたようだった。こういう一方的な会話というのはすぐに衰えるものである。奴はこの場面のことをじっと考え込んでいたが――ジーヴスだったら祝福された乙女が天国の金の柵のところから外を眺めている姿［ダンテ・ガブリエル・ロセッティの詩「祝福された乙女」］との類似を指摘したことだろう――やがて頭を引っ込め、僕はとうとう一人きりになった。

しかしそれも長くではなかった。一瞬の後、ボコが現れた。

「ぜんぶ完了か？」奴は訊《き》いた。売り物の芽キャベツに辺りの注意を促す呼び売り商人みたいな、庭じゅうにとどろき渡る腹の底からの大声でだ。僕は無我夢中で奴に静かにしろと懇願した。

「そんな大声を出すな！」

「いったいどうした？」

「エドウィンだ」

「エドウィンだって？」

「奴がたったいま窓からバカ頭を突き出して、そこにいるのは誰かって聞きたがったばっかりなんだ」

「お前は誰かって奴に言ったのか？」

「いや」

「よくやった。非常に賢明な行動だった。奴はおそらくまた寝たことだろう」

「ボーイスカウトはけっして眠らないんだ」

「もちろん連中だって眠るさ。群れなして寝るんだ。窓はもう壊したのか？」

「まだだ」

「どうしてまだなんだ？」

「エドウィンのせいだ」

奴はチッと舌を鳴らし、僕を全身くまなくおののき震わせた。すでに述べたように、僕はそのときいささか神経質になっていたから、その音はカスタネットを演奏するスペインの踊り手たちの大集会みたいに聞こえたのだ。

「お前にはつまらんことに気を散らして大事な仕事をおこたってもらってちゃあ困るんだ、パーティー。お前がちゃんと真剣にこの仕事に取り組んでいてくれるものかどうか、不審に思わずにゃいられなくなってくるじゃないか。俺の間違いかもしれないが、お前の態度には何か浮ついたところがあるような気がする。しゃんとして、このことがノビーと俺にとって持つ意味を思い出すんだ」

「だがエドウィンが上で待ち伏せしてるってのに、僕には窓は割れない」

「もちろん割れるとも。何が難しいのかわからないなあ。エドウィンなんかのことを気にかけるんじゃない。奴が警戒態勢でいるなら、そりゃあますます結構なことだ。俺が行為を起こす瞬間が来たとき、大いに役立つってもんだ。奴の話は俺の証言の裏づけになる。あと十分やる。そしたらさやかな行動を起こしてもらえるよう、強く要求させてもらう。タバコは持ってるか？」

「いや」

「それじゃあ俺のをまた吸うしかないか。それじゃあそういうことだ」ボコは言った。そしてさっさと行ってしまった。

さてと、右記の会話をお読みになって、読者諸賢におかれては何事かにお気づきになられたことと思う。フランス語の表現で冷たい血《サン・フロワ》という語の意味をたまたまご存じでおいでかどうかは知らないが、もしご存じであるなら、間違いなく近時のフィトルワースがこの性質を途方もないほどに表出していたことにお気づきであろう。僕がおののき震えていたのに対し、彼は氷の上のヒラメくらいクールで冷静だった。その理由はおそらく奴が移動を続けていた点にあるのではないかと、いま僕は思い至ったのだ。

こういうとき、洗い場の外で立ち番している代わりに自由に巡回することができるというのは、役に立つものである。またちょっぴりの一人歩きが、がっくりきている神経系の調子を上げるのに一役買ってくれることだってありそうだ、と僕は感じた。この目的を視野に置いたうえで、僕は家の周りを歩き始めた。

しかしながら、振動する神経節はわななきをやめ、脇の下のブルブルする感覚は収まってくれるだろうとの、僕が心にもてあそんでいた希望は十メートルも行くかどうかのところで粉々に打ち砕かれた。暗闇の中からぼんやりした人影が突然僕の前にぬうっと姿を現し、僕はおそらく一メートル半は空中に跳びあがって鋭いキャンキャンキャン声を発したのだった。

僕の冷静さはいささか回復した――完全にではない、しかしいささかはだ――すなわちそのぼんやりした人影は口をきき、僕はジーヴスの声を認めたのだった。

14. 深夜の全員集合

「こんばんは、ご主人様」彼は言った。

「こんばんは、ジーヴス」僕は応えた。

「あなた様にお会いして、たいそう驚いたものでございます、ご主人様」

「僕が君に驚かされたのと比べたらなんでもない。頭のてっぺんが飛び上がるかと思ったぞ」

「あなた様のご不快の原因となりましたならばお詫びを申し上げます、ご主人様。わたくしの接近をあらかじめお知らせ申し上げますことは不可能でございました。この邂逅《かいこう》はまったく予見せぬところでございましたゆえ。夜更かしをされておいでなのでございますか、ご主人様」

「そうだ」

「夜間のそぞろ歩きにこれほど心地のよい晩もないものでございましょう」

「それが君の見解か？」

「さようでございます、ご主人様。わたくしはつねづね庭園の夜の散歩ほど、心和まされるものはなしと感じております」

「ハッ！」

「涼しき風。伸びゆくものたちの香気。いま芳香《ほうこう》のしておりますのはタバコ草でございましょう、ご主人様」

「そうか？」

「それから星々でございます、ご主人様」

「星だって？」

「はい、ご主人様」

「そいつがどうしたんだ？」

「わたくしはただあなた様のご関心をそれらに向けようといたしておりましたまででございます、ご主人様。ごらん、空を、まるで広い床のようだ、黄金の小皿をびっしりはめこんで［『ヴェニスの商人』五幕一場、福田恆存訳］、でございます」

「ジーヴス――」

「お前の眼に映るどんな小さな星だって、空をぐるぐる廻りながら、みんな天使のように歌をうたっているのだよ、でございます、ご主人様。あの澄んだ瞳の幼いケルビムたちに声を合わせて」

「ジーヴス――」

「だが、ぼくたちの魂はこのいずれ朽《く》ちはてる塵泥《ちりひじ》の肉の衣に蔽《おお》われて、いまはその音が聞こえないのだ」

「ジーヴス――」

「さて？」

「あるいはやめにしてもらうわけにはいかないかな、どうだ？」

「もちろんでございます、ご主人様。お望みとあらば」

「そういうムードじゃないんだ」

「かしこまりました、ご主人様」

「時にそういう気分じゃないときもあるってことは、わかってくれるな」

「はい、ご主人様。理解いたしております。わたくしはブローチを調達いたして参りました、ご主人様」

「ブローチだって？」

「あなた様がわたくしに火災にて失われました宝飾品の代わりにとご購入を望まれたお品物でございます、ご主人様。レディー・フローレンスのお誕生日プレゼントでございます」

「ああ、そうか」そんなモノのことは金輪際《こんりんざい》忘れていたと述べたならば、それでジーヴスが言うところの夜間のそぞろ歩きが僕にどれほどの影響を及ぼしていたかがおおよそ知れようというものだ。

「手に入ったのか、そうなんだな？」

「はい、ご主人様」

「それで持ってきてくれてあるんだな？」

「はい、ご主人様」

「よし。それで肩の荷が降りた。それで信じてくれないか、ジーヴス、この時点で肩の荷を降ろせれば降ろせるほどに、僕はそいつがうれしいんだ。なぜならもうじゅうぶん満載吃水線《きっすいせん》以上に積載済みでいるんだからな」

「さようにおうかがいいたしまして遺憾《いかん》に存じます、ご主人様」

「どうして僕がこの庭園をうろついてまわっているか君にはわかるか？」

「その点につきましてご教示をいただければ幸いと存じておりました、ご主人様」

「教えてやろう。僕がしているのはけっして軽はずみなぶらつきじゃあないんだ、ジーヴス。そうではなく、その帰結が人類を驚倒させて然《しか》るべき大計画なんだ」

この悲劇に至った一連の出来事のあらましを僕が話す間、彼は注意深く話に聞き入っており、僕がパーシー伯父《おじ》さん、ボコ、そして冗談グッズのことを話したとき、ただ一度うやうやしげに息を吸い込む音を挟んだだけだった。僕の話が彼の心をわしづかみにしたのは明らかだった。

「一風変わった若紳士様でおいでてでございますな、フィトルワース様は」僕が話を締めくくったとき の、彼のコメントはこうだった。

「眉毛の先までキチガイだ」僕は同意した。

「しかしながらあの方のご考案にかかるご計画は、巧妙さに欠けるものではございません。閣下におかれましては、特に今宵、当家屋への賊の襲来を撃退したとされる方に対しては、どなたであろうと大いに感謝されることでございましょう。わたくしがたまたま承知いたしておりますことでございますが、その件を片付けておくようにとの奥方様の再三再四のご指示にもかかわらず、閣下は盗難保険をご更新するお手紙のご投函を失念されておいでであそばされたのでございます」

「どうして君はそんなことを知ってるんだ？」

「わたくしはその事実をじかに閣下よりうかがったものでございます、ご主人様。わたくしが本日の午後ロンドンに運転し出発するところであることをご確認あそばされると、当の書簡が明日の朝一便の配達にて宛先に到着するよう、ロンドン市内にて投函するようにと閣下はそれをわたくしに手渡されたのでございます。閣下の信望を裏切らぬようにと強くご要請され、また閣下のご怠慢をもし奥方様が発見されるようなことがあれば何とおおせになられようかと言及されておいでの折のご感情は、はなはだ顕著なものでございました。閣下は目に見えてご動揺あそばされておいでででございました」

僕はびっくりした。

「まさか君は親爺《おやじ》さんがアガサ伯母《おば》さんを怖がっていると言っているんじゃないだろう？」

「強烈にでございます、ご主人様」

「彼みたいなタフな親爺がか？　不定期貨物船の荒くれ水夫みたいな親爺がか？」

「たとえ荒くれ水夫といえども、自船の船長に対しては畏怖《いふ》の念を持つものでございます、ご主人様」

「うむ、君は断然僕をびっくり仰天させてくれたぞ。我が家の主人たる男が誰かいるとしたら、その男はウォープルスドン卿、パーシヴァルだと僕は思っていた」

「奥方様を含有する家庭内にて主人たりうる紳士様がはたして存在しうるものかは、はなはだ疑問と存ずるところでございます、ご主人様」

「おそらく君の言うとおりなんだろう」

「はい、ご主人様」

僕は深く息をついた。ボコが今夜の計画のあらましを説明してからはじめて、僕は緊張の緩和を意識していた。いまですら、バートラム・ウースターがあの洗い場の窓を破壊することを心から楽しみにしていたと述べたならば、それは真実をないがしろにするものであろう。しかし、その行為が堅実な結果をもたらしそうだと感じることは、元気の出るものだった。

「それじゃあ君は、このボコの計画でうまいことといくと考えるんだな？」

「考えうるかぎりではさようと存じます、ご主人様」

「そう思うと安心するな」

「他方——」

「わあ、なんてこった、ジーヴス。今度は何がいけないんだ？」

「わたくしはフィトルワース様はご計画のご遂行にあたっていささかご不運なときを選ばれたと申し上げようといたしておりましたまでございます、ご主人様。閣下のご計画と衝突する可能性がございますゆえ」

「どういう意味だ？」

「不幸な偶然のため、閣下はこれより間もなく園芸小屋にご進行あそばされ、そこにてチチェスター・クラム様とご会談あそばされることになっております」

「チチェスター・クラムだって？」

「はい、ご主人様」

僕は首を横に振った。

「これまでさらされてきた緊張のせいで、僕の聴力に支障が生じているらしい。君がチチェスター・クラム《はまぐり》と言ったみたいに僕には聞こえた」

「はい、ご主人様。クラム・ラインの代表取締役、J・チチェスター・クラム様でございます」

「クラム・ラインってのはいったい何なんだ？」

「海運会社でございます、ご主人様。ご想起をいただけましょうか、閣下のピンク・ファンネル・ラインとの合併の前夜にございます」

僕にはやっと理解できた。

「パーシー伯父さんが会って話し合いたがってた人物ってことだな？　アメリカから来た老水夫だ？」

「まさしくさようでございます、ご主人様。ウィー・ヌックの災上により、二人の紳士様がご対面し、邪魔される怖れなしにご商談あそばされることが可能な別の場所を考案いたすことが必要となったのでございます」

「そして君は園芸小屋を選んだわけか？」

「はい、ご主人様」

「神のご加護のあらんことを、ジーヴス」

「有難うございます、ご主人様」

「その親爺さんはいま園芸小屋にいるんだな？」

「さようと拝察いたされましょう、ご主人様。本日の午後ロンドンに車で参りました折、閣下よりのご指示にて、ホテルご滞在中のクラム様と電話にて交信を確立し、急ぎスティープル・バンプレイに向かい零時三十分に園芸小屋にお出まし願うようにとお伝え申し上げるよう、わたくしは申し付かったものでございます。当の紳士様は完全なるご理解とご同意をご表明あそばされ、約束の時間に間に合うよう車にて向かわれるとわたくしにご確約くださいました」

海を渡ってやってきたこの人物に対する同情の激痛を、僕は堪えきれなかったものだ。アメリカで生まれ育ち、もちろん彼はスティープル・バンプレイがどういう種類の場所かを、そこに向かうことで自分をどんな境涯に落とし込んでいるものかを、毛すじほどもわかってはいないのだろう。スティープル・バンプレイがチチェスター・クラムのために何を用意しているものか、僕にも即座には言えない。しかし明らかに、彼は厄介な一夜を迎えることだろう。

ボコが計画遂行のために運の悪いときを選んでしまったということで、ジーヴスが何を言わんとしていたかが僕にも理解されてきた。

「零時三十分だって？　ほとんど今のことじゃないか」

「まさしくさようでございます、ご主人様」

「それじゃあパーシー伯父さんがいつ何時《なんどき》現れてもおかしくないってことじゃないか」

「わたくしにもし誤りなくば、ご主人様、いまお聞きの足音が閣下のお足音でございましょう」

そして、確かに、北北東のいずかたより、何かどっしりした物体が夜陰に足を引きずり歩く音が聞こえてきた。

僕は即座に不安のあまり息を呑《の》んだ。

「なんてこった、ジーヴス！」

「さて？」

「伯父さんだ！」

「はい、ご主人様」

僕は一瞬考えた。

「さてと」僕は言った。僕はこの展開が気に入らなかったし、堅苦しい儀礼は避けて通りたかった。

が、やむを得ない。「挨拶《あいさつ》したほうがいいな。ヤッホー！」彼が近づいてくると僕は続けた。「ヤッホー、ヤッホー！」

結果は不快なものではなかったと言わねばならない——つまり、僕のような、一夜のうちに二回も暗闇の中から突然思いがけなく声をかけられて丘みたいに跳《と》びあがることを余儀なくされた人物にとっては、という意味だ。この親戚が明らかに一年の成長分くらいびっくり仰天し、言葉なき悲鳴を上げながら宙に向かって舞い上がる姿を見て、鬱憤《うっぷん》晴らしができたという確かな感動を僕は意識していた。何はどうあれ、少なくともあれについては儲《もう》けたと感じたものだ。

この義理の伯父を紹介するにあたり、僕は彼が激烈な感情の奔流の時にあって、「なんと？」と言い、またそれを言い続ける傾向のある人物だということを明らかにしてきた。彼はいまそいつをやっていた。

「なんと？　なんと？　なんと？　なんと？　なんと？」彼は五回連続でこう悶絶《もんぜつ》声を発した。「なんと？」彼は付け加えた。これで半ダースになったわけだ。

「素敵な夜ですね、パーシー伯父さん」僕は言った。丁重さを発揮し、もって会話を友好的なかたちで持続したいと願いながらだ。「ジーヴスと僕はたったいま星について語り合っていたところなんですよ。君は星について何と言っていたんだっけかな、ジーヴス？」

「わたくしはどれほど小さな星も、空をぐるぐる廻りながら、みんな天使のように歌をうたっており、澄んだ瞳の幼いケルビムたちに声を合わせているのだとの事実に言及いたしておりましたものでございます」

「そのとおりだ。知っておく価値があることですよねえ、パーシー伯父さん？」

このやり取りの間、この親戚は咽喉《のど》を締められたような声で「なんと？」と言い続けており、さながら出来《しゅったい》することどもの圧力にまだちょっぴり対応できずにいるといった風情《ふぜい》であった。彼はいまや前方に進み出て目を凝《こ》らし僕をじっと見つめた。可能なかぎり不明瞭《ふめいりょう》な光をその目のうちに湛《たた》えつつだ。

「お前か！」彼は言った。悲しみに打ちひしがれた水泳選手みたいに一種ハッと息を呑みながらだ。

「いったいぜんたいここで何をしておる？」

「ただそぞろ歩いているだけです」

「それならどこか他所《よそ》へ行ってそぞろ歩け、コン畜生め」

ウースター家の者は察しのよいほうである。また一般にその場にいることが求められていないときがいつであるかを感知できる。僕は行間を読み、彼が僕にどこかに行ってもらいたがっていることを理解した。

「よしきた、ホーです、パーシー伯父さん」僕は言った。持ち前の丁重さをなおも維持しつつだ。そして引き下がろうとしたところで、こういう場面ですごくおなじみと思われる別の声が僕の真後ろでし、先の親戚の高跳び記録を塗り替えるとは言わないまでも、それに匹敵するほどの立ち高跳びを僕にさせたのだった。

「これはいったいどういうことだ？」その声は言った。それで気分の悪いむかつきとしばしば呼ばれるものとともに、僕はわれらがささやかな集会に加わったのがスティルトンであることを知ったのだった。ボコはこの男について完全に間違っていた。奴のほっぺたは薔薇《ばら》色かもしれないが、こなる人物は目覚まし時計によらねば復活を遂げない八時間睡眠男ではない。そうではなくて他人が寝ている間にいつも起きて働き仕事をする、平和の不寝番なのである。

スティルトンは見るもおぞましきまでに公務員らしかった。奴のヘルメットは星の光に輝き、奴の制靴はしっかりと芝生に据えられていた。奴は手帖を取り出していたと僕は思う。

「これはいったいどういうことだ？」奴は繰り返した。

パーシー伯父さんはまだ神経がちょっとたかぶっていたのだと思う。さもなくば彼の許から弾丸みたいにいま繰り出されている、歯切れのいい、長々とした罵倒の言葉を説明するものは何もないからだ。それは彼が雇用している船長さんたちの一人からいただいてきたものにちがいないように聞こえた。ああいう無骨な水夫たちというのはいつだって素晴らしい語彙《ごい》の持ち主である。そして間違いなく彼らは航海から戻ってくると本社に立ち寄り、何か新しい言葉を教えてくれるものなのであろう。

「これはいったいどういうことだとはどういうことじゃ？　うちの庭に侵入してこれはいったいどういうことかと訊ねる、お前はいったい何者なんじゃ？　お前こそいったい何じゃ？」パーシー伯父さんは熱を込めてさらに続けた。「お前はいったいここで何をしておる、この間抜けが？　きっとお前もただぞろぞろ歩いておっただけなんじゃろう？　なんたること！　わしは自分のうちの庭で静かな散策を楽しもうとしておった。すると息ひとつ吸い込むかどうかのうちに、庭じゅうに甥《おい》やら警官やらがひしめき合っておるのに気づく始末じゃ。わしは大自然と二人っきりになりたくて外に出た。ところが最初に気づいたことには、人混みで身動きもできん。いったいここはどこなんじゃ？　ピカディリー・サーカスか？　休日のハムステッド・ヒースか？　警察の年に一度の遠足先なのか？」

彼の主張ももっともである。プライヴァシーを求めていた男にとって、知らないうちに自分のうちの庭を一般公開してしまっていたことに気づくくらい腹立たしいこともあるまい。むろん、それに加えてチチェスター・クラムが園芸小屋で彼を待っているのである。

パーシー伯父さんの口調のとげとげしさはスティルトンにも容赦なく向けられていた。つまりだ、これ以上うまくは向けようがないくらいだったと僕は思う。悪罵の言葉だけでも、自分がよろこんで歓迎されている訪問者でないことを奴に思い知らせるには十分であったはずだ。奴が感情を害しているのは見て取れた。奴は色んな意味で傲岸《ごうがん》な精神の持ち主である。パーシー伯父さんの無愛想な態度に奴が反感を覚えているのは明らかだった。奴のヘルメットのてっぺんが星たちの方向に鋭く動いたという事実から、僕は奴が背筋をピンと伸ばし、すっくりと立ち上がったことを知った。

しかしながら、奴は自分がいささか間の悪い立場に置かれているのに気がついた。奴には気の利いた台詞《せりふ》を何かお返ししてやることはできない。パーシー伯父さんは治安判事であり、それゆえ奴が軽率な口を利いたらば、即座に奴に大目玉を食らわせてやれる立場にある。その上彼は奴の未来の義父でもある。したがって奴は己《おの》が敵意をわずかばかりの控えめな態度で抑え、物腰の堅苦しさでもってそれを表現することを余儀なくされた。

「申し訳ありません――」

「申し訳ながってもらっても何にもならん。肝心なのはそういうことはせんでいてもらうということじゃ、コン畜生」

「お宅様に入り込みまして――」

「じゃあ入り込むのはやめてくれ」

「――しかし本官は職務遂行のためにここに来ているのです」

「どういう意味じゃ？　そんなたわ言は聞いたことがない」

「たったいま電話を受けまして、いますぐバンプレイ・ホールに急行してくれとのことであったのです」

「電話、電話じゃと？　何とバカな！　夜中のこんな時間にか？　誰が電話したんじゃ？」

堅苦しい、公僕らしい態度を維持するのは難しいことであるようだ。おそらくはかなりの緊張を強いられるものなのであろう。いずれにせよ、スティルトンはいまやそいつをうっかり打ち捨てていた。

「赤ら顔のエドウィンのガキです」奴はふてくされた様子で応えた。

「わしの息子のエドウィンか？」

「そうです。あいつが庭で夜盗を見たと言ったんです」

パーシー伯父さんの身体を痙攣《けいれん》が走った。「夜盗」という言葉があきらかに彼の琴線《きんせん》に触れたのだ。彼は情熱的な身振りでぐるっと振り返った。

「ジーヴス！」

「はい、閣下？」

「あの手紙は投函したか？」

「はい、閣下」

「ほう！」パーシー伯父さんは言い、ひたいを拭《ぬぐ》った。

彼は依然ひたいを拭っていた。と、ギャロップしてくる足音がして誰かが暗闇で盛大に吠《ほ》え立てはじめた。

「オイ！　オイ！　オーイ！　みんな起きろ！　全員集合だ。園芸小屋で夜盗を捕まえたぞ！」

その声はボコのだった。そしてまたもや同情の激痛とともに、僕はJ・チチェスター・クラムの災難が始まったことを理解したのだった。いまや彼は、スティープル・バンプレイを訪れる者の身の上に、何が起こるかを知ったのである。

15. 海運王の悲劇

ボコがわれわれを見、われらがささやかな集いに加わる前に経過した短いひとときの間、僕はこのクラム氏のことに思いを馳《は》せ、こういうことすべてが自分の慣れ親しんできたことどもといかにちがうかと彼が感じていることだろうと考えていた。

つまりだ、ここなるはアメリカの誇りたる堅実なビジネスマンのひとりである。彼の生活はじゅうたんの中の虫のそれみたいに規則的で平穏だ。僕はニューヨークに何度も行ってこういう人物に何ダースも会っている。だから僕はクラム氏の典型的な一日というものを簡単に想像できるのだ。

早朝、ロングアイランドの自宅にて起床。入浴。ひげそり。タマゴ。シリアル。コーヒー。駅まで運転。八時十五分発。葉巻。ニューヨーク・タイムズ。ペンシルヴァニア終着駅到着。午前の仕事。昼食。午後の仕事。カクテル。五時五十分発。駅から運転。帰宅。妻子にキス。出迎えの犬に撫《な》で。シャワー。ゆったりした服に着替え。一日の労働の後の晩餐《ばんさん》。静かな宵。就寝。

これが、日曜休日は別にして、来る年も来る年もチチェスター・クラムのような男の日常生活であった。スティープル・バンプレイのむきだしの刺激とジャングル状態に彼が適応できるとは思えない。スティープル・バンプレイは彼にとって完全に新たなる体験として迫り来たものであろうし、いったい自分は何にぶち当たったものかと——野の花を花束に摘もうと線路の上で身をかがめていたら、予期せず背中にコーンウォール特急に衝突された男みたいに——不思議に思っていることであろう。ボコのヴュー・ハロー〔キツネ狩りの「出たぞー！」の掛け声〕を聴きつつ園芸小屋の中にいま座しながら、彼はおそらくこれは、ユニオン・リーグ・クラブで彼が間違いなくしばしば語ってきたであろう「文明の崩壊」にちがいないと固く信じているのであろう。

　天国の床は黄金の小皿をびっしりはめこんだようであったにもかかわらず、すでに述べたとおり、その晩は暗い晩で見通しはよくなかったものだ。しかしながらボコがものすごく意気揚々であるのを認めるのにじゅうぶんな可視性はあった。実際、奴が鼻高々であったと述べたとて言い過ぎではない。奴がパーシー伯父《おじ》さんのことを「なあウォープルスドンさん」呼ばわりし始めた——もっと冷静なときだったら賭けの上でだってぜったいにやらないことだ——という事実により、僕はこの点の確信を得たものである。

「ああ、おいウォープルスドンさん」この親戚の顔を覗《のぞ》き込んで本人確認をしたところで奴は言った。「ああ、あんたも起きて歩き回ってたのか、なあ？　結構。結構。スティルトン、お前もか？　ジーヴスも？　バーティーもか？　最高だ。われわれ五人の力を合わせれば、悪党を取り押さえるにはじゅうぶんなはずだ。俺がたったいま言ったことが聞こえたかどうかわからないが、俺は園芸小屋に夜盗を閉じ込めてきたんだ」

　奴はこれだけのことを、全国民の感謝を受ける用意のある男の雰囲気を発散させながら言った。パーシー伯父さんの胸を、ボコ・フィトルワースが夜昼なく彼の利益のために働いてくれているとは、なんてお前さんは運がいいんだ、みたいに小突きながらである。こういう処遇を受けこの親戚のうちに反抗的な態度が増大してゆくのを見、僕は驚きはしなかった。

「わしを突っつくのをやめてくれんか！」彼は叫んだ。あきらかに狼狽《ろうばい》している。「夜盗がどうしたとかいうたわ言はいったい何のことじゃ？」

ボコは面食らった様子だった。こんなはずじゃないんだがと奴が感じているのが見て取れた。

「たわ言だって？　おい、ウォープルスドンさん」

「その男が夜盗だとどうしてわかったのじゃ？」

「なあ、ウォープルスドンさんよ！　夜中のこんな時間に園芸小屋にコソコソひそんでる連中が、夜盗以外の誰だって言うんだい？　だが、まだこの上確信する必要があるって言うなら、俺はたったいま洗い場の窓の横を通り過ぎてきたんだが、そいつがハトロン紙で蔽《おお》われているのに気がついたところだと言わせてもらおう」

「ハトロン紙じゃと？」

「ハトロン紙だ。恐ろしい話じゃないか、なあ？」

「どうしてじゃ？」

「なあ、ウォープルスドンさんよ、それでそいつの犯罪的故意が証明されるってもんじゃないか。あんたはおそらく知らないかもしれないが、ああいう連中が住居に侵入して中身をかっさらおうって計画するときにゃあ、糖蜜を塗ったハトロン紙を窓に貼《は》り付けて、それから拳で一発割るもんなんだ。それがお決まりの手口なんですよ。ガラスのかけらは紙に付き、それで連中は細切れ肉みたいにずたずたにならないでも入り込めるってわけだ。そうさ、だからなあ、ウォープルスドンさん、あの悪漢の犯罪目的に疑問の余地はありえない。俺は間一髪のところで奴を閉じ込めたんだ。園芸小屋で何かが動く音が聞こえたんで俺は中を覗き込んで暗い人影を見た。それでドアをバタンと閉めてしっかり鍵をして、そいつをスタイミーに追い詰めて奴の計画をぜんぶ挫《くじ》いてやったってわけさ」

この発言は眠らぬ法の番人から、プロの賞賛の言葉を得たものだ。

「よくやった、ボコ」

「ありがとう、スティルトン」

「お前は冷静沈着だった」

「そう言ってくれてうれしいぜ」

「俺が行って奴を逮捕しよう」

「まさしくいまそう頼もうとしてたところだ」

「そいつは銃を持ってるのか？」

「わからん。行けばわかるさ」

「持ってるとしたって俺はかまわん」

「立派な心掛けだ」

「俺はすばやく飛びかかって――」

「いい考えだ」

「そして銃を奪う」

「うまくやってくれよ。うまくやってくれるようみんなが願ってる。そうさ。最善を願おうじゃないか。ともあれ、どうなるにせよ、お前は自分の任務を遂行したという満足を覚えるはずだ」

「よくやった」に始まり、「覚えるはずだ」に終わるこの会話じゅう、パーシー伯父さんは熱いレンガの上のねこみたいなあからさまな狼狽を示していたものだ。彼を責めることはできない。彼はJ・チチェスター・クラムを園芸小屋での静かな話し合いに招待した。警官が彼にすばやく飛びかかるとの思いは、きわめて苦々しいものであったにちがいない。そういうことが進行しているときに、デリケートなビジネスの交渉などはできるものではない。精神の苦悶《くもん》のうちに、彼はいままた「なんと?」を言いはじめた。これはまたボコがふたたび彼の胸前に恩着せがましく指を向ける事態を招いたものだ。

「大丈夫だ、なあウォープルスドンさんよ」ボコは言った。キツツキみたいにコツコツやりながらだ。「スティルトンのことは心配しなくたっていいんだ。怪我なんかしやしないさ。少なくとも俺はそうは思わない。むろん間違ってることだってあるかもしれない。ともかく、奴はこういう危険を引き受けるんで給料をもらってるんだ。ああ、フローレンス」奴は付け加えた。いまこのときドレッシングガウン姿で髪にカールピンを留めたまま現れいでたるこの家の娘に呼びかけながらだ。

フローレンスがいつもの冷静沈着な彼女でないのは明らかだった。彼女が話すと、不機嫌さがあらわになった。

「〈ああ、フローレンス〉なんて言って頂かなくていいの。ここで何してらっしゃるの? この騒音と騒動は何? 誰かの叫び声であたくし目が覚めたのよ」

「俺だ」ボコが言った。不確かな明かりの中でも、奴がニヤニヤ笑っているのは見て取れた。ハンプシャーじゅうを見渡したって、その晩の奴ほどまったき自己満足を覚えている男はいなかったことだろう。奴の胸のうちには、自分はみんなに愛されている人気者の英雄だとの確信が確固として根を下ろしていた――パーシー伯父さんがいちばん読みたいのが、墓石に記された奴の名前だとは知るよしもなくだ。悲しい話である。このことぜんぶがだ。

「んまあ、やめていただきたかったわ。庭じゅうを人がふざけまわっているんじゃ、あたくし眠れなくてよ」

「ふざけまわるだって？　俺は夜盗を捕まえたんだ」

「夜盗を捕まえたですって？」

「まさしくそのとおりだ。死に物狂いの野獣と化した深夜の略奪者さ。一部の隙《すき》もなく武装していたかもしれないししていなかったかもしれない。その問題に答えられるのはスティルトンがそいつとご対面した後でだ」

「だけどあなたどうやって夜盗を捕まえたの」

「ああ、ちょっとした才覚さ」

「あたくしが言いたいのは、夜のこんな時間にいったいあなたが何をしてらしたのかってことよ」

パーシー伯父さんは誰かに来てもらってキューの合図を出してもらうのを待ち構えていたみたいだった。「まさしくそのとおりじゃ」彼は叫んだ。一世一代の鼻嗚らしで鼻嗚らしをやったその後にだ。「まさしくその点をわしも知りたい。それがまさしくわしが訊《き》きたかった質問じゃ。いったいぜんたいお前はここで何をしとるんじゃ？　わしはお前にうちの私有地を跳梁跋扈《ちょうりょうばっこ》してバッファローみたいに跳びまわり、恐ろしい騒音を立てて平穏と静謐《せいひつ》を不可能にしてもらうようにと招待した憶《おぼ》えはない。お前にはお前のうちの庭があるはずじゃと、わしは信じるものじゃが？　お前がバッファローみたいな振舞いを続けるつもりなら、どうかそちらでそうしていただきたい。また、うちの園芸小屋に人を閉じ込めるなどという考えについてじゃが、わしは生まれてこの方そんな差し出た真似を、聞いたことがない」

「差し出た真似だって？」

「さよう、クソいまいましい差し出た真似じゃ」

ボコは明らかに愕然《がくぜん》としていた。餌を与えるその手に嚙《か》みついたという鳥に関する思いが奴の胸のうちを疾走してまわっているのが見て取れた。奴は話し始める前、しばらくどもってつっかえつっかえしていた。

「さて！」オートバイの形態模写をやめ、やっとことさ奴は言った。「さて、こりゃあ驚いた！　さて、なんてこった！　こりゃびっくりした！　差し出た真似だって、えっ？　そういう了見でくるわけか、そうか？　はっ！　むろん感謝してもらいたいわけじゃない。人が他人のためにしてやるこういう小さな善行に対してさ――ほんのちょっとした不便だって、おそらく人は言うかもしれない――だがこういう状況で、人には少なくとも真っ当な礼儀正しさを期待する権利があるんだ。ジーヴス！」

「はい？」

「恩知らずのことを、シェークスピアはなんと言ったかな？」

「〈吹け、吹け、汝、冬の風よ。汝の冷酷、人の忘恩には及ばず〉でございます［『お気に召すまま』二幕七場］。詩人はまた同性質を〈汝、大理石の心もちし悪魔〉とも譬《たと》えております［『リア王』一幕四場］」

「それで詩人はそんなにとんでもなく間違ってたわけじゃない！　俺はウォープルスドン邸のことを守護天使みたいに考えてやってたんだ。わが眠りと安息を犠牲にしながらだ。俺は粉骨砕身努力して夜盗を捕まえて――」

パーシー伯父さんがまた向き直った。

「夜盗じゃと、まったく！　まことと馬鹿げたたわ言じゃ。その男はおそらく無害な徒歩旅行者なんじゃろう。嵐から逃れ、わしの園芸小屋に避難所を求めきた」

「どういう嵐です？」

「どんな嵐じゃろうがかまわん」

「嵐なんかありませんでしたよ」

「わかった、わかっとる！」

「素敵な晩ですよ。嵐の気配なんかありません」

「わかった。わかった。われわれは天気の話をしとるんじゃない。われわれはうちの園芸小屋にいる哀れな漂泊者の話をしておるんじゃ。おそらく彼はたんなる無害な徒歩旅行者だろうとわしは言うものじゃ。わしは不幸な人物を迫害するのはご免こうむりたい。彼がどんな危害を加えたというんじゃ？　はるばる何キロも旅した果てに、うちの庭を自分のものであるかのごとく使っている。それがいかんわけがあるまい？　ここは無礼講の館じゃ、コン畜生――あるいはそれみたいなものじゃ」

「それじゃああなたは奴が夜盗だとは思わないんですね？」

「思わん。断じて思わん」

「なあウォープルスドンさん、あんたはとんまなバカだ。ハトロン紙のことはどうなんです？　糖蜜のことはどう説明しますか？」

「糖蜜なんぞクソくらえじゃ。ハトロン紙に呪《のろ》いあれじゃ。いったいどういう了見でわしをとんまなバカ呼ばわりなんぞする？　ジーヴス！」

「はい、閣下？」

「ここに一〇シリングある。行ってその哀れな男にこれをくれてやって解き放ってやるんじゃ。暖かいベッドと夜食をこれでとるようにと言ってやれ」

「かしこまりました、閣下」

ボコは鋭く、けたたましい音をたてた。不機嫌なハイエナみたいにだ。

「それじゃあジーヴス！」奴は言った。

「はい？」

「そいつが暖かいベッドを手にしたら、奴を布団でくるんでやって湯たんぽがあるかどうかを見てやってくれ」

「かしこまりました」

「一〇シリングだって、えっ？　夜食だって、はあっ？　暖かいベッドだって、結構じゃないか？　さてと、それじゃあ俺は失礼する」ボコは言った。「俺はこの件すべてから手を引かせてもらう。この頭のヘンな奴らの病院に夜盗が入ったときに俺の助力が期待できるのはこれが最後だと思ってもらいたい。今度連中が群れなしてやってきたら、俺は連中の背中をぽんぽん叩いてやって、連中のためにはしごを押さえてやることだろうよ」

奴は暗闇の中へと大股で歩き去った。立腹の極致だ。大いに驚いたものだとは僕は言わない。この展開は男のど真ん中を立腹せしむるにじゅうぶんであろう。まして出版社を訪ねてはほんのちょっとした挑発で傍若無人《ぼうじゃくぶじん》にわめき立てる気分屋の若き作家においてをやである。

しかし奴の見解も理解はするが、僕は哀切の思いやまぬ心境だった。実際、もっと先までいったくらいだ。僕の精神は慟哭《どうこく》していた。優しきウースター家のハートは、ボコ＝ノビーの純愛の行方の平坦ではない道のりを思い、深く心に感じ入っていた。また僕は今宵の大騒動がパーシー伯父さんの心の和らぎで佳境を迎え、その後の混乱の収束がもたらされることを願っていた。

そうなる代わりに、この衝動的な物書きは、ワイン、洋酒類の格付け中における奴の地位をかつてないまでに貶《おとし》めてしまった。奴が後見人の同意を勝ち得る賭け率が、これまで四対一であったとするならば、いまやもう百対八よりもっと悪い評価しか得られまい――その太っ腹な価格でさえ、賭け元が投資してくれるかどうか僕には疑問だ。

僕はここでとりなしの言葉をはさんだらどうかと思いをめぐらしていた。そして総体的に考えればおそらくそれでどうなるものでもあるまいと感じたものだ。と、そこで僕の耳に低い口笛の音が聴こえた。そこには低脳なオオコノハズクの気味が、あったかもしれないし、なかったかもしれない。また僕は遠くの木の陰で、何だかはっきりしないが、おそらく女性らしきものがひょいとうごめくのを見た。すべてこれノビーの仕業であることを指し示しているように思われた。僕は主本隊から離れ、彼女の方向に滑《なめ》らかに歩を進めた。

僕の推測は正しかった。それはノビーで、ドレッシングガウンに身を包んではいたものの、カールピンはなしだった。おそらく彼女のようなヘアスタイルに、そういったものは必要ないのだろう。

彼女はわくわく興奮して最新のホットなニュースを聞きたがっていた。

「わたし、あの仲間に入りたくないの」最初にヤッホーの応酬をした後で彼女は言った。「パーシーおじ様がきっとわたしをベッドに送るわ。どういう具合になったの、パーティー？」

この知りたがり屋の若いスモモにむやみに悪い知らせを報告することについて、僕の心の琴線《きんせん》は苦痛によじれていた。しかしつらい任務を忌避するわけにはいかない。

「あんまりよくはない」沈鬱《ちんうつ》な表情で僕は応えた。

予測したとおり、この発言はど真ん中大当たりで彼女をとらえた。彼女は打ちひしがれた、悲痛な声を発した。

「あんまりよくはないですって？」

「そうだ」

「何がいけなかったの？」

「何がうまくいったかを訊いたほうがいい。この計画ははじめからしまいまで大失敗だったんだ」

彼女は鋭く慨嘆の声を発した。また僕は彼女が不快な、疑り深い目で僕を見るのに気がついた。

「あなたがめちゃめちゃにしたんでしょう？」

「ぜんぜんそんなことはない。僕はできるかぎりのことをした。だが例の不運な状況の連鎖が起こって、われわれ二人だけのちょっとした素敵な夜の仕事であったはずのものが、群集シーンに突入する次第となったわけなんだ。僕らはぐずぐずせずにやるべきことをやっていた。だのに庭と家屋敷がパーシー伯父さんやらジーヴスやらスティルトンやらフローレンスやらなんとかいったものでいっぱいにごった返すようなことになっちゃったんだ。それでわれわれの目的は完全にだめになった。そして残念ながら僕は、ボコはその最善の姿を見せてはくれなかったと、告げねばならない」

「どういう意味よ？」

「奴はパーシー伯父さんのことを〈なあ、ウォープルスドンさん〉と呼び続けた。ああいう人物のことを〈なあ、ウォープルスドンさん〉呼ばわりし続けて、何かが緊張ではじけずにいられるもんじゃない。加熱した言葉が続いて発せられた。そのうちの多くがボコの貢献によるものだった。いちばん痛ましいシーンは、奴がパーシー伯父さんのことをとんまのバカ呼ばわりし、踵《きびす》を返して大股で立ち去ったところで幕を閉じた。残念ながら、奴と上記人物との関係は、新たにいっそう険悪化の度合いを増したものだ」

彼女はもの柔らかなうめき声を発した。また僕は一瞬、彼女の頭をとんとん叩いてやろうとの考えを心にもてあそんだ。とはいえそんなことをしたってどうにもならない、と、熟慮の末に僕は感じ、その思いを放擲《ほうてき》したものだ。

「わたし、ボコはちょっとだってバカな真似をやらないでいてくれるって信じてたのに」さかんな悔恨とともに彼女はつぶやいた。

「作家ってものがバカな真似をやらないでいられるだなんて、ちょっとだって信用できるものかどうか、僕は疑問に思う」僕は厳粛に応えた。

「うん、もう、わたし、彼のこと叱りつけてやらなきゃ！　彼、踵を返した後、どっちに行ったの？」

「どこかあっちの方向だ」

「見つけてやったら、覚悟なさい！」彼女は叫び、特小サイズのブラッドハウンド犬みたいに吠《ほ》え立てた。そして風と共に去りぬとなった次第だ。

ジーヴスがゆらめき戻ってきたのは、おそらくそれから二、三分してのことだったろう。

「不快な宵でございました、ご主人様」彼は言った。「わたくしはクラム様をご解放申し上げてまいりました」

「クラムのことなんかどうだっていい。クラムなんかに興味はない。僕が心配しているのはボコのことだ」

「ええ、はい、ご主人様」

「バカな間抜けだ。パーシー伯父さんをあんなふうに疎《うと》んじるだなんて」

「はい、ご主人様。あちらの若紳士様のご態度が、より和解的なものたりえなかったことは、たいそう遺憾《いかん》でございました」

「君があの二人の断絶を癒《いや》せる手段を何か考えついてくれないことには、奴はどうにもこうにもおしまいだぞ」

「はい、ご主人様」

「奴を捕まえるんだ、ジーヴス」

「はい、ご主人様」

「奴と話し合うんだ」

「はい、ご主人様」

「何かうまい解決策を思いつけるよう、オツムを最大限に働かせるんだ」

「かしこまりました、ご主人様」

「静かな夜のどこかあっちのほうで、君は奴を見つけられることだろう。少なくとも、そんなにとんでもなく静かではないはずだ。つまり、ノビーが奴に、奴のことをどう思うかを話していることだろうからな。声高なソプラノの声を聞きつけるまで、そこいらを旋回してくれ。そしたらどこに向かって突進すべきかがわかるだろう」

　彼は要望どおりとっとと立ち去った。そして僕は眉間に立てじわを寄せながらあちこち行ったり来たりを開始した。僕は立てじわをおよそ五分ほど寄せていたものだ。と、そのとき何者かが巨大な姿を現し接近してきた。それはボコで、雪辱戦に帰ってきたのだと僕は理解した。

16・ジーヴスの名案

　ボコは圧倒され懲らしめられてきたように見えた。まるで奴の魂が洗濯物絞り機の中を通り過ぎてきたみたいにだ。奴はたったいま夢の女の子に正当にもいいかげんになさいと言われてきたばかりで、衝撃を受けた身体精神機能をまだ建て直していない男の雰囲気をまごうかたなく身にまとっていた。

「ハロー、バーティー」奴は言った。静かな、聖人みたいな声でだ。

「ピッピー、ボコ」

「たいした夜だよ！」

「かなりのもんだ」

「フラスコは持ってないな、どうだ？」

「ない」

「残念だ。人はいつだって緊急事態に備えてフラスコを携行してなきゃいけない。セントバーナード犬はアルプスでそうやってるだろ。五千万匹のセントバーナードがいてくれたって大丈夫だ。俺はたったいまたいへんな情緒的体験をしてきたところなんだ、バーティー」

「ノビーはお前を見つけたのか？」

奴はちょっぴり震えた。

「たったいま彼女と話してきたところだ」

「そうじゃないかと思った」

「俺はそんな顔をしてるか、そうか？　そうだ、そうだろうな。冗談グッズの話を彼女にしたのはお前じゃないな？」

「もちろんちがう」

「誰かがしたんだ」

「たぶんパーシー伯父《おじ》さんだろう」

「そうだった。彼女は親爺《おやじ》さんに昼食はどんなだったかって訊《き》いたんだろう。そうだ、そりゃ信頼できる情報源だ」

「それじゃあ彼女は冗談グッズの話もしたんだな？」

「ああそうだ。そうさ、その話もした。彼女との会話は半分がその話で半分が今夜あったことについてだった。両テーマいずれについても彼女はぜんぜん言葉に詰まるところなかった。お前、ほんとうにフラスコは持ってないんだな？」

「絶対にだ。悪いな」

「ああ、そうか」ボコは言った。そしてしばらく沈黙にふたたび陥った後、そこから回復すると怪《け》訝《げん》げな声で、女の子たちはどこからああいう言い回しを見つけてくるんだろうかと訊いた。

「どういう言い回しだ？」

「俺には言えない。紳士の前だからな。フィニッシングスクールで勉強してくるんじゃないかと思うんだ」

「きつくお仕置きをすえられたんだな？」

「物惜しみせぬ手でもってだ。彼女にきっちりねじ込まれながら、そこに立ってるってのは途轍《とてつ》もない感覚だった。何か小さくてけたたましいものが自分の周りを旋回して怒り狂って沸騰《ふっとう》してるっていう、頭がチラチラする感じだ。ペキネーズ犬に攻撃されるみたいな感覚だな」

「僕は一度もペキネーズ犬に攻撃されたことはない」

「うーん、されたことのある奴に訊いてくれ。そいつが教えてくれることだろうさ。一刻一刻、俺はいつ足首にいやらしい嚙《か》みを食らわされるかって気が気じゃないんだ」

「どういう具合に終わったんだ？」

「ああ、何とか命はなくさず逃げ切った。しかし、命があってなんになる？」

「命は大事じゃないか」

「愛する女の子を失って、命がなんになる」

「愛する女の子を失ったのか？」

「そういうことじゃないだろうかって考えてるんだ。とはいえ判然としない。ぜんぶはこの〈わたしあなたとは今生《こんじょう》でも来世でも会いたくないしお話ししたくもないわ。この救いようのない間抜けったら〉という言葉をどう解釈するかにかかってくる」

「彼女はそう言ったのか？」

「他にもずいぶん言った」

慰め、励ますべき時はいまや来れりと僕は理解した。

「僕ならそんなのは気にしないな、ボコ」

奴は驚いたみたいだった。

「気にしないのか？」

「ああ。彼女にそんなつもりはなかったんだろ？」

「そんなつもりはなかったのか？」

「もちろんないさ」

「何か言わなきゃならないからそう言っただけなんだな？　会話を成立させるって、そういうことだな？」

「うーん、言わせてもらおう、ボコ。僕は女性という性についてものすごく研究を深めてきている。ありとあらゆる気分でいる時を観察する機会を得てきながらだ。それで僕が到達した結論は、そういうふうに頭を炸裂《さくれつ》させているときには、議論の主題に着目する必要はぜんぜんないってことなんだ」

「そんなことは無視しろって、助言してくれるんだな？」

「絶対的にさ。心の中から完全に追っ払っちまえよ」

奴はしばらく黙ったままだった。話しはじめた奴の声には、希望の兆《きざ》しがあった。

「ひとつ確かなことがある。彼女は俺を愛していてくれた。ついほんのちょっと前、今日の午後まではだ。ものすごくだ。彼女はそう言ってくれた。そのことを憶《おぼ》えてなきゃいけない」

「いまだって愛してるさ」

「お前ほんとうにそう思うのか、なあ？」

「もちろんだとも」

「俺のことを救いようのない間抜けと呼んだにもかかわらずか？」

「もちろんさ。お前は救いようのない間抜けじゃないか」

「そのとおりだ」

「女の子がお前のことをバカにしようってやってるときに、その子の言うことなんか気にかけちゃだめだ。シェークスピアみたいなもんだ。耳には心地よい。だが何も意味しちゃいない、ってさ」

「それじゃあお前の意見じゃ、愛はいまだ消えてはいないんだな？」

「絶対的にだ。そのグレイのフランネルのズボンにもかかわらずお前を愛せるような女の子の心が、お前がバカな真似をやったくらいで変わるなんてありそうな話じゃない。愛は破壊できない。その聖なる炎は永遠に燃え続けるんだ」

「誰がそんなことを言った？」

「ジーヴスだ」

「彼ならわかっているはずだ」

「そうさ。ジーヴスを頼りにしてさえいれば大丈夫だ」

「そのとおりだ。彼を頼ればいいんだ、そうだ。お前は心の安らぎだよ、バーティー」

「ならよかった、ボコ」

「お前は俺に希望をくれた。俺をどん底から引き上げてくれた」

奴は大いに元気を取り戻した。実際に肩を怒らせ、顎《あご》先を突き出していたわけではなかったが、しかし明らかに士気は強化されていた。あと一、二分もすれば、ほとんど元気一杯になりそうなところだったのだ。と、そのとき夜気を切り裂いて、奴の名を呼ぶ女性の声がした。

「ボコ！」

奴はポプラのように震えた。

「なんだい、ダーリン？」

「こっちへ来て。お話があるの」

「行くとも、ダーリン。ああ、なんてこった！」僕は奴がつぶやくのを聞いた。「アンコールか！」奴はよろめき去ってしまった。そして僕は残され、事態の展開にじっくり熟考を加えることとなった。

僕はこの状況を不安の思いなく見ていたものだと、ただちに言って構うまい。若いアホ娘が限なく四方八方に炸裂《さくれつ》している間じゅうリング上でいっしょに対戦していたボコにとって、当然それは世界の終わりが到来し、最後の審判の日がとんでもなく厳しい具合に始まったというふうに思われたことだろう。しかし冷静で分別のある傍観者たる僕にとっては、すべては純粋な日常業務の範囲内だ。肩をすくめ、それが何であるかを認識するだけのことだ――すなわち、混じりけなしのおためごかしである。

絹のごとき愛の紐帯《じゆうたい》は、女性側当事者が男性側当事者のキチガイじみた行動に激怒して、一連の強烈な発言によってそれを彼に伝えたというだけでは断絶しないものだ。女の子が自分の選んだ男をどれほど深く崇拝していようと、身を引いて構えてそいつの首筋に一発食らわせてやろうという抗《あらが》い難い衝動を覚えるときは必ず来るものだ。僕が知るかぎりの若い恋人たちを端から並べたなら

――無論、そう段どるのは難しかろう、が、僕が言いたいのはもしそうしてみたら、ということだ

――ピカディリーの半分までは届くだろう。それでそういう連中の中にボコが今夜通り過ぎてきたような経験を通り過ぎたことのない者は、ただの一人だっていないはずである。

おそらく、すでに第二段階が開始されたはずだ、と僕は感じた。すなわち女性側恋人がさめざめと泣きじゃくりながら男性側恋人の胸にすがりつき、おこってごめんなさいと言うのである。僕の推測が正しかったことは、数分後戻ってきたボコの態度物腰で証明された。ぼんやりした明かりの中ですら、奴の気分が百万ドルであるのは見て取れた。奴は空中を歩くみたいに歩き、お湯に浸かったバススポンジみたいに魂全体が明らかに膨張していた。

「バーティー」

「ハロー?」

「まだそこにいるか?」

「まさしくここにいるさ」

「ぜんぶ大丈夫だ、バーティー」

「彼女はお前をまだ愛しているんだな?」

「そうだ」

「よかった」

「彼女は俺の胸で泣きじゃくった」

「いいぞ」

「そしておこってごめんなさいと言ったんだ。俺は〈よし、よし!〉って言って、それですべては

元通りに収まった」

「素晴らしい」

「最高の気分だ」

「そうに決まってるさ」

「彼女は〈救いようのない間抜け〉って言葉を撤回した」

「よし」

「俺は彼女の人生の果実がみのる樹木だって彼女は言った」

「結構」

「どうやら俺に今生でも来世でも会いたくも話をしたくもないって言ったのはぜんぶ間違いだったらしい。彼女は俺に会いたくも話をしたくもある。頻繁にだ」

「素晴らしい」

「俺は彼女をしっかり抱きよせ、狂おしくキスをした」

「そうに決まってる」

「ジーヴスがその場にいたんだが、だいぶ感動していた」

「ああ、ジーヴスがいたんだ」

「そうだ。彼とノビーで計画やら計略やらを話し合っていたんだ」

「パーシー伯父さんのご機嫌を取る件でか？」

「そうだ。もちろん依然それは、なさねばならぬだからな」

僕は厳粛な顔をした。とはいえ無論、この暗さの中では意味のないことだったが。

「難しいことになるだろうな――」

「ぜんぜんそんなことはない」

「――お前が彼を〈なあ、ウォープルスドンさん〉呼ばわりして、そのうえとんまのバカ呼ばわりした後なんだぞ」

「ぜんぜんそんなことはないんだ、バーティー。ジーヴスが最高の名案を考え出してくれた」

「そうなのか？」

「なんて男だ！」

「ああ！」

「俺はつねづねジーヴスほどの男はいないと、言い続けてきた」

「当然の賛辞だ」

「お前は彼の頭の後ろが出っ張っているのに気づいたことはあるか？」

「しょっちゅうさ」

「あそこに脳みそが詰まってるんだ。耳の後ろにしまいこんであるんだな」

「そうさ。彼のアイディアは何なんだ？」

「手短かに言えばこうだ。俺がウォープルスドンの親爺《おやじ》の肩を持てば、好印象を得て失地回復はなるだろうって、彼は考えるんだ」

「肩を揉《も》むだって？　わからないなあ。手で揉むのか、そういうことか？」

「〈肩を揉む〉なんて言っちゃあいない。〈肩を持つ〉って言ったんだ」

「ああ、肩を持つのか？」

「そうだ。肩を持つんだ。言い換えれば、俺にあの親爺の味方をしろって——彼を守れって彼は言うんだ」

「パーシー伯父さんを守るだって？」

「ああ、奇っ怪な言い方だ、わかってる。だがジーヴスはそれでうまくいくって考えてるんだ」

「僕にはまだわからないなあ」

「まったく本当に簡単なんだ。聞いてくれ。明朝十時ちょうどに、大声で罵声を発する凶暴な男がウォープルスドン親爺の書斎に乱入し、ありとあらゆる罵詈《ばり》雑言《ぞうごん》をまくし立てて全面的に奴さんを侮辱して脅《おど》しつけたと考えてみよう。俺は書斎の窓の下で待ち構えている。そして絶好の心理的瞬間をとらえて、頭を突き出し、静かな、叱責《しっせき》するような声で、〈やめろ、バーティー！〉と言うんだ」

「バーティーだって？」

「そいつの名前はバーティーっていうんだ。だが口を挟まないでいてくれよ。話の筋がわからなくなるからな。俺は頭を突き出して、〈やめろ、バーティー！　お前は我を忘れた振舞いをしてるぞ。俺はここに立ってそ知らぬ顔して俺が賞賛し尊敬してやまないウォープルスドン卿ほどの人物をお前が侮辱するのを黙って聞いてはいられない。ウォープルスドン卿と俺には意見の相違があったかもしれない——悪かったのは俺のほうだし俺は心底よりそのことを申し訳なく思っているものだ——しかし、彼と知り合えたことは光栄だったという見解から、俺は一度たりとも離れたことはない。だからお前が彼をそんなふうに侮辱するのを聞いて俺は——〉と言う」

僕はきわめて物分りのよいほうである。すでに僕は恐ろしい計画の本質を看破していた。

「お前は僕にパーシー伯父さんの巣穴に踏み込んで彼を侮辱しろと言うのか？」

「十時ちょうどにだ。それがものすごく大事なんだ。俺たちは秒単位で時間きっかりに行動しないといけない。毎朝奴さんは書斎で過ごすってノビーが言うんだ。間違いなく船長さんたち宛てに不愉快な手紙を書いているにちがいない」

「それでお前が飛び出してきて僕が彼を怒鳴りつけてた件で僕を怒鳴りつけるんだな？」

「まさしくそのとおりだ。それで間違いなく親爺さんは俺に共感を寄せられるようになるはずだ。奴さんは俺を温かいまなざしで見、結局のところ俺はなかなかいい青年だって感じるようになるんだ。つまりだ、親爺さんは椅子に座って縮こまり、お前は親爺さんの前に立ちはだかり、奴の顔の前で指を振りたてていて――」

この台詞《せりふ》によって想起された絵柄はあまりにも恐ろしかったもので、僕はよろよろとよろめき、もしそこで立ち木にしがみつかずにいたら、倒れていたことだろう。

「ジーヴスがそんな提案をしたと言うのか？」

「いま言ったとおり、一瞬の早業だった」

「彼は酔っぱらってるのかもしれないぞ」

ボコの態度にひややかさが入り込んだ。

「お前の言うことがわからないな、バーティー。俺はこの計画を、彼のもっとも巧妙な計画のひとつに数えるものだ。こういう単純な計略の中でも、その単純さゆえにひときわ効果大で、水一滴たりとも漏らす余地なしだ。お前がウォープルスドン親爺を脅しつけているまさにその瞬間に登場し、俺の持てる限りの同情と支持を投げ出すことで、俺は――」

ウースター家の者にはきわめて断固たる態度をとれる瞬間がある――おそらく堅固無比の態度と言ったほうが適当だろう――、そしてそういう時のひとつが、パーシー伯父さんを脅しつけるようにと頼まれた時なのである。

「すまないが、ボコ」

「すまないだって？　どうして？」

「僕は計画から外してくれ」

「なんだって！」

「何もできない」

奴は前かがみになって、信じられないというように僕の顔を覗《のぞ》き込むのにより好適な体勢をとった。この男は驚愕《きょうがく》しているようだった。

「バーティー！」

「ああ、わかってるさ。だが繰り返す――何もできない」

「何もできないだって？」

「何もできないんだ」

奴の声は嘆願するような調子を帯びた。しばしばビンゴ・リトルの声が帯びるのと同じような調子である。奴が馬券屋に広く寛大な見地を採って支払いは来週の水曜日まで待ってくれるようにと頼むときの声だ。

「だが、バーティー、お前はノビーが好きだろう？」

「もちろんだとも」

「もちろんそうさ。でなきゃ三ペニー分の酸味ドロップをやったりはしないはずだ。また俺の理解するところ、お前と俺はいっしょに学校に行ったという事実について異論はなかったはずだ。もちろん異論なしだ。お前が手を貸さないと言ったように聞こえたのは、俺の聞き間違いにちがいないな」

「いや、ちがう」

「聞き違いだろう？」

「ちがう」

「おまえは一肌脱ぐのを、拒否するのか？」

「そうだ」

「お前は——この点をはっきりさせたいんだが——お前は本当に助力を拒もうっていうのか——この、簡単で、容易な助力を——この計画へのさ？」

「そのとおりだ」

「それがバーティー・ウースターの言うことか？」

「そうだ」

「俺がいっしょに学校に行ったバーティー・ウースターが？」

「そのとおり」

奴は口笛を吹くみたいに息をついた。

「うむ、もしそんなことが起こったって誰かが言うのを聞いたら、俺は信用しなかったはずだ。俺はあざけるように笑ったことだろう。バーティー・ウースターが俺を落胆させるだって？　ありえん。ありえない。俺は言ったことだろう――バーティーはちがう――俺といっしょに学校に行ったのみならず、いまこの瞬間、俺のうちのご馳走で腹はち切れんばかりでいるバーティーがだ」

これはいやらしい言い方である。むろん僕は奴のうちのご馳走で腹はち切れんばかりになってなどいなかった。なぜならそんなに恐ろしくたくさんのご馳走はなかったからだ。だが僕は奴の意味するところを理解した。一瞬、奴がそういう言い方をしたとき、僕は少し弱気になった。それからパーシー伯父さんが「椅子に座って縮こまっている」姿を思い――椅子に座って縮こまるだって、なんてこった！――そしてふたたび強気になった。

「残念だが、ボコ」

「俺も残念だ、バーティー。残念だし落胆もした。胸がむかむかする、ってのが口元まで出かかってる表現だ。さあて、俺は行ってノビーにこの報せを伝えてやらなきゃならないな。ああなんてこった。あの子はどんなに泣くことだろうなあ！」

僕は胸の痛みを抑えられなかった。

「僕はノビーを泣かせたくはない」

「だが泣かせるんだ。何リットルも涙をこぼさせるのさ」

奴は責めるようにため息をつきながら闇の中に静かに消え、僕は星たちだけといっしょに取り残された。

そして僕はそれらをよくよく精査し、いったい何がジーヴスにそれらは幼い目のケルビムたちと声を合わせて歌をうたっているんだよなんて考えを吹き込んだものかと不思議に思っていた――僕にはそんな兆候はぜんぜんほんのちょっぴりだって見て取れなかった――と、それらは突然、あたかもパーシー伯父さんとJ・チチェスター・クラムみたいにひとつに合併して、ギザギザした一面の光彩の海原《うなばら》と化した。

それは僕に気づかれぬまま背後にしのび寄った見えざる手の仕業だった。そいつは僕を鈍器みたいなものでとんでもなく叩きのめしたのだ。そいつは僕の頭の後ろを直撃し、鋭い「痛た！」の声とともに僕を大地に倒れ伏さしめたのだった。

17. 一日一善

僕は座り込んで後頭部を撫《な》で擦《さす》っていた。と、僕の耳元でキーキー声がした。僕を心配そうに見ていた——あるいは自分の手並みにほくそ笑んでいたのかもしれない、僕にはどちらとも言えない——のは、クソいまいましいエドウィンのガキだった。

「クー！」奴は言った。「あなただったんだ、バーティー？」

「そうさ、まさしくそのとおり」僕は不自然ではない辛辣《しんらつ》さを込めて応えた。つまりだ、ボーイスカウトに一秒おきに頭を打たれなくたって人生はじゅうぶん厳しいのだし、僕はすごく怒っていたからだ。「いったいどういうつもりだ？　いったい何を考えてるんだ、いけ好かないクソガキめ！　どでかい棍棒で僕をぶん殴るだなんて？」

「棍棒じゃない。僕のボーイスカウト・ステッキだよ。アイスホッケーのスティックみたいなやつなんだ。とっても役に立つんだよ」

「とっても便利、ってやつだな？」

「そうさ！　痛かった？」

「完全に公式の発言と理解してもらっていいが、地獄のように痛かった」

「クー！　ごめんなさい。あなたを夜盗と間違えたんだよ。この辺りに一人潜伏しているはずなんだ。僕の部屋の窓の下でそいつが物音を立てるのを聞いたんだよ。僕が〈そこにいるのは誰？〉って訊《き》いたら、そいつは恐ろしい呪《のろ》いの言葉を吐いたんだ。だけど今夜はあんまりついてないや。さっき僕が夜盗と間違えた男は、パパだったんだ」

「パパだって？」

「そうなんだ。でもパパだなんてわかりようがないじゃない？　パパが真夜中に庭を歩きまわるだなんて、思ってもみなかったんだ。僕はぼんやりした人影が身をかがめて、これから跳《と》びあがるみたいにするのを見て、それでそいつの後ろにそっとしのび寄って――」

「一発お見舞いしたわけじゃないだろうな？」

「したさ。すごく効き目たっぷりのやつをね」

　僕のハートは躍りあがったと言わねばならない。ジーヴスが空の虹を見るとそういうふうになると言ったみたいにだ［ワーズワースの詩「虹」］。パーシー伯父《おじ》さんがズボンのお尻にホットなやつを頂戴したとの思いはものすごく刺激的だった。それは幾星霜《いくせいそう》を経て、とうとう彼の許に到達したのだ。天の摂理のみわざをクローズアップで目《ま》の当たりにしたとき、たまさかに人が覚える一種の畏怖《いふ》の念を、僕はいま覚えていた。そして何者もこの世に目的なく遣わされたのではない――エドウィンですらだ――そして最下等の生き物にだって用途はあるのだということを、理解したのだった。

「パパはちょっぴり怒っていたよ」

「彼の気に障ったんだ、そうだね？」

「パパは僕の頭をぶとうとしたんだけど、フローレンスが止めてくれたんだ。彼女はこう言ったよ。

〈お父様、この子に手を上げちゃだめですわ。まったくの誤解のせいなんですから〉。フローレンスは僕のことがとっても好きなんだ」

僕は眉を上げた。この女性は、奇妙な、病的ですらある趣味の持ち主だと、僕は感じたものだ。

「だからパパは僕に早く寝るようにって言っただけだったんだ」

「じゃあどうして早く寝ないんだ？」

「寝るだって？　クー！　とんでもない。頭はどう？」

「最低だ」

「痛むの？」

「もちろん痛むさ」

「打撲傷になった？」

「ああ、なったとも」

「じゃあ僕、応急処置がしてあげられるよ」

「だめだ」

「応急処置をしなくていいの？」

「いい、いいんだ。この点については先に徹底的に議論をしたはずだ、エドウィン君。僕の見解はわかってるはずだろう」

「誰も彼もが僕に応急処置をさせてくれないんだ」切なげに奴は言った。「とってもたくさん練習がいるっていうのに。ここで何をしてるの、パーティー？」

「誰も彼も僕がここで何をしてるのかって訊く」ちょっぴり憤慨しながら僕は応えた。「どうして僕がここにいちゃいけない？　この土地は僕とは血縁の絆でつながってるんだ。本当に知りたいなら教えてやるが、僕はここにボコ・フィトルワースといっしょに夕食後のそぞろ歩きにやってきたんだ」

「僕はボコには会ってないよ」

「奴は運がいいってことだ」

「ダーシー・チーズライトは来てるよ」

「知ってる」

「夜盗を見た後、僕が彼に電話したんだ」

「知ってる」

「彼がフローレンスと婚約してること知ってる？」

「ああ」

「婚約解消になってないかどうかは考えものだと思うよ。二人はたったいますごい喧嘩《けんか》をしてたんだ」

奴はいかにも軽々しく語った。その発言がまるでたんなる取るに足らないネタであるかのようにだ。それで僕が示した強い関心に、おそらく奴は驚いたことだろう。

「なんと！」

「そうだよ」

「すごい喧嘩だって？」

「そうだよ」

「何についてさ？」

「知らないよ」

「すごい喧嘩と言うと、どのくらいすごい喧嘩だったんだ？」

「うーん、かなりすごかった」

「きつい言葉のやり取りかい？」

「かなりきつかったな」

パーシー伯父さんのズボンのお尻についてのおしらせを聞いて、すでに述べたように躍り上がっていた僕のハートは、いまやふたたび地に潜《もぐ》ったものだ。僕の外交政策の全般的方針は、すでにじゅうぶん明らかにしたとおり、この二人の親善関係を推進することにある。二人がきつい言葉の応酬をしていたとの情報は、血の凍るものと解された。

つまりおわかりいただけよう。ノビーがズボンをたくし上げてペキネーズ犬をボコにけしかける件について僕が言った事柄——ご記憶であれば、ただ面白おかしがって毛穴を開いているためだけに、愛する人をこき下ろす女の子に関するヨタ話だ——は、フローレンスのような真面目な女性とスティルトンみたいな種類の男には当てはまらない。これはみな、ジーヴスが言うところの個々人の心理の問題である。フローレンスとスティルトンが全力を挙げて戦闘開始しお互いをバラバラに嚙《か》み千切《ちぎ》りだしたならば、その前途は危険である。

「その喧嘩をどのくらい君は聞いてたんだい？」

「そんなにずっとじゃない。なぜならそのとき僕は暗闇で何かがうごめくのを見て、行ってそいつに僕のボーイスカウト・ステッキで一撃を加えて、そしたらそれはあなただったんだもの」

となると、無論、いささか様相は好転するというものだ。僕の最初の印象は、奴が喧嘩の間ずっとリングサイドシートを占めていたというものだった。奴が初っ端のやり取りを聞いただけだったとすると、ことはそれほどは進行しなかったということだってありうる。奴が去った後、冷静な思考が主流となり、断絶が修復不能となる前に競技者一同はそいつをやめにしたということだってありうる。血気盛んな女の子と男との間は、しばしばそんなふうになるものだ。ワーワーいう叫び声と怒号でもって始まって、それから各々のうちの善き部分が優勢を占め、争いは鎮《しず》まるのだ。

僕はこういうことをエドウィンに告げた。また奴は聞くべきところはあると考えたようだった。しかし奴が心ここにあらざる様子で、本当はそんなにその点に関心をもっていないようなのに僕は気づいていた。何秒かの間があって、そしてその間僕は最善を願い、奴はボーイスカウト・ステッキをクルクルともてあそんでいたのだが、それからどうして自分がそんなふうなのかを明かしたのだった。奴は行為の得点について心配していたのだ。

「ねえ、バーティー」奴は言った。「僕があなたを殴ったのはわかってるでしょう」

僕はその件は忘れていないと奴に請合った。

「僕はよかれと思ってしたんだ、そうだよね」

「その点が心の慰めだよ」

「でも、もちろん、僕はあなたを殴ったんだった、そうだよね？」

「そのとおり」

「その事実からは逃れられない」

「そうだ」

「それじゃあ僕が考えてるのはこういうことなんだ。僕が今日の午後にした一日一善は、それで帳消しになったのかなあ？」

「ウィー・ヌックを片づけたときのかい？」

「ううん、ちがう。それは勘定に入らないんだ。だってうまくいかなかったんだから。僕が言ってるのは、ブローチを見つけた件だよ」

このとき僕は周到に足許に注意せねばならなかった。つまりだ、奴が見つけたブローチとジーヴスがフローレンスに届けたブローチとは同一の品であることになっているからだ。そして奴があれを玄関ホールで見つけた後、僕がもう一度あのいまいましいシロモノを失くしたなどと、僕の口から奴に知らせてはならないのだ。

「ああ、あれか？」僕は言った。「ああ、あれはA級の一日一善だった」

「わかってる。でもあれはまだ勘定に入れられると思う？」

「ああ、いいだろう」

「僕があなたを殴ったにもかかわらず？」

「疑問の余地なしだ」

「クー！　じゃあ先週の木曜日の分までこれで片付いた」

「先週の金曜日の分だろう？」

「木曜日だよ」

「金曜日だ」

「木曜日だよ」

「金曜日だ。このアホ間抜けの判断能力障害ガキめ」僕はいくぶん熱を込めて言った。奴の正しいスコアをつける能力の欠如は僕を、「われわれは七人だ」とかいうやつが、他の子供と数の話をしていた詩人［ワーズワース］――名前は忘れた――をイラつかせたくらいに苛立《いらだ》たせたのだ。「聞くんだ。君の先週の金曜日の分の一日一善はウィー・ヌックの片づけだったはずだ。いいな。だが不幸な結果のせいでそいつは勘定に入れられなかった。そいつは認めただろう、な？　それでブローチを見つけたのは先週の金曜日の一日一善ってことになる。完全に単純な話だ。灰色の脳細胞をちゃんと使えばな」

「うん、でもそれじゃ間違ってるんだ」

「間違ってなんかいない。聞くんだ」

「だから、あなたは僕が最初にブローチを見つけたときのことを言ってるんだよ。僕がいま言ってるのは二回目のことなんだ。それも勘定に入るんだよ」

僕は奴の言うことが理解できなかった。

「二回目ってのはどういう意味だ？　そいつを二度見つけたわけじゃないだろう？」

「そうだよ。二度見つけたんだ。最初はあなたがそれを玄関ホールに落としたとき、憶《おぼ》えてるよね。それから僕は台所の煙突を掃除に行った。それから爆発があって、僕が出てきた。そしてあなたは芝生にシャツ姿で立っていた。あなたは上着を脱いでそれを放り投げたんだ」

「なんてこった！」

あれやこれやのストレスのせいで、僕はその上着の場面のことを完全に忘れていた。今やそいつはすべて思い出されてきた。そして冷たい手が僕のハートをぎゅっとわしづかみにしたみたいな気分になった。奴が何を言おうとしているのかが、僕にはわかったのだ。

「ブローチはあなたのポケットから転がり落ちたんだと思うんだ。だってあなたが家の中に入って行ったとき、そこに落ちているのを僕は見つけたんだもの。それをフローレンスのところに持っていってあげたら、あなたの手間が省けて一日一善になるんじゃないかって思ったんだよ」

僕はこのガキをぼんやりと見つめた。精彩を欠いた目、という表現でよかったはずだ。

「それじゃあ君はあれをフローレンスのところに持っていったのか？」

「そうだよ」

「僕からのプレゼントだと言って？」

「そうさ」

「彼女は喜んだようだったかい？」

「恐ろしく喜んでたよ。クー！」

奴は唐突に姿を消した。泥中に潜るうなぎみたいにだ。そして僕は誰かが重い息をつきながら近づいてくるのに気がついた。

あのガキの衝動的な暗闇への跳躍がなくとも、この荒く息をつく新たな登場人物がフローレンスであることが、僕にはわかった。

18. 恐るべき破局

明らかにフローレンスは何かしらの強烈な感情に心をわしづかみにされていた。彼女は静かに震えていた。麻痺の初期症状みたいにだ。そして彼女の顔は、僕がざっと見てとれたかぎりでは、かたゆでタマゴの白身みたいに蒼《あお》ざめこわばっていた。

「ダーシー・チーズライトは」彼女は言った。最初の「ヤッホー」の挨拶もなく、ただちに用件に取り掛かってだ。「頑固で、強情で、頑迷で、尊大で、想像力がなくて、横暴な、小役人だわ！」

彼女の言葉は僕を骨の髄まで凍りつかせた。僕は恐るべき危機の予兆を察知していた。エドウィンのガキの悪魔的なおせっかいのせいで、このパンケーキ娘はほんの数時間前に素敵なダイヤモンドのブローチを表向きはバートラム・Wからとして受け取っており、またいまそれにかてて加えて、スティルトンと口論をしてきたところだ。それはものすごく中身のある口論で、おかげで彼女は奴を修飾するのに六つの別個の形容詞を必要としたくらいだ。女の子が愛する人の肖像を描こうとする際に六つの侮辱的な形容詞を用いるとき、そこには何らかの意味がある。ひとつならたんなる一時的なもめ事を意味するだけかもしれない。六つというのは大変なことだ。

僕はこういう展開が好きではなかった。ぜんぜんまったく好きではなかった。彼女が自分に言っているにちがいないのは「この絵とその絵を見比べましょう」ということである。つまりだ、一方に、洗練され騎士のごとき高価なブローチの寄贈者がいる。もう一方に、頑固で、強情で、頑迷で、尊大で、想像力がなくて、横暴な、小役人がいる。もしあなたが女の子なら、どちらに自分の運命を繫《つな》ぎ留めたいと思うだろうか？　そういうことだ。

僕はスティルトンの大義を擁護するためにいかなる努力も惜しんではならないと感じた。彼女にぜんそく患者みたいな息をさせて歩きまわらせ、そこいらじゅうに形容詞を撒《ま》き散らさせるようなどんなことを奴がしでかしたにせよ、そいつを見逃してやるよう説き聞かせてやらねばならない。かつてないほどに僕が雄弁かつ説得的でなければならぬ時がきたのだ。争いを目一杯丸く収めて必要とあらば十杯でも百杯でも丸く収めねばならない。

「ああ、なんてこった！」僕は叫んだ。

「〈ああ、なんてこった〉っていうのはどういう意味？」

「ただの〈ああ、なんてこった！〉って意味さ。一種の抗議だな、と言ってわかってもらえればだが」

「あなたあたくしと意見を同じくしてくださらないの？」

「君は彼を不当に評価していると思う」

「そんなことはないわ」

「素晴らしい男だ、スティルトンは」

「まったくそんなことはないわ」

「今日の英国を英国たらしめているのは、彼のような人物だと君は言わないのかい？」

「言わないわ」

「言わないだって？」

「言わないって言ったわ」

「そうか、わかった。じゃあ君は言わないんだ」

「彼はただの野暮ったいコサックだわ」

　コサックといえば、僕の知るかぎり聖職者の着る服［カソック。長袖のチュニック丈の司祭平服］のことである。それで僕はどうしてスティルトンがそんなものに似ていると彼女は思うのか不思議に思った。この点を追究すれば興味津々《しんしん》であったろうが、しかしそうする前に彼女が言葉を続けた。

「彼って憎らしいくらい無礼なの。あたくしに対してだけでなく、お父様に対してもよ。お父様が園芸小屋にいた人を逮捕させなかったっていうだけでよ」

　明るい光が僕を照らした。彼女の言葉は問題の根本を明らかにしてくれた。ご記憶でおいでなら、僕はスティルトン＝フローレンス＝パーシー伯父《おじ》さんの一団の許を、最後に名を挙げた人物が有能な若き警察官のJ・チチェスター・クラム逮捕計画に大統領拒否権を行使した直後にじり去っていた。だからそこにいてスティルトンのコメントを聞いてはいない。いまや明らかになったことだが、それはかなり充実したものであったにちがいない。すでに述べたように、スティルトンは強烈な情熱の男である——気分を害したときに、言葉を控え目にするような人物ではない。

　僕の思いはオックスフォード大学時代のあの頃に引き戻された。僕がボートを漕いで奴がコーチをやった時のことだ。もし奴がパーシー伯父さんに言ったことが、僕の腹に関する奴の発言といくらかでも同類に属するなら、両者の関係は必然的にものすごく緊張したにちがいないと思うし、いまその場面を思い浮かべるにつけ、僕の心は沈んだ。

「彼はお父様は警察を束縛してるって言って、それで市民的義務の意識のはなはだしく欠落したお父様みたいな人が、犯罪の急増の原因なんだって言ったのよ。彼はお父様はコミュニティーにとっての脅威だし、もしスティープル・バンプレイの人口の半分が就寝中に殺害されたとしたら直接の責任を負うんだって言ったわ」

「彼は冗談のつもりで言ったとは思えないかなあ」

「いいえ、彼が冗談のつもりで言ったとは思わないわ」

「目をいたずらっぽくキラキラキラさせてさ、つまり」

「彼の目にはキラキラなんてこれっぽっちもなかったわ」

「見逃したのかもしれない。暗い夜だからさ」

「まるっきりバカなことは言わないで頂戴、バーティー。人がいやらしく不機嫌をむきだしにしてるのがわかるくらいの知能はあたくしには十分あってよ。彼の口調はひどく侮辱的だったわ。彼はお父様を何かの虫みたいに見て、こう言ったのよ。〈それであんたは自分を治安判事だって言うのか、へっ！〉って」

「へぇー！って、感心するみたいにかい？」

「へっ！よ」

「え、ああ」

　僕はほとんどパーシー伯父さんが可哀そうになってきていた。彼のような人物を可哀そうに思える限度においてだが。つまりだ、今夜がこの哀れな親爺《おやじ》さんにとって大当たりの素敵な晩でなかったという事実からは逃れようがない。最初はボコの「なあ、ウォープルスドンさんよ」だ。それからホッケー・スティックを持ったエドウィンだ。そしていまやスティルトンの「へっ」ときた。震撼《しんかん》と共に思い返すような晩ではある。

「彼の振舞いを見てあたくしわかったの。それが彼の性格の残忍で、冷酷な側面を赤裸々に暴《あば》き立てたのよ。それまでそんなものの存在をあたくしはちらっとすら疑ったことはなかった。あの男の人を逮捕することが許されないってわかったときに彼が露わにした激情には、なにか恐ろしいところがあったわ。あの人、獲物を取り上げられた悪質な野獣みたいだった」

スティルトンの株価が最安値をつけたか、あるいは間もなくつけるところなのは明らかだった。この急落を食い止めるべく、僕は自分にできる限りのことをした。

「とはいえ、そこには熱意が見て取れるじゃないか、どうだい？」

「チッ！」

「それに結局のところ、その熱意のためにこそ、つまるところ奴は毎週の給料袋をもらっているんじゃないか」

「あたくしに熱意の話をするのはやめてちょうだい。胸がむかむかするわ。それであたくしがお父様のおっしゃるとおりだわって言ったら、あの人、トラみたいにあたくしに向き直ったのよ」

ご想像をいただけるように、この時点までに、僕は土台から揺らいでいたしどんどんどんどん落胆と恐怖の囚われとなっていた。しかし恐れを知らぬスティルトンの勇気に、僕は賞賛を贈らずにはいられなかった。たまたま状況の展開のせいで、かつて親密な子供時代の友情であった中身の詰め物は抜き取られてしまっていたものの、それでも僕は、トラのごとくフローレンスに向き直れる男を尊敬せずにはいられなかった。フン族の王アッティラが絶好調のときにだって、そいつがやれたとは思わない。

その間ずっと、僕は奴がそうしなければよかったのにと思っていた。ああ、天の声が奴の耳許で囁《ささや》いてくれたらよかったのに、と、僕は心のうちでつぶやいた。この二人の相互の愛が無瑕《むきず》のままでいてくれることが僕の利害には決定的に重要なのだ。そしてけばけばしく飾り立てられた彼らのロマンスからは、金箔がほとんど剝《は》がれ落ちてしまったにちがいないと僕は恐れた。愛とはオジギ草のごときものである。大切にいつくしみ育てることが必要なのだ。こういうことは女の子にトラのごとく向き直っていたのでは果たされえない。

「あたくし、啓蒙された現代精神によれば投獄は犯罪者に対する残虐行為でしかないって彼に話したの」

「そしたら奴はなんて言った?」

「〈ああ、そうか?〉よ」

「ああ、奴は君に同意したんだ」

「ぜんぜんそうじゃないの。彼はものすごく不快な、冷笑するような声で言ったのよ。〈そうか、そうなのか?〉って、彼は言ったわ。それであたくしが〈そうよ、そうなのよ〉って言ったの。そうしたら彼は啓蒙された現代精神について、あたくしにはとてもこの場で言えないようなことを何か言ったわ」

そいつはどんなものだったのだろうと僕は知りたかった。あきらかに何か灼熱《しゃくねつ》のやつだ。なぜならそいつがまだ首の後ろで沸騰《ふっとう》するみたいにうずうずたぎっているのは明白であったからだ。僕の見たところ、彼女のこぶしは、ぎゅっと握り締められていたし、また、彼女は足で地面をコツコツやりはじめてもいた——犬歯の先までうんざりしていることの証左である。フローレンスは啓蒙された現代精神のことをとっておきの親友みたいに思っている女の子の一人である。そしてその不適切な取り扱いには、犠牲が伴うのだ。

僕の精神はうめき声を発した。この調子だと、続いて彼女は婚約を破棄したと言うことだろうと僕は予感していた。

そしてそれがまさしく彼女の言った台詞《せりふ》だった。

「もちろんあたくし、すぐさま婚約を破棄したわ」

すでに述べたとおり、僕はその到来をほぼ承知していたという事実にもかかわらず、僕は高い丘みたいに飛び上がった。

「君は婚約を破棄したのかい？」

「そうよ」

「ああ、そんなことをすべきじゃなかった」

「どうしていけないのかしら？」

「スティルトンみたいな、第一級の男をさ」

「そんな大層な人じゃないわ」

「奴の言ったそんな残酷な言葉は忘れるべきだ。君は、許さなきゃならない」

「あなたのおっしゃることがわからないわ」

「あの哀れな野郎の視点からものを見てみるんだ。スティルトンはスピード出世をめざして警察に入ったんだってことを、君は憶《おぼ》えていなきゃならない」

「それで?」

「それでだ、もちろん上層部の連中は若い警官を、そいつがものすごく途轍《とてつ》もなく素晴らしくて連中をかしこまらせて〈天も照覧!〉って言いながら息を呑《の》まさせずにはいられないようなことを何かやり遂げない限り、スピード出世なんかさせてくれるもんじゃない。何週間も、おそらく何カ月も、この土地の恐ろしいまでの遵法《じゅんぽう》精神に、鳥カゴの中のワシみたいに奴は苛立《いらだ》ってきたんだ。食いついてやれるものなら首輪なしの犬でもいい、真っ当な泥酔者は現れはしないものかと、むなしく願いつつだ。突然の夜盗の登場は奴には天から降ってきたマナだと思われたにちがいない。奴は自分に言い聞かせたんだ。やっと俺の存在を世に知らしめる時がきた、と。それで奴が袖をたくし上げてこの大チャンスをものにしようと待ち構えていたら、パーシー伯父さんがやってきて奴を鎖でつないだんだ。どんな警官だって憤慨させるにじゅうぶんな話じゃないか。当然のことながら奴は我を忘れてどんと強気な物言いをした。だが興奮したとき、奴は思ってもいないことを口走るんだ。オックスフォード大学時代、僕がオールを持って奮闘しながら腹を突き出してるって件について奴が僕に言ったことを、君に聞かせてやりたかったなあ。聞いたら奴は僕の腹とその中身まで大嫌いだって、必ずや思ったにちがいないんだ。でもそれからほんの数時間後、僕たちはクラレンドンで差し向かいで食事をしていた――クリア・スープ、ヒラメ、マトンの肩肉だったことを僕は憶えている――そして奴は和やかそのものだった。いまだって全くおんなじだってわかるはずだ。絶対にいま奴は激しい悔恨の思いに苛《さいな》まれているはずなんだ。そして啓蒙された現代精神について意地悪を言ったことを、奴ほど後悔している男はいない。奴は君のことを猛烈に愛している。これは公式発表だ。たまたま僕は知ってるんだ。だから僕が提案するのは君が奴のところへ行ってすべては忘れられ、許されたって言ってやるってことなんだ。そうしてはじめて、君は大間違いをしでかさないで済むんだよ。でなきゃその記憶は何年も君にまとわりついて離れないはずだ。君がもしスティルトンを捨てるようなことがあったら、君は残る生涯ずっと自分で自分に休みなしで蹴《け》りを入れ続けて暮らさなきゃならなくなる。僕が知るかぎり、いちばん誠実な男だ」

僕は言葉を切った。一部には息継ぎのため、一部にはもうじゅうぶん言ったとの思いのためだ。僕はそこに立ち、返答を待って、のど用トローチがなめたいなあと思っていた。

さてと、彼女がどんな反応をすると僕が期待していたものかはわからない――おそらくはうなだれた首ともの言わぬ涙だ。僕の言葉の真実が彼女の身体に浸透するにつけだ。おそらく何らかの、僕は正当なことを言ったという趣旨の口頭による発言であろう、と。僕が断然期待していなかったのは、彼女が僕にキスすることだった。それも僕をその場で押し倒すような熱烈なやつだ。

「バーティー、あなたって驚いた人！」彼女は笑った。たとえどっさり金を積まれたって僕にはここで笑えない。「とってもドン・キホーテ的なんだわ。あたくし、あなたのそういうところが好きよ。あなたの話を聞いたら誰だって、あたくしと結婚するのがあなたの一番切実な望みだなんて夢にも思わないわ」

僕は口をきこうとした。が、できなかった。舌が扁桃腺《へんとうせん》とこんがらがってしまっていて、それで脳みそは麻痺しだしたみたいだった。僕は、想像するところ、チチェスター・クラムが園芸小屋の扉がバタンと閉まり、ボコがヨーデルしはじめるのを聴いたときに覚えたのと同じ愕然《がくぜん》とした感覚――自分は宿命の手の中の無力なポーンに過ぎないという悪夢のような感覚――を、覚えていた。

彼女は僕の腕に腕をからませ、説明を始めた。さながら女家庭教師が覚えの悪い生徒に簡単な算数の初歩を教えるみたいにだ。

「あたくしにわからないとでも思って？　ねえ、いとしいバーティー。あたくしちゃんと目は見えててよ。あたくしたちの婚約を破棄したとき、当然あなたは忘れてくれるものと思っていた――そうでなくても怒って恨《うら》んであたくしのことを悪く、苦々しく思うと思ってたわ。でも今夜、自分がどんなに間違っていたかってわかったの。あなたが贈ってくださったあのブローチが、あなたの本当の気持ちにあたくしの目を開かせてくれたの。あたくしに誕生日プレゼントを下さる必要なんて、あなたには全然ないのに。あなたがあたくしのことをまだ心にかけているって、あたくしに知らせたいって言うんでなきゃよ。それにあんなにもばかばかしいくらいに高価なものを贈ってくださるだなんて……もちろん、あなたが何を言おうとしているのか、あたくしにはすぐわかったわ。あなたがほかに言ってらしたこととも、はっきりつじつまが合う。たとえばあなたがスピノザを読んでらっしゃるってことよ。あなたはあたくしを失った、けれどもあたくしのために良書の勉強を続けようって思ったのよね。それからあたくしはあなたが書店であたくしの本を買っているところを見つけた。それがあたくしの心をどれほど感動させたか、とても言い表せないくらいだわ。そしてあの偶然の出逢いのせいで、あなたはスティープル・バンプレイに来ずにはいられなくなったの。もう一度あたくしのそばにいられるかもしれないって。そして今夜、あなたはこっそりと家を抜け出して、星空の中、あたくしの窓の下にたたずもうとした……そう、あたくしたちこれ以上誤解し合ってちゃいけないんだわ。あたくし、あなたの内気な申し出の意味をちゃんとわかってあげられることが嬉しいの。そして手遅れになる前に、ダーシー・チーズライトの本当の姿が暴《あば》かれたことも。

あたくし、あなたの妻になるわ、バーティー」

　これに対して「ああ、ありがとう」以上に言うことがあるとは思われなかった。僕はそう言い、対談は終了した。彼女はまた僕にキスをし、そして結婚式は数人の親戚と親しい友達だけの簡素なものがよいとの見解を表明した後、ブンブン飛び去っていった。

19. パーティーの決断

僕がその場を立ち去ったのは、それからすぐにではなかった。遅い時間だったし、僕のベッドはボコの家で僕を待ち構えていたのだが、それでも相当な時間、僕はその場に根を生やしたまま立ち尽くし、放心して暗闇の中を見つめていた。有翼の夜行生物が僕の顔にぶつかってはは ね返り、またほかの連中は僕の首筋の後ろをスケート場扱いしてもよこした。だが僕はそいつらのお祭り騒ぎを邪魔すべく、腕をあげることすらしなかった。僕の身の上に起こった恐るべきことどもは、僕をほぼ塩の柱に変えた。蛾にだって、あるいは他の何であったにせよだ、僕の左耳周辺を行ったり来たりしながらスウェーデン式体操をやっているこの生き物のことだが、自分たちがとまっている人物がかつては生き生きとしたクラブマンであったなどとは想像もつくまい。樹木だ、と、そいつはおそらく思っていよう。あるいは生ける巌《いわお》だ、と。

しかしながら、いま再び、生命が硬直した四肢に戻ってきた。そして僕は疲弊しきった体でとぼとぼと私設車道を歩いて門を出、やがてボコの家のドアにたどり着いた。そこの鍵は開いていて、僕はやっとの思いでそこを通り抜けた。廊下にはひとつ灯りがついていたから、僕はそいつを目指してなんとか居間にたどり着いたのだった。

ボコは肘掛け椅子に座り、脚をマントルピース上に置き、手にはグラスを握っていた。もうひとつのグラスとソーダ・サイフォンとデカンターがあるのを見て、僕はテーブルに磁石みたいに引き寄せられた。液体のジャバジャバいう音が、僕のホストを夢想から目覚ましめ、はじめて僕の存在に気づかしめた。

「勝手にやってくれ」奴は言った。

「ありがとう、心の友」

「今夜あれだけのことがあった後で、お前に飲むだけの神経があるのに俺は驚くがな」

奴は冷たく言った。そして手を伸ばしてグラスを再び満たす奴の態度には、明らかによそよそしい風情《ふぜい》があった。奴は僕のことを、たったいま食べようとしたサラダに入っていた青虫みたいにしばらく見つめた。そして再び話し始めた。

「ノビーに会った」

「ああ、そうか?」

「予想通り、彼女はバケツに何杯も涙をこぼして泣いた」

「すまない」

「そうだ、お前はすまながるべきだ。彼女の目からあの真珠のごとき雫《しずく》を絞りだしたのはお前の手なんだからな」

「ああ、なんてこった!」

「〈ああ、なんてこった!〉なんて言ったってだめだ。お前にだって良心はあるんだろう? それじゃああの土砂降りの涙に直接責任を負うのはお前だって、そいつが知らせてくれたはずだ。さて、さてだ、もし誰かが、バーティー・ウースターが俺を落胆させたなんて言って聞かせたら――」

「お前、前にそれは言ったぞ」

「それでも俺は言い続けるんだ。七の七十倍になったってだ。人はこういうことを一度の軽々しいコメントくらいで片付けやしないんだ。人間本性に対するまったき信頼が粉々に打ち砕かれたとき、少しくらい同じことを繰り返して言ってやるくらいの権利はあるんだ」

奴は短い、不愉快な笑いを放った。ものすごくガーガー言う耳障りなやつだ。それからさしあたり不愉快な話題はそこまでにするというみたいに、奴は酒を飲み干して何時間も前に僕は帰ってきていてよかったはずだと言い、僕の帰還の遅れに話を向けた。

「夜のそぞろ歩きにってお前を連れ出したとき、よもやほとんど朝のミルクが配達される時間まで、お前が外をほっつき歩こうとは思ってもみなかった。きちんとした英国の村の暮らしになじもうと思うなら、お前はそういう自堕落な都会流の生活を変えなきゃいけないぞ」

「思ってたよりちょっと遅くなった」

「何に手間どってたんだ?」

「うーむ、まず第一に、僕はエドウィンのホッケー・スティックでオツムに一撃を食らわされた。それでまず時間が要った」

「なんだって?」

「そうなんだ」

「奴がホッケー・スティックでお前をぶん殴っただって?」

「頭のまん真ん中をだ」

「ああ！」ボコは言った。それでずいぶん大分気が晴れたようだった。「いいぞ、小僧、エドウィン。あのガキにもいいところがある。発想がいいな」

こういう状況であったわけだから、こういう同情的態度の欠如は僕を苦悩させた。ジーヴスがあまりに深刻すぎて涙も出ないような思い［涙よりも深き思い。ワーズワースの詩「霊魂不滅の啓示」の末尾］、と述べるのを聞いたことのあるもので、僕をいっぱいに満たしながらだ。僕の立場におかれた人間なら、自分の友達には味方でいてほしいものだ。

「愚弄と嘲笑はよしにしてくれ」僕は懇願した。「僕は同情がほしいんだ、ボコ――同情と助言だ。どういうわけかわかるか？」

「なんだ？」

「僕はフローレンスと婚約しちゃったんだ」

「なんだって、またか？　スティルトンはどうしたんだ？」

「この恐ろしい話を全部話してやる」

僕の声の痛切な響きは奴のうちのより善き部分を目覚めさせたのだと思う。なぜなら僕がこの悲劇を物語った際、奴は厳粛に耳を傾け、人間的感情の証左を示したからだ。僕が話し終えたとき、奴は身を震わせてデカンターに手を伸ばした。奴の態度物腰立居振舞いは、大急ぎで一杯やる必要のある人物のそれだった。

「神の恩寵《おんちょう》のなかりせば」奴は低い声で言った。「その場に立つはジョージ・ウェブスター・フィトルワース、その人であったろう！」

僕は奴がことの核心を外していると指摘した。

「そうだ、だったら結構だったんだ、ボコ。だったら僕は心からお前に祝福を贈ってやってたはずなんだ。だがわれわれが取り組まねばならない基本的事実は、そこに現にバーティー・ウースターが立っているってことなんだ。何かお前に提案はないか？」

「いかなる人の無事ならん？」奴は続けた。まだ物思いにふけっている。「ババはスティルトンが引いたとばっかり思ってたんだ」

「僕だってだ」

「そうじゃなかったのは残念だった。だってあいつはあの娘を本当に愛してるんだからな、バーティー。間違いなくお前は真っ当な同情の思いをスティルトンに対して覚えていたことだろう。だがそいつは無駄だって俺は請合う。奴は彼女を愛してるんだ。そしてあんなふうに間抜け頭の男が愛するとき、それは永遠に続くんだ。お前も俺も、あんな恐ろしい娘と誰かが本当に結婚したがるなんて不可能だって言うことだろう。だが事実はそうなんだ。彼女はお前に『倫理学理論の諸形態』を読ませたか？」

「ああ」

「俺にもだ。それではじめて俺は自分の危機的状況に目覚めたんだ。だが彼女があれをスティルトンに手渡したとき、奴はあれをオドリ食いしたんだ。奴があのうちの一字だって理解したとは思わん。だが俺は繰り返す。あいつはあれをオドリ食いにした。あの二人は理想のカップルなんだ。ヒューズが飛んだのは残念なことだ。無論、スティルトンが警察を辞めれば、和解への道も容易に開けようってもんなんだが。あれが諸悪の根源なんだ」

いま再び、奴が核心を外していることに僕は気づいた。

「僕が心配してるのはスティルトンのことじゃないんだ、ボコ、なあ親友。僕のことだ。僕はスティルトンを寛容な心持ちで見ているし、奴がめでたしめでたしで結ばれてくれたなら嬉しい。だが本当に重大な問題は、どこでバートラムは逃げ出したらいいのか？　ということだ。われわれは可哀そうなウースター君をどうしたら救出してやれるのか？」

「お前は本当に救出されたいのか？」

「おい、お前？」

「彼女はお前の人生によい影響を及ぼしてくれるんだぞ、わかってるだろう。絶え間なく。教育的でさ」

「お前は僕を拷問する気か、ボコ？」

「うーむ、前に彼女と婚約したときには、どうやって脱出したんだ？」

「長い話なんだ」

「じゃあ頼むからそいつをいま始めるのはよしてくれ。俺が言いたいのは、同じテクニックが今回の危機にも応用できないかってことだ」

「残念ながらだめだ。あのときには彼女の方で僕にやって欲しがったことがあって僕はそれに失敗してそれで彼女は僕を袖にしたんだ。ああいう状況は二度と起こりえない」

「わかった。さてと、俺の使った方法をお前が使えないのは残念だな。フィトルワース・システムだ。単純だが効果絶大だ。それでお前の困難はみんな解決のはずだったんだがな」

「どうして僕には使えないんだ？」

「なぜならお前はそいつがどんなものかを知らないからだ」

「話してくれればいいじゃないか」

　奴は首を横に振った。

「だめだ、バーティー。お前のパーシー伯父《おじ》さんのご機嫌を取るための俺の提案に関してお前が適切と考えた途方もない態度の後ではだめだ。フィトルワース・メソッド――試験済みだと言ってよかろうし、無過謬《むかびゅう》性が証明済みだ――は、それに値する者にしか告げられないんだ。それは鋼鉄くらいに真実の友人以外とは分かち合いたくない秘密なんだ」

「僕は鋼鉄くらいに真実だぞ、ボコ」

「いいや、バーティー。お前は鋼鉄くらいに真実じゃあないし、ぜんぜんそんなもんじゃない。お前は今夜の行動でそいつを証明できたはずだったんだ。あれで本当に目が開いた。それで俺はお前の友情をはじめっから評価し直すことにしたんだ。無論もしお前がジーヴスのこの計画に力を貸すのを拒むって件を考え直してくれて、結局は割り振られた仕事をやってくれるって合意してくれるなら、俺はよろこんで……だが、そんな話をしたってなんになる？　お前は拒絶した。それでそれはそういうことだ。俺はお前の鉄の意志を知っている。お前がいったんこうと決心したら、そいつはあくまで揺らぐことはないんだ」

　そんなこととは知らなかった。もちろん、僕が鉄の意志を持っているのは本当だ。しかし状況がそう要求するようなら、そのスウィッチは切ることができるのだ。強い男というものは、いつ要求に屈し、譲歩すべきであるかを常にわきまえている。僕はジーヴスとの関係において、しばしば自分がそうするのを見てきている。

「その秘密の方法のことは絶対に保証するのか？」僕は真剣に訊ねた。

「俺に言えるのは、そいつが俺の場合には即座に満足すべき結果をもたらしたってことだけだ。あるとき、俺はフローレンスと婚約していた。次の瞬間には、していなかった。それくらいの素早さだ。何よりかにより魔法に似ている」

「それでもし僕がパーシー伯父さんを怒鳴りつけるって約束したら、お前はそいつを僕に教えてくれるんだな？」

「お前が親父さんを怒鳴りつけた後で、教えてやる」

「どうして今じゃないんだ？」

「ちょっとした気まぐれさ。お前を信用してないってわけじゃないんだ、バーティー。フィトルワース氏の秘密を知った後になったら、契約の履行についてお前の気が変わっちまうかもしれないって、俺が考えてるわけじゃない。だがそれは誘惑となろう。そして俺はお前の純粋無垢《むく》な魂がそんなもので汚されるのはいやなんだ」

「だが僕がことを済ませた後には、間違いなく教えてくれるんだな？」

「間違いなくだ」

僕はじっくりと考え込んだ。これは恐ろしい選択である。だが僕はいつまでも躊躇《ちゅうちょ》してはいなかった。

「わかった、ボコ。僕はやる」

奴は僕の胸をいとおしげにぽんぽん叩いた。今夜の出来事が奴の内なる胸たたき男を引き出したのは奇妙なことである。

「最高の男だ！」奴は言った。「やってくれると思ってたさ。それじゃあ大急ぎでベッドに跳《と》び込んで、一夜の休息をしっかりとって明るく生き生き目覚められるようにしとくんだ。俺は起きていてお前が親爺《おやじ》さんに言って聞かせてやることのコンセプトを練っとくとする。その場のインスピレーションに頼ってちゃあだめなんだ。資料を全部書きだして研究しとかなきゃいけない。それにお前だけに任せといたら、本当に適切なことを何にせよ考えつけるかどうか、俺は疑問に思ってる。ここは文学的タッチが必要な場面なんだ」

20. フィトルワース・メソッドの探求

僕がその晩享楽したのは、パーシー伯父《おじ》さんが狩猟用鞭《むち》を手に僕を追いかけてくる夢に邪魔された、心休まらぬまどろみでしかなかった。翌朝目覚めると僕は、ハートは鉛《なまり》のように重いものの、お天気の状態は最善最高であるのに気がついた。太陽は輝き、空は青く、窓の外の木々に地元の鳥類らの一群ないし一個連隊が囀《さえず》っていることを、僕の耳は感知していた。

しかし大自然全体がほほえんでいようと、すでに述べたとおり、バートラムのほうにその例にならう意向は見られなかったものだ。僕は輝く太陽から何の楽しみも得られはしなかった。いわゆる碧天《へきてん》からも心の高揚は得られなかった。また小鳥の囀りに関しては、この状況ではやりすぎだし疑問の余地のある趣味だと思われた。僕がいま直面しているような峻厳な試練に直面するとき、人はその日がその試練にうってつけの好天だと考えたとて、満足の思いを得られはせぬものだ。

僕の時計によると、僕がいつもシーツの間から跳《は》ね起きる時間よりはまだずいぶんと早いことがわかった。魂の重荷がもっと軽かったら、僕はもういっぺんごろんと横になって、あと四十分は眠っていたことだろう。しかし、ここにてこの日の太陽が沈むまでに――この場に即して言えば、ここにてこの日の昼食が平らげられるまでに――いかなる闇の行為がここにて働かれねばならぬことかとの思いは、眠りを許さなかった。したがって僕は起き上がり、スポンジとタオルを持ってちょっぴり胴体水掛けに浴室へと向かおうとした、と、僕の目はドアの下に差し入れられた一枚の紙片に留まった。僕はそいつを拾い上げ、それが昨夜ボコが夜更かしして僕のために作成した資料であることに気づいた――すなわち、ご記憶かどうか、僕がパーシー伯父さんに言うようにと奴が望んでいるいくつかの事柄である。そして僕の目がその上をかろやかに走るにつれ、ひたい上には発汗が開始され、僕はショックのあまり後ずさりしてベッドに沈み込んだ。ヘビをすくい上げてしまったみたいな気分だった。

以前の年代記において、私立学校の伸びゆく少年であった時代に、僕がいかにして校長先生たるオーブリー・アップジョン牧師の書斎に深夜忍び込み、彼がそこの戸棚に収蔵しているとの情報を得たミックス・ビスケットをくすね盗《と》ろうと試みたかをお話ししたことがあったかと思う。そして仕事にすっかり着手したところで、僕がいかにして、ご参集の皆様方の中にはその所有者の方がおいでであり、机に座って凍りついた目で僕の活動を凝視していることを発見したか、ということもだ。

僕がこの話をふたたび持ちだすわけは、先ほど言及した場面で、短い一時停止――僕の側においては困惑の、彼の側においては蒸気を吹き上げている間の、ということだ――の後、オーブリー師はウースター少年に関する一種の人物描写というようなことを始めた、ということを言いたかったからだ。今日に至るまで僕はその人物描写を学術的な罵詈《ばり》雑言《ぞうごん》のきわめつけとして高く評価してきた。それは旧約聖書の小預言者が気難しい気分の日の朝にでっちあげたようなシロモノで、またすでに述べたとおり、僕はそれを他の雄弁家がいかにしようと到達し得ない高い水準点を標したものであると考えてきた。僕は間違っていた。このボコの長演説はそんなものをどこかに駆逐し去った。ボコはオーブリー・アップジョン師がやめにしたところから、始めるのである。

行間を空けずにタイプライターで打たれたそのシロモノは、およそ六百語程度の長さであったろうか。そしてその六百語のうちに、パーシー伯父さんほどの器量の人物に僕がなんとか言ってやれそうな言葉が半ダースもあったとは思わない。生のままのスピリッツを奥歯の奥まで満タンにしていなければ絶対無理だ。それでご記憶とは思うが、ボコは僕に朝十時にこの大演説をするよう期待しているのである。

忠告とか何とかであふれ返りそうになりながら自室を飛び出してボコの部屋に飛び込むのは、僕にとっては一瞬の早業だった。しかし僕が計画していた雄弁な言葉のほとばしりは、奴がそこにいなかったという事実により無意味かつ無効となった。台所で立ち働いていた年配の女性に問い合わせたところ、奴は川に泳ぎに行ったとの情報を得た。その地へと赴き、僕は小川の真ん中でばしゃばしゃやって陽気な歓声を上げている奴の姿を認めたものだ。

しかしふたたび僕は灼熱《しゃくねつ》の言葉を抑えねばならなかった。いま一度見ると、奴の横にはピンク色の、ネズミイルカ様物体の存在が明らかになり、奴がスティルトンといっしょだということが知れたからだ。先ほどの陽気な歓声は、このスティープル・バンプレイの熱意あふれる巡査に向けて発されていたのだった。それで僕は自分がここにいることを明かさないほうが賢明だと判断した。いまこの時にスティルトンとおしゃべりしたところで、それは快楽にも利益にも満ちたものとはなり得ない。

したがって僕は土手沿いを前進した。深く思案に暮れつつだ。たいして遠くまで来ぬうちに、僕の耳に釣竿をヒュッと振る音が聞こえ、そしてそこにジーヴスがいた。さかなの皆さんを猛烈な勢いで繰り返し攻撃している最中だった。スティープル・バンプレイに身を落ち着けて最初に彼がする行動が、ただちに流動体に向かい、毛ばりを投げ込むことだと僕はわかっていて然《しか》るべきだったのだ。

僕がいま置かれているおぞましき窮境は、この毛ばり投げ込み人のお蔭様であるのだから、彼の脇に並んだ僕の態度がよそよそしいものであったことを知っても、読者諸賢は驚かれはされまい。

「ああ、ジーヴス」僕は言った。

「おはようございます、ご主人様」彼は応えた。「結構な日和《ひより》でございます」

「おそらく結構だと感じる者もいるんだろうな、ジーヴス」僕は冷ややかに言った。「だがウースター家の末裔《まつえい》にとってはそうじゃない。彼は君のお蔭様で、過去のあらゆる大騒ぎが意義を失い消えゆくような大騒ぎに直面しているんだ」

「さて?」

「〈さて?〉なんて言ったってだめだ。僕が何を言いたいかは完全にわかっているはずだ。全面的に君の手段として利用された末、僕はまもなくパーシー伯父さんに、彼に関するなにごとかを言って聞かせることになっていて、それは束ねた髪に、いま僕は思い出せないが、何かをするはずなんだ」

「束ねた髪も猛り狂ったポーペンタイン《ヤマアラシ》の針毛のように一筋一筋さかだつであろう［『ハムレット』一幕五場、福田恆存訳］、でございます、ご主人様」

「ポーペンタインだって?」

「はい、ご主人様」

「そんなはずはない。そんなものは存在しない。ともあれ、そんなことはどうだっていいんだ。肝心なのは君が僕をパーシー伯父さんを怒鳴りつけるという恐ろしい任務に陥れたってことだ。そして僕は君が僕に何をしたかを知りたい。あれは親切なことだろうか、ジーヴス？　封建精神に満ちたことだろうか？」

彼は驚きを表明した。むろん穏やかな驚きだ。彼は決してそれ以上に踏み越えはしない。片方の眉毛がちょっぴりピクピクと動き、鼻の頭がわずかにうごめいた。

「あなた様はわたくしがフィトルワース様に申し上げた提案のことをご指摘でおいであそばされるのでございましょうか、ご主人様？」

「僕が指摘しているのはその提案のことだ、ジーヴス」

「しかしながらご主人様、もしあなた様が当の計画へのご協力をご決意あそばされたならば、それはひとえにあなた様のお優しいお心根のゆえでございましょう？　あなた様におかれましては、ご助力を拒むこともご自由であられたはずでございます」

「ハッ！」

「さて？」

「僕は〈ハッ！〉と言ったんだ、ジーヴス。また〈ハッ！〉と言おうとしていた。昨晩何があったかを、君は知っているのか？」

「はなはだ数多くのことが昨夜は出来《しゅったい》いたしました、ご主人様」

「そのとおりだ。なかんずく、僕はエドウィンのガキにボーイスカウトのステッキでココナッツ頭をうまいことぶん殴られた。奴は僕を夜盗だと思ったんだ」

「さようでございますか、ご主人様」

「われわれはそれから話し合いに移った。そして奴は僕に、炎中で灰燼《かいじん》に帰したと思われたブローチを奴が見つけ、僕からの誕生日プレゼントだと言ってレディー・フローレンスのところに配達したと報告してくれたものだ」

「さようでございますか、ご主人様」

「それで局面は大きく変わったんだ。彼女はスティルトンと恐ろしい喧嘩をし、啓蒙された現代精神について侮辱的なことを言ったせいで奴を袖にした。そして今現在はふたたび君の眼前にいる砕土機の下のカエル［キプリングの詩「パジェット議員」］と婚約する次第となったものだ」

僕は彼がまた「さようでございますか、ご主人様？」と言うものと思っていた。そうしていたら、僕は文明社会の礼儀作法をみんな忘れて彼に一発食らわしていたかもしれない。しかしながら、このとき、彼は発言を抑制し、ただ厳粛かつ同情的なふうに唇をすぼめただけだった。多大なる進歩である。

「それで僕が君の計画に参加することに同意した理由は、ボコが昨晩、ほかならぬこの女性との婚約から脱出するための絶対成功間違いなしの秘策が奴にはあって、僕がパーシー伯父さんと会見しない限りそいつは教えないって言ったせいでなんだ」

「了解いたしました、ご主人様」

「僕はどんな犠牲を払ってもそいつを聞かなきゃならない。スティルトン方式を試して啓蒙された現代精神について意地悪を言ったってだめなんだ。なぜって僕にはひとつだって思いつきやしないんだからな。ボコ方式で行くかぜんぜん行かないかだ。何がレディー・フローレンスと奴との関係を切断せしめたかを、君はたまたま知っているというようなことはないな？」

「いいえ、ご主人様。実を申しますと、フィトルワース様がご令嬢様とご婚約あそばされていたとは、わたくしには初耳でございました」

「ああ、そうなんだ。奴は彼女としっかり婚約してたんだ。ポストウースター時代、だがスティトン前の時代だ。そして何事かが起こった。何らかのゴタゴタが出来したんだ。そしてことは即座におしまいとなった。魔法みたいだって奴は言った。奴がやった何かだとは聞いている。だが何でありうるんだろう？」

「あえて憶測を申し上げることは手控えたく存じます、ご主人様。バンプレイ・ホールの使用人たちに調査いたすことをお望みであそばされましょうか？」

「素晴らしいアイディアだ、ジーヴス」

「中にはその事実について知識を有しておる者がおるやもしれません」

「そいつはきっと幾日も家事使用人部屋の語り草だったことだろう。執事に訊いてみろ。コックに質問せよだ」

「かしこまりました、ご主人様」

「あるいはレディー・フローレンス付きのメイドにあたってみるんだ。誰かがきっと知っている。家事使用人たちが知らないことなどそうはない」

「はい、ご主人様。みな情報通でおりますのが常でございます」

「それでスピードが肝心だってことを憶《おぼ》えていてもらいたい。パーシー伯父さんに会う前にデータを渡してもらえれば――つまり、十時前のいつでもってことだ、十時に開始って予定だからな――僕は伯父さんと虚心坦懐《たんかい》に話をすることからにじり去れる立場に立てるんだ。そのことを思うと身体じゅうがゾクゾクすると君に告げることを、僕は恥とは思わない。ボコと魂の伴侶の幸せのためとあらば、そいつを後押ししてやるのにもちろん僕は大賛成だ。だがもっと別のこれほど激烈でない方法によっても目的は達成されうるとも感じている。だから時間を無駄にしないですみやかに調査にあたってくれ、ジーヴス」

「かしこまりました、ご主人様」

「九時半になったらホールの正門のところに来ていてくれ。その時間までに僕は到着し、君の報告を待ち構えているはずだ。僕を失望させぬよう頑張ってくれ。いまこそ善良なる者みな集《つど》いて朋友の助けをするときは来りぬだ。ボコが僕に言わせたいことのあらましを書きつらねたリストを見せてやれたら――運の悪いことに部屋に置いてきてしまった、無感覚な僕の指からはらりと落ちたそのままにだ――君の束ねた髪も逆立つことだろう、信用してもらいたい。それで君は確かにポーペンタインだって思うんだな？」

「はい、ご主人様」

「すごく変だ。とはいえシェークスピアはしょっちゅう何だって頭に浮かんだことを、ただ書きなぐってただけなんだろうな」

ボコと会見しようと飛び出したときは浴室に向かう途中であったため、当然、僕はまだイギリス紳士の通常の就寝着にドレッシングガウンをまとったままの姿だった。したがって僕が家に戻ってからダイニングサロンに姿を現すまでには、いささか時間が要ったものだ。僕はそこにボコがいるのを見つけた。朝食の卵を食べている。僕は奴にポーペンタインが何だか知っているかと訊ね、奴はポーペンタインなんかクソくらえで指示書はちゃんと受け取ったか、もし受け取ったならそれをどう思ったかと言った。

それに対する僕の返答は確かにしっかり受け取ったし、またそいつは僕を骨の髄まで凍りつかせたというものだった。いかなる人間の力をもってしても、僕がパーシー伯父さんにあの書面の恐るべき内容のほんの概略だけですら伝えるよう仕向けるのは無理だと、僕は付け加えた。

「恐るべき内容だって？」

「僕はそう言った」

奴は傷ついたみたいだった。そして芸術家と破壊的批評について何ごとかつぶやいた。

「あれは特別に出来のいいやつだと思ったんだがな。鮮明で簡明で開明的だ。あの主題は俺をインスパイアしたんだ。それで俺は自分の最高のものが引きだせたっていう印象を得ている。とはいえ、俺が個人的中傷の響きをちょっと強調しすぎだと思うなら、ここそこに修正を加えたってかまわないんだ——だが、むろん本質的なところは維持しながらだ」

「実のところ」僕は言った。奴に覚悟させておくのが最善だと思ったからだ。「最後の瞬間に僕が計画を変更して、全部取りやめにしたとしても、お前は驚いちゃいけない」

「なんだって！」

「僕はそういう考えを心にもてあそんでいるものだ」

「うーん、俺はぶっ飛んだぞ！　いったいそりゃあ——？」

「そうなんだ」

「俺がこれから何て言うか、お前にゃわかるまい」

「いや、わかるさ。お前は〈それがバーティー・ウースターの言うことか?〉って言うんだろ」

「そのとおり。そう言うんだ。うー、そうなのか?」

「そうだ」

それから奴のテーブルトークはややとげとげしい響きを帯びてきた。それまで奴が信頼できる真の友人だと考えてきたにもかかわらず、大いに落胆させられたことに、そいつは臆病な卑怯者でウサギくらいに貧弱な勇気すらない男であることがわかったと、いわゆる友人を誹謗《ひぼう》して語りつつだ。「ブルドッグの血統を継ぐ少年はどこへ行ったんだ? それを俺は知りたい」と、あからさまに立腹しながら奴は締めくくった。「うむ、お前にはこれが何を意味するか明瞭《めいりょう》に理解できるはずだ。俺を落胆させたら、フィトルワースの秘密はちょっとだって教えてやらないんだ」

僕はわずかにほほえみ、ハムを一切れ取った。奴は知らないのだ、と僕は感じた。

「俺はお前がフローレンス・クレイと祭壇へ向かって歩くのを見ることだろう。それでお前を助けるためなんかに、俺は指一本だって振っちゃやらん。実際、お前は参集者の中に『ああ、まったき愛よ』を他の誰よりも大きな声で歌う声があるのを耳にすることだろう。そいつは俺の声だ。考え直せ、バーティー。それが俺のアドバイスだ」

「うん、もちろん」僕は言った。「僕は任務を放棄するだなんて言っちゃいない。僕はただそうなるかもしれないって言ってるだけだ」

これで奴はいくぶん落ち着いた。また奴は和《やわ》らぎもした——時が来れば、僕のうちのよりよき部分が勝利を収めることを確信していると言いながらだ。それからしばらくして僕たちは相互に好意を抱きつつ別れたのだった。

　というのはつまり、われわれはホールに別々に向かう段取りになっていたからである。奴に関しては、理由のないことではないが、見つかって放り出されないよう人目を忍ぶ行動をとる必要があるとボコは感じたのだ。したがって、奴は館のまわりを周回して生け垣の隙間を見つけ、それから迂回路を経て書斎に接近することを提案した。またその際には低木の茂みにうまく身を隠し、足の下で小枝を踏んでポキンと音を立てたりはしないように、と。

　というわけで僕は一人きりで出発した。そして正門に到着するとジーヴスが私設車道で僕を待っているのを見つけた。この男がよき報せをもたらしていることは一目でわかった。僕にはいつだってわかる。そういうとき、彼は必ずしもほほえむというのではない――つまり彼はけっしてほほえまないからだ――だが唇の端はわずかに引きつり、目は慈愛に満ちているのだ。

　僕は心はやらせ、口を開いた。

「さてと、ジーヴス？」

「ご所望のデータを入手いたしてまいりました、ご主人様」

「なんて偉大な男なんだ！　君は執事に会ったんだな？　コックに探りを入れたんだな？」

「実を申しますと、ご主人様、わたくしが当の情報を確保いたしましたのはナイフ及び靴磨きの少年よりでございました。年少の息子で名はエアバットと申します」

「どういうわけで彼はわれわれの特派員となったんだ？」

「実を申しますとその者は現場の目撃証人であったようでございます、ご主人様。付近の植え込みの薄暗がりにまぎれて身を隠し、秘密裡《り》に喫煙を享楽しておりましたものでございます。そこなる眺望有利の地より、彼《か》の者は全成り行きを目撃いたしたのでございます」

「それでそれはどんな具合だったんだ？　ぜんぶ話してくれ、ジーヴス。どんな些細な事柄も省略せずにだ」

「さてと、ご主人様、その者の注意を最初に惹《ひ》きましたものは、エドウィンお坊ちゃまのご接近でございました」

「奴も話に絡んでくるのか？」

「さようでございます、ご主人様。お坊ちゃまの役割は、これよりご理解いただきますとおり、重要なものでございました。エアバットが申しますところ、エドウィンお坊ちゃまは地面を凝視されたまま茂みを抜け前進しておいでであった由にございます。お坊ちゃまは何ものかをご追跡あそばされておいでであったご様子でございます」

「間違いなく足跡追跡だ。ああいうボーイスカウトが耽溺《たんでき》してる訓練なんだ」

「わたくしもさようと理解いたしております、ご主人様。またお坊ちゃまのご活動は、その折近くの花壇にて生花を剪《き》っておいでであそばされたレディー・フローレンスお姉上様よりの、ご寛大なご愛情のまなざしにて見守られていることに、エアバットは気づいたものでございます」

「彼女は奴を見ていたんだな？」

「さようでございます、ご主人様。同時に、フィトルワース様がお姿を現され、若紳士様の後をついてあそばされておいでてございました」

「追跡者を追跡していたのか？」

「さようでございます、ご主人様。あの方のご様子は鋭敏かつ確乎たる目的を帯びていたとエアバットは述べております。少なくとも、さような趣旨のことを申しておりました。実際のあの者の用語法は異なっておりましたが。ナイフ・靴磨きの息子どもと申しますものは、めったに自己の考えを十全に表現いたすことはできぬものでございます」

「それには僕もしばしば気づいていた。語彙《ごい》が乏しいんだな。続けてくれ、ジーヴス。わくわくしてたまらないんだ。ボコはエドウィンを追跡していたと君は言った。なぜだ？」

「その点がエアバットも自問しておりました点でございます、ご主人様」

「奴には不可解だったんだな？」

「さようでございます、ご主人様」

「僕は奴を責めない。僕にだって不可解だ。むろんそのプロットはこれから詰められてゆくんだろう。だが僕には落ち着き先がまるでわからない」

「ほどなくフィトルワース様のご動機は、過剰なまでに明確にされたものでございます、ご主人様。エドウィンの坊ちゃまが花壇にお近づきあそばされますと、あの方は突如動きを加速されました――」

「エドウィンがか？」

「いいえ、フィトルワース様がでございます。あの方は若紳士様の背後に躍り出られますと、後者が足跡追跡のご最中で、ちょうど前かがみの姿勢をとられたところであったという事実をたくみにご活用あそばされ、お坊ちゃまのご身体に力強い蹴《け》りをお入れあそばされたのでございます――」

「ありゃあ、ジーヴス！」

「もってお坊ちゃまを空中に飛行せしめ、レディー・フローレンスのお足許に落下するに至らしめたものでございます。ご令嬢様は、恐怖にご戦慄《せんりつ》され、ご激怒あそばされ、フィトルワース様を厳しくご非難あそばされ、この理不尽な暴行のすみやかなご説明をご要求あそばされました。後者はご自分の行為を、エドウィンお坊ちゃまがあの方の特許タマゴゆで器に改変を加え、もって産みてのタマゴを台部より飛翔せしめ、あの方の鼻先に激突すべく機構を解体せしめたとのご非難をあそばされることにより正当化せんと試みられたものでございます。しかしながらご令嬢様はこれを出来《しゅつたい》いたしましたことの弁解とはお受け取りあそばされず、その直後にご婚約の終了をご宣言あそばされたのでございました」

僕は息を吸い込んだ。僕の目からはウロコが落ちた。僕はすべてを理解した。そうか、これがフィトルワース方式なのだ——エドウィンのガキに蹴りを入れることがだ！　ボコがそれを簡単かつ効果的と語っていたのに不思議はない。必要なのは素敵で頑丈な靴と姉の愛だけだ。

ジーヴスの咳払いが聞こえた。

「左手をご覧いただきますれば、ご主人様」彼は言った。「エドウィンお坊ちゃまがただいま私設車道にお入りあそばされ、お身をかがめてご関心を惹いた何らかの物体を覗《のぞ》き込んでおいででいらっしゃいますのが、お目に留まりましょう」

21. フィトルワース・メソッドの顚末

僕は趣意を理解した。彼の発言の重大な意義は僕に通じずにはいなかった。彼がニュース放送に添えた、厳粛で、激励するような表情だけで、彼が伝えようとしていたメッセージを察知するには十分だったろう。それは古代ローマの父親が息子に盾《たて》と槍《やり》を手渡して彼を戦闘へと押しやるときの表情みたいな表情だった。そしてそれはラッパの音のごとく僕を奮起させるはずであった。

それでもなお、僕は躊躇《ちゅうちょ》している自分に気づいた。むろん、奴がその前夜僕の頭にくれた強打の後、エドウィンのガキに蹴《け》りを入れるとの思いは数多《あまた》の魅力を提示するものだ。あのガキが長年そういう小さな心遣いを必要としてきたことに疑問の余地はない。しかし、そういうことを平然とやってのけるということには、何かしらやや当惑させられるところがある。困難なことだ。つまり会話の途中でうまくそういうふうに話をもっていく、ということがだ。(「ハロー、エドウィン。調子はどうだい？　いい天気だなあ」ガツン。というわけだ。僕の言う趣旨はおわかりいただけよう。たやすいことではない)

むろん、ボコの場合、状況は完全に異なっていた。なぜなら奴は産みたてのタマゴで鼻先をぶちのめされたときに男のうちに沸き起こる凶暴な激情の囚われであったからだ。それで奴には、いわゆるランニングスタートが可能だったわけだ。

そういうわけで、僕は疑わしげに顎《あご》をさすった。

「ああ」僕は言った。「ああ、奴はそこにいるな、ジーヴス。そして、君の言うとおり身をかがめている。だが君は本当にそれを勧めるのか――」

「強くお勧め申し上げます、ご主人様」

「なんと、今か？」

「はい、ご主人様。人事には潮の流れというものがございます。よい潮をとらえれば、幸運に至るものでございます。それをとらえずば、人生航路は浅瀬に留め置かれ悲惨のうちに終わりましょう［『ジュリアス・シーザー』四幕三場］」

「ああ、そうか。もっともだ。その点議論の余地はない。しかし――」

「もしあなた様がおおせになりたき儀が、フィトルワース様の場合にさようでありましたように、レディー・フローレンスがその場においであそばされて一部始終をご覧になられることが絶対不可欠であるということでございますならば、わたくしは全面的に意を同じくいたすものでございます。わたくしが参りましてご令嬢様に、あなた様が私設車道にてお待ちあそばされておいでで、お嬢様とお言葉を交わせるならば嬉しくお思いであるとお伝え申し上げますことを、ご提案申し上げます」

僕はまだ躊躇していた。当該理念の広範かつ一般的な原理は承認するものの、それに現実の結果を生じさせるとの展望には、いささか落ち着かぬ思いを覚えずにはいられないという事例の、これはひとつである。僕はこの点をジーヴスに説明した。そしてジーヴスはまったく同じ思いがハムレットを苦悩させたものだと言った。

「あなた様が決断をご躊躇あそばされることはまことに理の当然でございます、ご主人様。忌《い》むべき行為とその最初の動作の間、その裡はすべて幻影あるいは悪夢の如し。天才と死すべき者がそこでは対話し、人の国は、小王国に至るまで、叛乱に苦しむのだ［『ジュリアス・シーザー』二幕一場］、でございます」

「まさしくわが意を得たりだ」僕は言った。彼はこういうことをうまく言い表してくれる。

「筋肉を強固にし、血を奮《ふる》い起こす［『ヘンリー五世』三幕一場］ことの助けとなりますならば、ほどなく時計は十時を打ち、わたくしがただいま申し上げたような方向での早急なる行動によってのみ、あなた様がその時刻に閣下のご書斎にご登場あそばされることを回避しうるとのご想起を促してもよろしゅうございましょうか」

　彼は話の持っていきようを心得ている。僕はもはや躊躇はしなかった。

「君の言うとおりだ、ジーヴス。君がレディー・フローレンスをステージ上につれ出せるまでに、僕はどのくらい長い間エドウィンと会話をはずませている必要があると思うかな？」

「数分以上を要することはございますまい、ご主人様。ただいまご令嬢様がご自室内にて執筆活動にご従事されておいでであられることをわたくしはたまたま存じております。ほんのいっときの後には、お嬢様がご登場あそばされることでございましょう」

「それじゃあ、タリー・ホーだ！」

「かしこまりました、ご主人様」

　彼は任務にかかるべくゆらめき消え去った。一方僕は、こういう急なお話の際に可能な限りちょっぴり血を奮起させ、筋肉を堅固にし、肩を怒らせてエドウィンがかがみ込んでいる場所をめざした。天候は相変わらずのくまなき晴天だった。太陽は輝き、そして一羽のツグミが隣接する茂みで歌をうたっていたと記憶する。むろん、そうであって悪い理由はない。僕がこの事実に言及するのは、ありとあらゆることどもの平和と平穏を、たんに強調したかったからに過ぎない。それでこの種の魔女の仕事に着手するときに本当に必要なのは、冷たい風が低木の間をヒューヒュー吹き渡り、三人の魔女が大釜のところで腕をふるっている、深夜の荒れ果てた荒野だとの思いが束の間に僕を襲った［『マクベス』四幕一場への言及］、と、僕は言わねばならない。

しかしながら、人はすべてを手にすることなどできはしない。またこの場の観察者が、獲物に接近するバートラムの物腰のうちの気後れをいささかなりと認めたかどうか、僕には疑問だ。彼はこう考えたことだろうと僕は想像する。すなわち、バートラムは絶好調だ、と。

僕はクソガキの横で歩を止めた。

「ハロー、エドウィン君」僕は言った。

奴の視線は地面に釘付けであったのだが、親しげな声を聞き、ピンク色の縁をした両のまなこはくるりと僕の方向を向いた。奴はフェレットが他のフェレットとこれから時間をつぶそうとするみたいに僕を見上げた。

「ハロー、バーティー。ねえ、バーティー。僕は今朝またひとつ一日一善をしたんだよ」

「ああ、そう？」

「フローレンスの小説の書評をアルバムに貼《は》り終えたんだ。これで先週の水曜日の分まで大丈夫になった」

「よくやった。君は遅れを取り戻しているんだな。それでいま君は、何をしているつもりなんだ？」

「僕はアリの観察をしているんだ。あなたはアリのことを何か知ってる、バーティー？」

「ピクニックのときにお会いして知ってるだけだ」

「僕はアリに関する本をたくさん読んでいるんだよ。とても面白いんだ」

「たいそう面白いことだろうな、きっと」

　この主題が導入されたことを僕は嬉しく思った。なぜならそいつがフローレンスの現場到着まで、うまいことつないでくれる見込み大だからだ。この小僧がこの勤勉な小生物に関する情報でパンパンに膨れ上がっているのは明らかだし、そいつを人に分け与えられるのに何より大喜びでいることだろう。

「アリは話ができるって知ってた？」

「話すだって？」

「ある意味そうするんだ。もちろん他のアリに向かってだけどね。彼らは頭を葉っぱにコツコツ打ち付けることによってそうするんだよ。今朝、頭の具合はどう、バーティー？　訊《き》くのを忘れるところだった」

「まだ虚弱寄りだな」

「そうじゃないかと思った。クー！　昨日の晩は面白かったね、そうじゃない？　僕ベッドに入ってから何時間も笑っちゃった。」

　奴は突然高笑いを発した。そしてその耳障りな音に、僕の胸にいささかは存在したかもしれない良心の呵責《かしやく》のひらめきも鎮火されたものだ。ゴルフボール大のかたまりをウースター頭に振り上げたことが心ない笑いの対象となるような少年に対しては、靴の先でしてやれるかぎりのすべてをぶつけることこそふさわしい。はじめて僕は、己《おの》が眼前にあるこの任務を、真の炎と情熱――ほとんど使命感と言ってよい――をもって直視している自分に気づいた。つまりだ、効き目のいいすばやいズボンへのキックが、このガキにいったいどれほどのことをしてやれることかと僕は思った。それが奴の人生のターニングポイントとなることだってあるかもしれないのだ。

「お前、笑ったな、そうだな？」

「笑ったさ！」

「ハッ！」僕は言った。そして歯を二、三本、軋《きし》らせた。

むろん、頭にくることに、いまや僕は最善の仕事をすべく調子を上げているのに、また奴がこのアリの観察のためにとっている体勢は、まさしくシナリオの進行に要求される姿勢であるというのに、僕は行為に移ることを禁じられていた。僕を鎖につながれたグレイハウンド犬とご比較されることも可能である。フローレンスがやって来るまで、僕にはじゅうぶんな能力発揮ができない。ジーヴスが言ったように、彼女の存在が絶対不可欠なのだ。僕は彼女の姿を求め、地平線に目をやった。難破した水夫が船影を求めるみたいにだ。しかし彼女は現れない。そしてその間、僕たちはアリの話をし続けていた。エドウィンは連中は膜翅《まくし》目の一族に属するのだと言い、僕は「そりゃ、たいへんなお偉方だな、えっ？」と応えた。

「彼らは三体節の独特な区別――頭部、胸部、腹部だね――によって特徴づけられるんだ。それで腹部の体節っていうか柄の近くに一個ないし二個のウロコというかこぶがあってね、それが台車っていうか胸部の上で腹部が自由自在に動けるような役目をしてるんだ」

「僕をからかってるんじゃないだろ？」

「メスは、卵を産んだ後、幼虫にお腹から吐き戻してえさをやるんだ」

「シモネタはよしてくれよ、坊や」

「オスにもメスにも翅《はね》があるんだ」

「あっていけないわけはないな」

「だけどメスは翅をもぎ取って、翅なしで走りまわってるんだよ」

「僕には疑問だな。いくらアリだってそんなバカじゃあるまい」

「本当なんだ。本にそう書いてあった。アリがけんかするところは見たことある？」

「記憶する限り、ないな」

「彼らは後ろ脚で立ち上がって腹部を湾曲させるんだ」

そして、僕が驚愕《きょうがく》と無念を覚えたことに、説明しようとの意図の故か、あるいはかがみ込みの姿勢は身体がしびれると感じたせいか、奴はそれをやって見せたのだった。奴は後ろ足で立ち上がり、僕と対面して立つと腹部を湾曲させた——まさにその瞬間、僕はフローレンスが屋内からたち現れ、われわれの方向に足早に歩いてくるのを視認したのだった。

それはもっと知恵のない人物であれば、ぜんぶはおしまいだと思うような危機であった。しかし、ウースター家の者は臨機応変の才に富んでいるのである。

「ハロー！」僕は言った。

「どうしたの？」

「君、六ペンス落としたかい？」

「ううん」

「誰かが落としたようだ。ご覧」

「どこ？」

「あの茂みの下だ」僕は言った。そして私設車道の縁の低木の植え込みを指さした。

おそらくご推測されるであろうとおり、こう言いながら僕は虚言をする身に身を貶《おとし》めていた。そしてバートラム・ウースターと彼の厳格な徳義心をご存じの方ならばどなたでも、こんな意図的な真実の改ざんが彼の頬《ほお》を恥辱の紅潮で覆わしめたこととご想像されよう。しかし、そうではなかった。もし頬に赤みが認められたとするならば、それは興奮と勝利の紅潮であったのだ。

このイボ息子の貪欲さへの僕の巧妙な訴えかけは、あやまたず目的を達成した。すでに奴は四つんばいになっており、それでももし僕が手ずから奴のポーズを決めたとしたって、これ以上の成果が得られることはなかったであろう。高々と突き出された奴の半ズボンは、差し招くがごとく、歓迎するがごとく、僕にほほえみかけていた。

ジーヴスが正当にも言ったように、人事には潮というものがあり、よい潮時をとらえれば幸福へとつながるのである。僕は脚を引き、ズボンの一番きつきつのところ目がけてそいつを食らわせてやった。

見事な手並みだった。はるかに遠き学生のみぎりより、僕が誰にも蹴りを入れたことがないという点を考慮すれば、機械装置はさび付いていようと読者諸賢は思われることであろう。しかし、ちがうのだ。往年の技能はいまだ衰えてはいなかった。タイミングは完璧だったし、その後の進行もそうだった。奴は植え込みの中に消えた。銃口から発射されたみたいに移動しながらだ。そして奴がそうなったのと同時に、フローレンスの声が発された。

「あああっ！」彼女は言った。

この絶叫を生あるものたらしめた感情は、まごうかたなきものであった。その声は感情で硬直していた。だが何かがうまくいっていないというめくるめく感覚とともに、僕はそれが予想していた感情と違うことに気づいたのだった。恐怖の戦慄《せんりつ》はまるで不在だった。憤激とか姉らしい憤慨というような性質のものものなんにも出てこなかった。驚嘆すべきことと思われようが、よろこびの響きが優勢を占めていたのだ。もっと進んで恍惚《こうこつ》と言ったっていい。彼女の「あああっ！」は、要するに、ほぼ「わーい！」と同義だったのだ。僕には何が何やらわからなかった。

「ありがとう、バーティー！」彼女は言った。「あたくしもそうしようとしていたところだったの。エドウィン、こっちにいらっしゃい！」

森の中で何かがうごめいた。それは賢明なガキが茂みの中を正反対の方向にじたばた進もうとする影であった。かすかに弱々しい「クー！」の音がし、かけらも残さず奴は行ってしまった。

フローレンスは僕をじっと見つめていた。彼女の目には真心のこもった、祝福するかのごとき明かりが灯《とも》っており、唇には幸福な笑《え》みが遊んでいた。

「ありがとう、バーティー！」彼女はまた言った。またもやその声に先の感情をどっさり湛《たた》えながらだ。「あたくし、あの子の皮を生剝《なまは》ぎにしてやりたいわ！　たったいま、あたくし、書評の切抜きのアルバムを見ていたの。あの子ったら『スピンドリフト』の書評の半分は逆さまに貼《は》ってあるのよ。わざとやったにちがいないわ。捕まえられなくて残念だわ、でもしょうがないわね。あたくし、あなたがしてくださったことにどれだけ感謝しているか知れなくてよ、バーティー。どうしてあなたあんなふうになさるお気持ちになったの？」

「うーん、ただそう感じたんだ」

「わかったわ。突然の霊感というものだわね。『スピンドリフト』の主テーマもそういうふうに訪れたの。ジーヴスがあなたがあたくしと話したがってるって言ったけど、何かとても重要なお話？」

「ああ、いや。重要じゃあない」

「それならその話は後まわしにしましょ。あたくしいま戻って切抜きをお湯に浮かべて剝がす方法はないかどうか見てみたいの」

彼女は急ぎ立ち去った。家に入るときにはこちらを振り返って愛情に満ちあふれた様子で手を振ってくれたものだ。そして僕は一人残され、この状況を必要な分析に付することとなった。

絶対確実なものがばらばらに崩壊するくらい、奥歯をうずかせることが他にあるものかどうか僕は知らない。医療用体操ボールが腹にぶち当たるみたいな鈍い感覚と共に――アメリカへの航海の途中で、僕は一度そういう目に遭ったことがある――僕は将来のことを黙考していた。先ほどのシーンにおいて彼女が、僕がいままで彼女が所有しているとは思ってもみなかったような、あたたかい、人間味あふれる性質を見せたという事実すら、僕がいまや不可避的に向かっている状況と折り合いをつけられるようにはしてくれなかった。もちろん、エドウィンの皮を生剝ぎにしたがるフローレンスは、そういう感情を受け入れられないフローレンスよりは、はるかにましである。だがしかし、依然、僕はことのなりゆきを好きにはなれなかった。

僕の横でするキーキーいう音に気づくまで、どれだけそこに立ち、もの思いに沈んでいたものか、僕にはわからない。ずいぶんと長い間だったにちがいない。なぜなら、やっと夢想から覚め、ノビーが僕の注意を惹《ひ》こうとやっているのを認めたとき、耳の聞こえない人とおしゃべりしようと躍起になった挙句に、一方通行の会話というのは精神に堪《こた》えるものだと気がついた人みたいに、彼女がイラついた態度でいるのに僕は気づいたからだ。

「バーティー！」

「ああ、すまない。考え込んでたんだ」

「もう、考え込むのはやめて。遅れるわ」

「遅れる？」

「パーシー伯父《おじ》さんによ。書斎でよ」

この物語の最初の方で、僕がとっても優秀な希望の曙光《しょこう》の見つけ屋であることは述べておいた。どんな驚天動地の大変動や大惨事であれ、それに明るい側面があるならば、遅かれ早かれ僕はそれをかならず指し示すのだ。彼女の言葉は現在の大災害にもひとつそれがあることを僕に思い出させてくれた。ウェディング・ベルやら何やらがこんなにも不可避であるように思われるこの状況で、未来は真っ暗闇かもしれないが、しかし少なくとも僕はがれきの中から何かを救い出せる立場にある。何はともあれ僕はパーシー伯父さんの件をやり過ごせるのだ。

「ああ、あれか？」僕は言った。「あれはやめだ」

「やめですって？」

「この計画に僕が手を貸すことの報酬は」僕は説明した。「フローレンスとの婚約から脱出するためのフィトルワースの秘密の方法を知ることだったんだ。僕はもうそいつを知ってしまった。それでそいつは大惨敗だった。したがって僕は、辞意を表明するものだ」

「あなた、わたしたちを助けてくれないってこと？」

「後で決める何らかの別の方法でならいいとも。だがパーシー伯父さんを真っ赤っかに激怒させるのはだめだ」

「まあ、バーティー！」

「それに〈まあ、バーティー！〉なんて言ってもだめだ」

彼女は目を瞠《みは》って僕を見た。それで一瞬、ボコがものすごく雄弁に語ったあの真珠のごとき雫《しずく》が、またもや活動開始しそうになった。しかし、ホップウッド家の者には美質が備わっている。ダムは決壊しなかったものだ。

「だけどわたしにはわからないわ」

僕はいま起こったことを少し詳しく説明した。

「ボコは」僕は結論づけた。「奴の秘策は失敗しようがないと主張した。だがそうじゃなかった。だから奴が何か別の提案をしてくれないかぎり――」

「彼は提案するわ。つまり、わたしに提案があるの」

「君にだって？」

「あなたはフローレンスに婚約を破棄させたいんでしょう？」

「そうだ」

「じゃあパーシー伯父さんのところに行って話をしてちょうだい。そしたらわたしは彼女に、あなたがわたし宛に書いた手紙を見せるから。あれにはあなたが彼女のことをどう思うかが書いてあるでしょう。それでうまくいくはずよ」

僕はびっくり仰天した。実際、三十センチくらいは跳《と》びあがったほどだ。

「ひゃあ！」

「同意してくださる？」

「うーん、なんてこった！」

こんなにも心動かされたことがあったかどうかわからない。僕はあの手紙のことをまるきり忘れていた。だがいまや、その灼熱《しゃくねつ》の語句が脳裏によみがえるにつれ、希望が、いままで死んだと思っていた希望が、埋葬布をかなぐり捨て、旧来どおり営業を再開してくれたのだった。フィトルワース・メソッドは失敗したかもしれない。しかしホップウッド方式は大成功かもしれないのだ。

「ノビー！」

「いますぐ決断して！」

「君はあの手紙をフローレンスに見せるって約束するんだな？」

「絶対に。もしあなたがパーシーおじ様に処置をしてくれるならよ」

「ボコは配置についてるのか？」

「もうついてるはずよ」

「それじゃあ出動だ！　いざゆかん！」

そして、翼あるごとく、僕は家に向かってかろやかに飛んでいった。敷居をまたいで突入し、伯父の聖域に至る廊下を駆け抜けると、そこに飛び込んだ。

22. 美しき親族愛

パーシー伯父《おじ》さんの書斎は、むろん僕はじめてそこを訪れたのだが、舞台でいわゆる「リッチなインテリア」と呼ばれるもので、机、椅子、テーブル、じゅうたん、その他ありとあらゆるお約束の調度品をふんだんに装備していた。本が片側壁面を覆っていた。反対側の壁には、ニンフか何かおんなじようなものが、何か——それらの表情とその振舞いの様からして半獣神《フォーン》と僕は解釈した——と戯れているところが描かれた大型の絵画が掛かっていた。地球儀、花の生けられた鉢がいくつか、剝製《はくせい》の鱒《ます》、葉巻ケース、それと故グラッドストーン氏と思われる胸像もあった。

要するに、この部屋にあって然《しか》るべきと考えられるものでそこに存在しないのはパーシー伯父さんだけだった。彼は机の後ろの椅子に座ってはいなかったし、じゅうたんの上を歩いてもいなかったし、地球儀をクルクル回してもいなかったし、花の香りを嗅いでもいなかったし、本を読んでもいなかったし、剝製の鱒を観賞してもいなかったしニンフとフォーンにチラッと目をやってもいなかった。彼の姿はちらりとも見えなかった。そして僕が予期していたのとはまったく違うこの伯父さんの全面的不在は、僕を一時的に軽いショック状態に陥らせた。

それは奇妙な感覚だった。喧嘩《けんか》騒ぎを覚悟して準備万端乗り込んでいって、喧嘩騒ぎが起こらないのに突然気づくというのはである。階段がもう一段あると思って踏み出したらなかったみたいな感覚だ。僕はいささか当惑して唇を嚙《か》みながら、どうするのが最善かとあれこれ思いめぐらしながら立っていた。

こくのある葉巻の香りはまだ大気中に漂っていて、彼がつい最近までこの場にいたに相違ないことを示していた。また開け放たれたフランス窓は、彼が庭に突然飛び出していったことを示唆していた。おそらくそこで彼の心に重たくのしかかっている問題と格闘するためにであろう——すなわち、間違いなく、スティープル・バンプレイにおける生活がこんなふうであるからには、いったいぜんたいどうやってチチェスター・クラム氏と誰にも邪魔されることなき五分間を確保したらよいのか、という問題である。そして僕が自分の中で議論のやりとりをしていたのは、彼を追うべきか、それとも彼が戻るまでイン・スタトゥ・クゥオに留まるべきか否か、という問題であった。

むろん多くは彼がどれだけ長いこと出払っているかにかかってくる。つまりだ、敷居上を飛び上がって突入したときの炎のような決意の状態は、無期限で継続するわけではない。すでに足の温度はいちじるしく低下しており、心は怖気《おじけ》づきはじめていた。また僕は横隔膜のうしろ側が空っぽであることと、ごくんと息を呑《の》もうという体内動態とを意識していた。予定をあと一分か二分でも延期しようものなら、邪悪がはびこり、やがて当の伯父さんが登場したあかつきには、オガクズが流れ落ちて脱け殻となったバートラムを見いだすこととなるかもしれない——穏やかな「はい、パーシー伯父さん」と「いいえ、パーシー伯父さん」しか言えない一人のウースターの姿をである。

したがって、あらゆる角度から見て、出ていって広大な未開の大地で彼と対決するのが最善だと思われた。またそこにはすでにもうボコが潜伏しているはずである。そして僕がフランス窓に近づき、そこを通り抜けようとしたとき、僕は前途の展望をほとんど、あるいはまったく楽しむ心境にはなかったものだ。と、その時、僕の注意は張り上げられた声に向けられた。それはある程度距離を置いた位置から聞こえていた。また実際の対話の一語一句までは鼓膜にとらえられはしなかったものの、両者が互いを「なあウォープルスドンさん」、「このカスめ」と呼び交わしていたという事実から、僕はその声は各々ボコ及びバンプレイ・ホールのご領主様に帰属するものであると推測した。

僕の推量が正しかったことはすぐさま明らかになった。書斎の外の芝生の一角を横断する、小さな行列が視界に入ってきた。先頭はボコで、僕が時々見るときよりも明るい屈託のなさに欠けた様子であった。奴に続いて庭師風の人相風体の男が登場した。熊手で武装し、血統の定かでない犬を随行させている。一番後ろはパーシー伯父さんで、エデンの園からアダムを追放する天使みたいに葉巻を機械的に振りたてている。

会話をほぼ一手に引き受けているのは彼だった。時々、ボコは何か言おうとするみたいに辺りを見まわしたが、どれほどの雄弁を奴が意図していたにせよ、それは犬の顔に浮かんだ表情――それは反逆、計略、強奪向き［『ヴェニスの商人』五幕一場］の表情であった――ならびに先に言及した熊手が奴のズボンのお尻にほとんどくっつきそうであったという事実によって抑制されたものだ。

芝生の中ほどまで来ると、パーシー伯父さんは本隊から離脱し、僕の方向にすばやくどすどすと向かってきた。興奮気味に葉巻をスパスパやっている。ボコと奴の新しい友人は私設車道の方向に進行を続けた。

囲われた土地から旧友が追い払われるのを見たときに不可避的な、苦痛に満ちた衝撃の後、僕が最初に思ったのは、ご推測いただけるとおり、もはや僕を引き止めるものは何もないということであった。僕が尽力を約束した計画の要諦は、僕がパーシー伯父さんに関する所見を述べている間、声の届くところにボコがいるということだ。それで後者が彼の聖域に近づくときまでに、奴がアザミの冠毛みたいに舞い飛んでいってしまっていることは、火を見るよりも明らかだった。

したがって僕はその場をさっさと立ち去った。席次に構わずただちに立ち去ると、誰かさんが言ったみたいにだ［『マクベス』三幕四場。マクベス夫人の台詞］。そしてドアに接近しながら快調に歩を進めていたその時、僕は突然その上方に目のくらむごときアガサ伯母《おば》さんの上半身の肖像画を視認したのだった。ドアから入る際には、もちろん僕はそれに気づかなかった。しかしずっとそれはそこにあったのだ。そしていまそれは僕の目をとらえ、街頭柱にぶつかったみたいに直ちに僕を立ち止まらしめたのだった。

それはモデルの魂を暴《あば》き出すという芸術家の手になる作品で、アガサ伯母さんの魂をあまりにもあからさまに暴き出してしまってあったもので、事実上あの往来の危険オバさんに面と向かってじかにお目にかかったみたいな具合だった。事実、僕はもうちょっとで「ああ、ハロー！」と言ってしまいそうなところだったし、僕は誓えるが同時にそいつは「バーティー！」と、あまりにしばしば僕の耳中にとどろき渡り、おとなしい盲従でいたら軽く済ませられるかもしれないとの希望のもと、僕に身体をまんまるく丸めさせるあの抵抗しがたい声で言った。

むろんこの弱気は一時的なものに過ぎなかった。一瞬の後、バートラムは彼本来の姿に立ち戻った。しかしその一時停止はパーシー伯父さんがこの部屋に群れ集《つど》うのにじゅうぶんなほどに長かったから、いまや逃走は不可能となった。したがって僕はその場に留まり、上着の袖口からシャツのカフスを引っぱり出しながら立っていた。その行為により不屈の精神がもたらされることを信じつつだ。時々そういうことはあるものだ。

パーシー伯父さんは独白している様子だった。

「あやつを踏んづけてやった！　踏んづけてやったんじゃ！　あやつが芝生の上に転がっておったのをわしは踏んづけてやった！　招待もなしに一晩中うちの庭をうろつきまわるだけでは足らんのか。あやつは昼日中もやってきて、うちの芝生の上で横になっておる。どうやらあやつを締め出しておくすべはないようじゃ。あやつは油のごとく、各所ににじみ出てくるんじゃ」

ここではじめて、彼は甥《おい》の存在に気がついたようだ。

「バーティー！」

「ああ、ハロー、パーシー伯父さん」

「ああわが愛しの甥っ子よ。まさしくお前に会いたかったところなんじゃ」

この発言は僕を驚かせたと述べたとて、それは僕の感情をごくわずかに描出しうるのみである。それは絶対的に僕を端から端までぶっ飛ばしたものだ。

つまりだ、事実を考慮せよである。もの心ついてより、僕はこのハゲタカ親爺《おやじ》と十五年にわたって知りあいできた。そしてその間一度たりと彼は、僕とごいっしょすることが自分にとって何にせよ魅力あることだとは毛筋ほどもほのめかしてこなかった。実際、以前たまたま遭遇した場面のほとんどで、彼はわざわざご丁寧にも事実はその逆であると示唆してきた。狩猟用鞭《むち》のエピソードについてはすでに言及した。長年の間には他にも同様の経過があったものだ。

思うに、このウォープルスドン卿パーシヴァルほどのかたゆでタマゴが片手鍋から飛び出したためしはそう滅多にはなかったはずだということを、僕はこれまでじゅうぶん明らかにしてきた。北大西洋で疾風に身震いもせず立ち向かうのに慣れきったいかつい船長たちが、彼のオフィスで彼の前に召喚され、彼に雇用されて行った最近の航海で、いったいぜんたいどうして取り舵にしたのか――あるいはしなかったのか、どうしてトップマストを組み継ぎしたのか――あるいはしなかったのか、と訊《き》かれたときには、ブラマンジェのようにふるふると震えたものだ。気質においては尋常でないほど短気なスッポンに似ているが、風貌は邪悪なオーブリー・スミス［英国紳士役で著名なハリウッド俳優。クリケット選手としても活躍し、イングランド・チームのキャプテンを務めた］に似ている。また通常、彼に会うときは、いまにも口から泡を吹きだしそうだとの印象を人は受けるのである。

しかしいまや彼は、近寄ってよくよくながめてみれば、そして逆立つ口ひげの向こう側を見るならば、部分的には人間的であるばかりでなく、なんと実に優しげですらあるようなまなざしで僕を見つめている。バートラム・ウースターを一目見た際に誘発されるのが常であるような頸部《けいぶ》の痛みからは、完全に免れている様子だった。

「誰ですって、僕にですか？」僕は弱々しげに言った。僕の驚愕《きょうがく》はあまりに甚大《じんだい》で、僕は地球儀に寄りかかって身体を支えることを余儀なくされていた。

「そうだとも、お前のことだ。まさしくこの人物だとも。一杯飲んでくれ、バーティー」

僕はまだちょっと時間が早いというようなことを何か言ったが、彼はそれを鼻先でせせら笑った。

「いまいましいフィトルワースなんぞに足首まで浸かって歩いてきたならば、一杯飲むのに早すぎることはない。わしは葉巻を持ってそぞろ歩いておった。わしは重大な個人的問題で頭が一杯じゃった。するとわしの足が何かぐにゃっとしたものを踏みつけ、そこにはあの恐ろしい男がおったのじゃ。湖のそばの青々と茂った芝生の中に、まるで野ネズミか何かみたいに寝そべりおって。もし心臓が弱ければ、わしは命をなくしていたやもしれん」

　僕はボコのために嘆かずにはいられなかった。どういうことが起こったものか、僕には想像できた。書斎の窓に向かいヘビのごとく這《は》い進んでいる途中で、奴はパーシー伯父さんの接近する音を聞き、身を隠したのだ。一瞬後に後者の十一号サイズの足が――同人がそれをぐにゃっとしたと描写したという事実から――彼の身体組織のどこかしら柔らかい部分を踏みつけにしようとは知るよしもなく。あの哀れな男にはいやらしい驚きであったことだろう。もちろんパーシー伯父さんにだっていやらしい驚きだったことだろう。実際、関係当事者双方のためにハートが血を流すような状況ではある。

「フィトルワースめ！」彼は僕を責めるようにチラッと見た。「お前のご友人じゃったな、そうじゃろう？」

「ええ、親友です」

「お前はもっと慎重に友達を選ばねばいかん」彼は言った。依然続いていた不可思議な慈愛に満ちた態度から、はじめて逸脱しながらだ。

　このときこそボコの賞賛すべき美質を強調し、奴のため熱烈な弁護に乗り出すべきであったろう。しかし、そんな美質は何も考えつかなかったから、僕は沈黙を維持し、彼は話を続けた。

「しかしあやつのことなんぞはどうだっていい。うちの庭師があやつを当家内からお見送りしてくれておる。もしちょっとでも抵抗しようとしたらば熊手でズボンの尻に突きを入れてやるようにと厳重に命じてある。今後この土地であやつの姿を見ることは減ることだろうとわしはあえて考えるものじゃ。それで、なんともはや、それこそバンプレイ・ホールを地上の楽園たらしめるに必要なことであるのじゃ――より少なく、よりよいフィトルワースということじゃな。葉巻をやりたまえ、バーティー」

「結構です、ありがとうございます」

「ばかげておる。わしの葉巻に対するお前のこういう不規則行動は理解ができんのう。吸われたくないときには、吸う――あの狩猟用鞭のことは憶《おぼ》えておるかの、おい？　ハッハッハッ――それで吸わせたいときには、吸わん。まったくばかげたことじゃ。さあこれを顔にとっつけるんじゃ、若造め」葉巻ケースから魚雷みたいなやつを取り出しながら、彼は言った。「それでその〈結構です、ありがとうございます〉はもうなしにしようじゃないか。わしはお前にゆったりとくつろいでいってもらいたいんじゃ。なぜならわしにはお前に相談したいきわめて重要なことがあるのじゃからの。ああ、こっちへ持ってきてくれ、メイプル」

　言っておくべきだったが、「一杯やるのに早すぎることはない」をキューの合図に、彼はベルを押し、執事を登場せしめて指示を伝えた。後者はいま一番古い貯蔵庫からハーフボトルをもってふたたび登場していた。そしてにこやかにその栓が抜かれている間に、この親戚はふたたび発言を開始したのだった。

「そうじゃ、フィトルワースのことなんぞはどうでもよい」泡立つ脚付きグラスを僕に手渡しながら、彼は繰り返した。「あやつのことは忘れよう。他に話があるんじゃ。まず何より先に……乾杯じゃ、バーティー」

「乾杯」僕は言った。くらくらしながらだ。

「犯罪の成功を願って」

「あなたの鼻の皮を剝《は》いでやれますように」僕は応えた。まだ茫然《ぼうぜん》としていた。

「お前の目に泥の入らんことを」途轍《とてつ》もなく豹変《ひょうへん》したこの親爺は言った。「まずは何よりも先に」彼は続けた。ハッチにすばやく一杯流し込みながらだ。「ついさっきお前がうちの私設車道でしてくれた、華々しく賞賛すべき行為への感謝を表明させていただきたい。わしはあそこでエドウィンに会ったんじゃが、あれはわしにお前があれを蹴《け》とばしたと言ってよこした。わしが長年自分でやりたかったことじゃ。だがその度胸がなかった」

ここで彼は腕をさし出しながら椅子から立ち上がり、僕と熱のこもった握手を交わすとふたたび座った。

「われわれの最近の会見を思い返すに、パーティー」彼は言った。「もの柔らかくとは言わない。なぜなら彼にもの柔らかく話すことなどできはしないからだ。しかしもの柔らかく話すことがとても困難な人物において可能な限りもの柔らかく、そう言ったものだ。「お前はわしのことを癇癪《かんしゃく》持ちの頑固な爺さんだとの見解を持ちつつ逃げ去ったことと思う。わしは昨晩お前につらく当たりすぎたように思う。だが、見逃してもらわんといかん。大目に見てもらわねばならん。エドウィンのような息子を持った男を、エドウィンのような息子を持っておらん男と同じ基準で判断することはできんのじゃ。あれが昨晩あの地獄じみたボーイスカウト・ステッキでわしをぶっ叩いたことは、聞いておるかの?」

「僕もなんです」

「それもど真ん中――」

「僕の頭を打ったんです」

「わしが夜盗じゃと思ったとか何とかたわ言を抜かしおった。それでわしが適切な措置を取ろうとすると、フローレンスがさせてくれんのじゃ。お前があれを蹴とばしてくれたと聞いてわしがどう感じたものかは想像してもらえよう。わしもこの目で見たかったものじゃ。とはいえあれの話から、わしはお前がいちじるしい勇敢さと知略をもって振舞ったことはわかった。のう青年、それでお前に関するわしの意見は全面的に大転換したことを、認めるにやぶさかでない。長年わしはお前のことをただの怠惰でやる気のない街のどこにでもいる若造じゃと思っておった。いまやわしには自分がどれほど誤っておったかがわかっておる。お前は自分が最高の経営の資質を備えていることを示してくれた。それでわしの仕事上発生した危機にあって、お前こそわしが助言を請うべき人物だと判断したのじゃ。わしは苦痛きわまりないディレンマの狭間《はざま》にある、バーティー。こうすることが絶対に必要なんじゃ、つまり……が、おそらくその話はジーヴスから聞いておろうな？」

「彼は一応の概要を話してくれました」

「チチェスター・クラムのことをか？」

「そうです」

「彼と秘密会議をもつ重大な必要のことは？」

「はい」

「それならば話は早い。チチェスター・クラムと密談することがどうしてわしにとってそれほど切迫した問題であるかについては気にせんでくれ。そういうことじゃと了解しておってもらえれば、それでよいのじゃ。奴は昨晩園芸小屋にいた男じゃ」

「はい」

「知っておるのか、そうか？　ジーヴスの提案じゃった。またたいそう優れた提案じゃった。実際、あの胸糞の悪いフィトルワースさえおらなければ……とはいえフィトルワースの話題はもう勘弁してもらおう。わしは平静でおりたいのでな。さよう、クラムは園芸小屋にいた。おかしな男じゃ」

「あ、そうなんですか？」

「きわめておかしな男じゃ。どうお前に説明してやったらよいかと思うのじゃが。仔鹿《フォーン》は見たことはあるかの？」

「あの絵にいる奴みたいなのですか？」

「いや、あのフォーンではない。動物のほうじゃ。危険の気配がほんのわずかでもあれば震えおののく臆病な仔鹿は……仔鹿のごとく跳《と》び上がる。それがクラムじゃ。見た目がそうじゃというのではないぞ。奴は平均的な仔鹿よりは頑丈じゃ。また奴は角縁のメガネをかけておる。むろん仔鹿はそういうものをかけはせん。わしは奴の性格と気質のことを言っておる。この点にご同意はいただけるかな？」

　僕は彼に、僕はクラム氏と知り合う光栄に一度も浴したことはないという事実から、彼の心理は僕にとっては封印された書物であると告げた。

「そうじゃった。わすれておった。さてと、奴はそういう人物じゃ。仔鹿じゃな。神経質。臆病。ほんの些細な刺激にも興奮しおる。思うに、葉っぱのように震え、〈二度とご免だ！〉と言いながら、奴はあの園芸小屋から出てきたものじゃろう。さよう、奴の男らしい勇気は一滴残らず蒸発して消えてしまった。であるからして、われわれが将来の会見のためにこしらえる計画は、できのよいものでなければならん。絶対安全で、奴にすら危険なしとわかるようなものでなければならん。

不思議じゃな、こういうアメリカのビジネスマンの神経症的傾向は。説明できるかの？　わからんか？　わしにはわかる。コーヒーの飲みすぎじゃ」

「コーヒーですか？」

「コーヒーとニュー・ディールじゃ。アメリカにおいては、ビジネスマンの生涯とは延々つらなる大カップのコーヒーの連続じゃ。それがニュー・ディールのショックで強調されておる。彼は一リットルのコーヒーを飲み、ニュー・ディールからいやらしい衝撃を受ける。気を落ち着けるため、彼はまたもう一リットルコーヒーを飲む。そこにまたニュー・ディールから別のいやらしい衝撃が訪れる。彼はよろよろとよろめく。弱々しくもっともっととコーヒーを求めながらじゃ。そして……まあいい、わしの言わんとするところはわかってもらえよう。悪循環じゃな。これに耐えられる神経系統はない。チチェスター・クラムの神経は崩壊しとる。奴は次の船でニューヨークに戻ろうとしておるんじゃ。それで一生一度の大取引がふいになると承知の上で、それでもかまわん、神の恩寵《おんちょう》の広く深き大西洋が、奴とイギリスの園芸小屋とをへだてる限り、それでいいと言いおる。奴ははなはだ法外な偏見を園芸小屋に対して持っておるようじゃ。であるからお前が何を提案してくれるにせよ、それは園芸小屋的要素は完全に排除したものでなければならないとは、常に意識していてもらいたい。さあ、どんな提案をしてくれるのかな、バーティー？」

これに対しては、もちろん回答はひとつしかない。

「僕たちはジーヴスに相談したほうがいいと思います」

「ジーヴスにはもう相談済みじゃ。奴は途方に暮れておると言いおった」

僕は愕然《がくぜん》として煙を吐き出した。そんなのは信じられないことだと思えた。

「ジーヴスが途方に暮れてるって言ったですって？」

「わしに直接そう言った。だからお前に相談しておる。新たな知恵じゃな」

「いつ言ったんです？」

「昨晩じゃ」

まるきり絶望というわけではないと僕は理解した。

「ああ、でもそれから彼は心身を爽快《そうかい》にする眠りをとってますよ。ひとときの眠りがどれほど人を元気はつらつにするものかはご存じでしょう。それに、そうだ、パーシー伯父さん、ひとつ思い出したことをお話ししますよ。今朝早く、僕は彼が川で釣りをしているのに出会ったんです」

「それがどうした？」

「この事実はものすごく重要なんです。僕はその件について実際に彼に訊《き》いたわけじゃありません。ですが彼ほどの才能の男なら、必ずや何匹かは釣り上げていたはずです。間違いなく、彼はそれを朝食に食べたことでしょう。その場合、彼の精神機能は大いに活性化されています。おそらく現在までに、彼の脳みそは発電機みたいにブンブン言って、また絶好調になっているはずですよ」

僕の熱意が彼に伝染したのは明白だった。明らかに興奮し、彼は葉巻の反対端を口に入れてしまって、口ひげの端を焼け焦がしてしまった。

「それは考えてもみんことじゃった」ちょっぴり悪態をついた後、彼は言った。

「ジーヴスはよくそういうふうなんです」

「さようか？」

「彼の主な勝利はさかなを糧として勝ち取られています」

「まさか？」

「絶対的にです。リンの働きですね、ご存じですね？」

「もちろんじゃ」

「サーディン一匹でもうまくいく時があるんです。彼をお呼びになられますか？」

「メイプルを呼ぼう。ああ、メイプル」彼は言った。ちょうどこの執事が現場に到着したところだったのだ。「ジーヴスを呼んでくれ」

「かしこまりました、閣下」

「それともう一本ハーフボトルを頼む。かまわんかな、パーティー？」

「お心のままに、パーシー伯父さん」

「もう一本飲まんのは分別に欠けるというものじゃ。お前には想像もつくまいが、磐石《ばんじゃく》の大地に足を踏み下ろしたつもりで、それがフィトルワースであるのに気づくということが、どれほど人を震《しん》撼《かん》させるものかはの。同じものをもう一本頼む、メイプル」

「かしこまりました、閣下」

演技の待ちの間、それは長くはなかったものだが、この年長の親戚はボコにかんするアドリブ少々で間をふさいだ。主として彼がどれほど奴の顔をきらいであるかについてだ。それからドアがふたたび開き、盆に載ったハーフボトルに先導された行列が進入してきた。それにはメイプルが続き、また彼にはジーヴスが続いた。メイプルは退場し、パーシー伯父さんは懸案に取り掛かった。

「ジーヴス？」

「はい閣下？」

「今朝さかなは釣れたか？」

「二匹釣れましてございます、閣下」

「それを朝食に食べたのかな？」

「はい、閣下」

「たいへん結構。素晴らしい。最高じゃ。それではこっちに来てもらいたい。ハーク・フォーラードじゃ！」

「さて、閣下？」

「僕はウォープルスドン卿に、どういうふうにさかなが君の思考過程を活性化させてくれるかを話していたところなんだ」僕は説明した。「閣下はチチェスター・クラムとの再度の会談に関して、君がいま何ごとか建設的な提案をしてくれることを期待しているんだ」

「申し訳ございません、ご主人様。閣下がご直面あそばされておいでの問題の解決策を考案いたそうと、わたくしはあらゆる努力を尽くしてまいりましたが、遺憾《いかん》ながらその努力は勝利の栄冠で飾られてはおらぬものだと申し上げねばなりません」

「まるでだめだと、彼は言っています」パーシー伯父さんのために、僕は通訳をしてやった。

パーシー伯父さんはもっとましな展開を期待していたと言い、ジーヴスは白分もそうだと言った。

「シュワシュワはじけるシャンパンは一杯どうじゃ。それで調子が上がるかもしれん」

「ご遠慮申し上げます、閣下。アルコールはわたくしには活性作用ではなく鎮静作用をもたらすものでございます」

「そういうことならば、どうしようもないと思われるの。わかった、ジーヴス。ありがとう」

この人物が立ち去った後、室内をきわめて陰気な沈黙がしばし支配した。僕は地球儀をひと回しした。パーシー伯父さんは剝製の鱒を見つめていた。

「さてと、そういうことですね、どうです？」ようやく僕は言った。

「はて？」

「つまり、ジーヴスが途方に暮れていると言うなら、希望はおおよそ死んだ、と、そう考えられるということです」

驚いたことに、彼は僕に同意しなかった。彼の目は炎にきらめいた。僕は海運業で巨財を築き上げた親爺さんたちのファイティング・スピリットというものを過小評価していた。ちょっとの間、彼らを落胆させることはできるかもしれない。だが彼らを落ち込ませたままではいられないのだ。

「ばかばかしい、ナンセンスじゃ。そんなことはあるものか。この家で肩の上に頭が載っておるのはジーヴスだけではない。エドウィンを蹴《け》とばそうなどという考えを思いつけて、またお前がやったほどあざやかな手並みでそれを成し遂げられる人物が、これぐらいの簡単な問題に打ち負かされようはずがない。わしはお前を頼りにしておるのじゃ、バーティー。チチェスター・クラムじゃ――どうやって奴と会えばよい？　あきらめるんじゃない。もう一度考えるんじゃ」

「私設車道に行ってちょっぴり考えてきてもいいですか？」

「どこでも考えたいところで考えてくれ。庭じゅうどこでも結構じゃ」

「よしきた、ホーです」僕は言った。そして思索の旅へと旅立った。

ドアを閉め、廊下を歩きはじめたところで、あたかもびっくり箱から跳びだしてきたみたいに、ノビーが現れた。

23. 苦渋の決断

彼女はぴょんぴょん僕のほうに跳《と》んで向かってきた。直送情報を受け取りに客間から飛び出してきたレディー・マクベスみたいにだ。

「それで？」彼女は言った。少女じみた活発な様子で僕と腕を組みながらだ。「興奮とサスペンスでわたしもう死にそうなの、バーティー。ぜんぶうまくいったの？　わたしちょっぴりドアのところで聞いてみたんだけど、何が起こってるのか聴き取るのはとっても難しかったの。ずっとパーシー伯父《おじ》さんの声が雷鳴みたいに轟《とどろ》くのが聞こえて、ほんの時々あなたがクンクン言う声が聞こえただけだったわ」

クンクン言っていたというこの言いがかりを、僕はいささか熱を込めて否定して然《しか》るべきであったのだが、彼女は僕に話す機会を与えなかった。

「それでわたしが当惑しているのは、プログラムの通りなら、雷鳴のごとく轟くのはあなたの声で、時々クンクン言うのはパーシー伯父さんだったはずだってことなの。それにボコの声はぜんぜん聞こえなかったわ。彼だってあそこにいたはずなのに」

僕は表情を曇らせた。この若いかわい子ちゃんの希望を打ち砕くのが、のべつ僕の任務であるらしい。そして一回目と同じくらい僕はそれを嫌ったものだ。しかしながら、僕はその仕事を自分に強《し》いた。

「ボコはあそこにいなかったんだ」

「いなかったですって？」

「そうだ」

「だけどこの計画の大事な点は……」

「わかってる。だが奴は熊手を持った庭師とウルフハウンド少々の入った犬とによって身柄を拘束されていたんだ」

そしていくつかの同情に満ちた言葉で、僕はいかにして彼女の最愛の人がパーシー伯父さんのオックスフォード靴の下の塵芥《ちりあくた》以下の物となり、身体のうちに依然音楽を湛《たた》えながら石もて追われたかを伝えた。

硬くこわばった表情が彼女の顔に宿った。

「それじゃあボコは、またバカな真似をやったのね？」

「今回は本当の意味でバカな真似をやったとは言えない。宿命の無力な犠牲者と考えるのがもっと精確だとは思わないかい？」

「転がって逃げることだってできたはずだわ」

「そう簡単な話じゃない。パーシー伯父さんの足は広範囲をカバーするんだ」

彼女はこの主張の正当性を認めたようだった。彼女の顔は和らぎ、かわいそうなダーリンは怪我をしたのかしら、と訊《き》いた。

僕はこれを考量した。

「想像するに、肉体的損傷はわずかであったろう。奴は自力で走行してたみたいだったからな。だが、精神的には、奴の調子はよくは見えなかった」

「かわいそうな仔ヒツジちゃん！　彼ってとっても繊細なのよ。パーシーおじ様から見た彼の地位はどんなふうだと思う？」

「低いな」

「これでとどめだってあなたは思う？」

「ある程度はイエスだ。しかし」僕は言った。慰めの言葉を挟めることを嬉しく思いつつだ。「風雨の許す限り、遠からずして太陽が雲間から覗《のぞ》く可能性はひとつだけある。ウースター脳がこれから半時間ほどの間にどれだけこの急速な展開に対応できるかに、すべてはかかってるんだ」

「どういう意味？」

「おかしなことが起こってるんだ、ノビー。僕がフローレンスとの婚約状態から脱出するための特許フィトルワース方式をどんなふうに試したかは憶《おぼ》えてるだろう」

「エドウィンを蹴《け》とばすことでってこと？」

「君の言うとおり、エドウィンを蹴とばすことによってだ。それは豊穣なる収穫をもたらしてくれたんだ」

「でもあなたそれはうまくいかなかったっておっしゃったじゃない」

「僕が予期したような方向ではうまくいかなかった。だが驚くべき副産物があったんだ。僕の行為を知らされたパーシー伯父さんは、僕に首ったけなんだ。どうやら長年の間、自分であの腫《は》れ歯ぐき息子を蹴とばしたくてたまらなかったらしい。だがフローレンスがいつも彼の足を押さえてきてたんだな」

「そんなことぜんぜん知らなかったわ」

「間違いなく彼は仮面をかぶり続けてきたんだ。だが切なる願いは続いていた。そして昨日の晩、エドウィンが彼の後ろに忍び寄り、彼のズボンのお尻をボーイスカウト・ステッキで殴りつけたとき、それは引火点に達したんだ。彼が踏むを恐れるところ［ポープ『批評論』三「天使も踏むを恐れるところ…」］に僕が突入したって聞いて、彼がどう感じたかはわかるだろう。それは彼のものの見方すべてを変革した。彼は僕と握手し、僕に葉巻をよこし、飲み物を押し付けた。そしていまや僕は彼の信頼すべき友人であり、彼の助言者でもある。彼は僕に夢中なんだ」

「ええ、だけど――」

「何か言った？」

「それは素敵だし素晴らしいし驚くばかりにすごいことだって言おうとしただけよ。それにわたしあなたにとても、とっても幸せでいてもらいたいわ。でもわたし、おじ様には、ボコに夢中になっていただきたいの」

「その点に話を進めるところだ。伯父さんは仕事の話は君にするかい？」

「今わしの邪魔をするのはやめてくれんか、とっても忙しいんじゃからって言うきりよ」

「それじゃあ君はチチェスター・クラムっていうアメリカの大立者の名を聞いたことはないな。伯父さんは重要な取引のため彼と秘密会議をしなきゃならないんだ。秘密の商売上のことさ。伯父さんは僕にその会談を段どる何らかの方法を考えてくれって頼んでるんだ。僕がそれをやれば、君たちはビロードの上に載って前途は安泰だ」

「どうやってそれを考えつくの？」

「うーん、コン畜生だ。すでに僕はパーシー伯父さんのお気に入りの仔ヒツジなんだ。それで僕はもっとお気に入りになる。伯父さんは僕の言うことなら何だって断れなくなる。僕は彼の心をとろかす立場に立つことだろう――」

「まあ、やったわ。そうよ。わかったわ」

「それで君とボコを一丁あがりにしてやる。そしたら君はあの手紙をフローレンスに見せる。そしたら僕も一丁あがりになる」

「だけどパーティー、それって素晴らしいわ」

「そうさ。展望はバラ色だ。もし――」

「もし、何？」

「うーむ、もし僕にこの秘密の会談を段どる方法を考えつけるならば、だ。それで今現在は、僕はどうにもぜんぜん見込みなしなんだ」

「方法はごまんとあるわ」

「三つ挙げよだ」

「だって、これはどう？……だめ、あなたの言うことはわかった……難しいわね。わかった、ジーヴスに訊きましょ」

「もうジーヴスには訊いたんだ。彼は途方に暮れていると言った」

「途方に暮れてるですって？　ジーヴスが？」

「わかるさ。僕にも大ショックだった。彼はさかなを一杯食べてたのにだ」

「それじゃああなたはどうなさるの？」

「パーシー伯父さんには、よく考えると言ってきた」

「たぶんボコに何か提案があるわ」

このとき僕は強硬でいることを余儀なくされた。

「きっと何かあるだろうさ」僕は言った。「きっと僕たちをスープの中深く着水させて、そこから脱出するには浚渫《しゅんせつ》機械が要るみたいな提案だろう。僕は兄弟のごとくボコを愛してやまないが、僕がいつもあの愛すべき人物について感じてきたことは、奴を張り切らせないのがいちばん賢明だってことなんだ」

彼女はこれに同意した。もしこれよりも事態を悪化させる方法がひとつあるなら、ボコは間違いなくそれを見つけ出すことだろう、と認めながらだ。

「わたし彼に会ってくる」ひたいをしかめるために一瞬間をおいた後で、突然彼女は言った。

「ボコにかい？」

「ジーヴスによ。わたし彼ほどの才能の人が途方に暮れてるだなんて信じられないの」

「彼はそうだと言ったんだ」

「そんなことどうだっていいの。わたしは信じない。あなた、これまでジーヴスが途方に暮れたときを知ってて？」

「ほぼ皆無《かいむ》だな」

「ほら、そうでしょ」彼女は言い、そして使用人部屋に向かった。残された僕は玄関ホールを通り抜け——おそらく頭《こうべ》を垂れながらであったろう——外に出た。そこで僕はしばらく思案に暮れた。どれほど長く思案に暮れていたものか、僕には言えない。オツムの中がぎゅうぎゅうに一杯のとき、時間の経過を勘定するのは難しい。したがって僕が深い夢想から覚めてジーヴスが僕の目の前にいたとき、僕にはそれが十分後だったのか、それとも二十分後だったのか判然としない。彼の接近をほのめかすものは何もなかった。とはいえしばしば彼はそんなふうなのだ。彼は霊体をあちこちに移動させ、ラングーンで大気中に消え、カルカッタで部品を組み立てなおすというあいうインドの連中みたいに、人の横で突然実体化する方法を知っている。僕はあのタネは鏡だと思っているのだが。

ノビーもそこにいた。ひどく嬉しそうに見えた。

「言ったでしょ」彼女は言った。

「へぇ？」

「ジーヴスが途方に暮れているって件よ。何かの間違いにちがいないってわたしにはわかってたの。彼はぜんぜん途方になんか暮れてないわ」

僕は驚愕《きょうがく》してこの男を見た。確かに、彼は稀有《けう》なまでに知的に絶好調であるように見えた。彼の頭は後ろが突き出していて彼の目は洞察力の輝きをきらりと放っていた。だが彼はパーシー伯父さんと僕にあんなにはっきりと、自分は行き詰まりに追い込まれていると明言したのである。

「途方に暮れてないのか？」

「暮れてないわ。彼はそういうふりをしていただけなの。彼には素晴らしいアイディアがあるのよ」

「彼は最近の展開をどの程度知ってるんだい？」

「わたしがたったいま、現在までをフォローしたところよ」

「君はフィトルワース方式の失敗を知っているんだな、ジーヴス？」

「はい、ご主人様。またあなた様と閣下のラプロシュマンにつきましても承知いたしております」

「僕と閣下との何だって？」

「ラプロシュマン、すなわち友交関係のご確立でございます、ご主人様。フランス語の表現でございます。あなた様がたがかくもきわめて良好なご関係でおいでであるのを拝見し、わたくしが少なからぬ驚嘆を経験いたしましたことを告白申し上げます。しかしながらホップウッドお嬢様のご説明により、すべては完全に明瞭《めいりょう》となったものでございます」

「それで君にはパーシー伯父さんとクラムを会見させる計画が本当にあるんだな？」

「はい、ご主人様。先ほどご対面いたしました折、わたくしは意図的に閣下を誤り導きましたことを告白申し上げねばなりません。フィトルワース様とホップウッドお嬢様のご利益がため、あなた様がお二方のおんために影響力を行使しうる立場にあそばされることがどれほど決定的に重要かを理解いたせばこそ、その提案があなた様のご発案と見えるがよろしいと、愚考いたしたものでございます」

「あなたがますますお気に入りの仔ヒツジちゃんになりますようにってことよ」ノビーが説明した。

僕はうなずいた。彼の言わんとするところを僕は理解し損ねてはいなかった。それを分析するならば、ベーコンとシェークスピアのネタである。間違いなくご記憶のことと思うが、ベーコンはシェークスピアのために代作をやっていた。おそらく彼が後者に借金していたためか、あるいは本当に善良な性格のゆえにか、彼はシェークスピアに著作権を与えたのだ。僕がこの説をジーヴスに告げたところ、彼はおそらくより近い類似はシラノ・ド・ベルジュラック［十七世紀フランスの作家。エドモン・ロスタンの戯曲で有名］のそれであろうと語った。

「最初に申し上げますが、わたくしが展開いたしました計画の本質は、その構造がいささか少々デリケートな問題を閣下の御前に提出するものでございます。また閣下にそれにご協力いただくべく誘導申し上げるには、些少《さしよう》のフィネス、すなわち技巧が必要となってまいるような次第となることでございましょう」

「それも計画の一部というわけだな？」

「さようでございます、ご主人様。したがいましてわたくしに提案をお許し願えますならば、その件はわたくしにご一任をいただくのが最善であろうかと拝察申し上げます」

「つまり、君が伯父さんに売り込みをするってことだな」

「まさしくさようでございます、ご主人様。むろんわたくしは、発案者はあなた様であり、わたくしは単なる仲介者あるいは使者に過ぎないという事実を強調いたすものでございます」

「君のしたいようにしてくれ、ジーヴス。君が一番よくわかってるんだからな。それでその計画っていうのはどんななんだ？」

「手短かに申しますと、かようなものでございます、ご主人様。すなわち、閣下とクラム様におかれましては、今宵イースト・ウィブレイ・タウン・ホールにて開催される仮装舞踏会におきまして、完全なる秘密と安全のうちにご会談あそばされぬ理由はないとわたくしは思料いたします」

僕は絶対的にびっくり仰天したものだ。僕はそのイースト・ウィブレイの催事が、今夜に予定されていることをきれいさっぱり忘れていた。それを僕がどれほど楽しみに待ちわびていたかをご想起いただけるならば、スティープル・バンプレイにおける激烈な生の沸騰《ふっとう》が、いかに僕の精神機能を解体させていたかを、いくぶんかはご理解いただけることだろう。

「それって火の玉みたいにいかした考えじゃない？」ノビーは熱狂的に言った。

　僕は必ずしも全面的にこれに賛同するものではなかった。

「僕は致命的欠陥を見つけた」

「欠陥って、どういう意味？」

「うーん、君の電気ピアノ頭で考えてみるんだ。こんな急な話で、どこからパーシー伯父さんはコスチュームを調達するんだい？　コスチュームがなけりゃでかけられない。仮装衣装が必要不可欠なんだ。換言すれば、結婚式の招待客が直面するのとおんなじ障害に僕らは突き当たっているんだ」

「どの結婚式の招待客のこと？　胸をどこどこ叩いたって人［コールリッジ「老水夫行」第六連］」

「ちがう。寓話に出てくる男だ。結婚式に招かれたが、晴れの席にふさわしい服装をしていかなかったため、耳をつかんで放り出されたっていう――［『マタイによる福音書』二二・一三］」

　僕はもうちょっとで「バンプレイ・ホールの土地から放り出されたボコみたいに」と言いそうだったのだが、差し控えておいた。彼女の心を傷つけるのを恐れてのことだ。だがそんな言葉を付け加えるまでもなく、僕の無慈悲なまでに論理的な言葉は急所に命中したようだった。

「まあ！　わたし、衣装のことを忘れていたわ。どうやって手に入れたらいいのかしら、ジーヴス？」

「簡単容易でございます、お嬢様。遺憾《いかん》ながらあなた様は閣下に、あなた様ご所有に係る船乗りシンドバッドのコスチュームをお貸しあそばされることが必要となろうかと存じます、ご主人様」

僕は悲しみに打ちひしがれた悲鳴を放った。生まれたばかりの仔ねこを手放せと提案された母ねこみたいにだ。

「なんてこった、ジーヴス！」

「遺憾ながらさようと思料いたします、ご主人様」

「だけど、コン畜生だ！　つまりそれじゃあ僕は仮装舞踏会に出席できないってことじゃないか」

「遺憾ながらさようでございます、ご主人様」

「んもう、どうしてあなたったらそんなどうでもいいようなイベントに行きたがるの？」ノビーが詰問した。

僕は下唇を嚙《か》み締めた。

「君はそれが絶対必要不可欠だって思うのか、ジーヴス？　よく考えてくれ」

「まさしく必要不可欠でございます、ご主人様。閣下におかれましては、奥方様がもしお知りあそばされるようなことがあれば何とおおせになられるかとのご危惧《きぐ》ゆえに、この種の軽薄な催しに参加あそばされるようご説得申し上げることはいささか困難であるやもしれません。わたくしは同コスチュームに付随するジンジャー色の頰《ほお》ひげが閣下のお目のウロコを落とすことを期待いたしております。本提案を閣下に提示申し上げる際、わたくしはこれらが提供する変装の完璧さが、閣下が同催事の過程にてご遭遇あそばされるやもしれぬお知り合い方による認知を妨げようことを、大いに強調いたすものでございます」

僕はうなずいた。彼は正しい。僕は偉大なる犠牲の提供を決心した。ウースター家の者は滅多に理性の声に耳を閉ざしはしない。たとえそれが苦杯を喫することを意味しようともである。

「そのとおりだ、ジーヴス。どんなに鋭利な目をもってしたって、あの頬ひげの向こうは見抜けやしない」

「さようでございます、ご主人様」

「それじゃあそれで行こう。僕はコスチュームを寄贈する」

「有難うございます、ご主人様。それではわたくしはただちに閣下にお話しいたしてまいります」

「天の助けが君の動きを加速してくれるように、ジーヴス」

「有難うございます、ご主人様」

「わたしからもよ、ジーヴス」

「有難うございます、お嬢様」

彼はゆらめき消え去った。そして僕はノビーに向き直り、ため息をつきながら、これが僕にとって打撃であることをあえて隠そうとは思わないと述べた。するとふたたび彼女はどうしてあなたは、彼女の言によれば、ばかげた田舎のダンス大会なんかにそれほど出席したがるのかと訊いた。

「うむ、まず第一に、僕はあのシンドバッドでイースト・ウィブレイの連中の目をノックアウトしてやろうって、堅く心に決めていたんだ。君は船乗りシンドバッドの扮装をした僕の姿を見たことはないだろう、ノビー？」

「ないわ」

「君は生きたことにならない。とはいえ」僕は続けた。「別の見方もある。ジーヴスが出ていく前にこの点に思いあたっていたらよかったんだが、なぜならこれに関する彼の見解を聞きたいからなんだ。パーシー伯父さんとチチェスター・クラムがその乱痴気騒ぎで会って、すべてがうまくいったとすると、伯父さんはもちろん融通の利く気分になることだろう。だが肝心なのは、その融通の利く気分は長持ちするかってことなんだ。翌日の朝までに、伯父さんの熱は冷めちゃうんじゃないだろうか？　鉄を熱いうちに打つためには、ボコと僕の二人がその場にいるべきなんじゃないか――僕は、心理的に有効な絶妙の瞬間をとらえて君たちのためにパーシー伯父さんに接近するため、ボコは僕の仕事の後を引き継ぐためにさ」

　彼女は僕の言う趣旨を理解した。

「そうね、その点は考えてみなくちゃいけないわね」

「君がかまわなきゃ、僕はちょっと行ったり来たりをしたいんだ」

　僕はそうした。それでまだ熱心にそうしているとき、ノビーの声が飛んできた。ジーヴスが任務を終えて帰ってきたのが見えた。可能な限り最速のスピードで二人の側に向かい、僕は彼が控えめに勝ち誇った様でいるのを認めた。

「閣下はご同意くださいました、ご主人様」

「よかった。だが――」

「わたくしは、クラム様にお目通りいたしてご協力を取り付けるため、これより遅滞なくロンドンに向かわねばなりません」

「そのとおりだ。だが――」

「ところで、ホップウッドお嬢様があなた様のご指摘に係る問題にわたくしの注意を喚起してくださいました、ご主人様。またあなた様とフィトルワース様が舞踏会にご出席あそばされるべきであるとのあなた様のご見解に、わたくしは心より同意いたすものでございます。わたくしが提案申し上げますことは、ご主人様、フィトルワース様にお車にてわたくしを帝都に運転し、お連れいただくことでございます。可能なかぎり早い時間に出発し、じゅうぶんな余裕を見て帰宅できるよういたさねばなりません。わたくしがクラム様とご面会いたしております間、必要なコスチュームをフィトルワース様にご購入いただくことが可能でございましょう。それにてあなた様のご問題も解決いたそうかと存じます、ご主人様？」

僕はしばらく考えてみた。その計画は彼が言ったとおり、僕の問題を解決してくれる。僕が気になった唯一の問題は、仮装コスチュームの選択という本質的にデリケートな問題を、ボコみたいな奴の手に安全にゆだねられるか否かという点である。奴はいかにもピエロの衣装を二つ買って帰ってきそうな男である。

「僕が運転してロンドンまで行ったほうがいいんじゃないか？」

「いいえ、ご主人様。閣下の勇気を足場に繋《つな》ぎとめておきますためには［『マクベス』一幕七場］、あなた様にこの地にお留まりいただくべきと思料いたします。本計画への閣下のご同意は、少なからぬ紆余《うよ》曲折を経てようやく勝ち取られたものでございます。閣下はご同意あそばされようとはなされるのですが、と、書斎のドアの上方に掛けてございます奥方様のご肖像画をご瞥見《べっけん》あそばされ、ふたたびご決断をご躊躇《ちゅうちょ》あそばされるのでございます。不断の激励と勇気づけなくお一人にて置かれたならば、閣下はふたたびお心をひるがえされるやもしれません」

僕は彼の言う趣旨を理解した。

「聞くべきところは多い、ジーヴス。ちょっぴりビクついてるんだな、彼は？」

「はなはだしくさようでございます、ご主人様」

僕には親爺《おやじ》さんを責められない。僕はすでにアガサ伯母《おば》さんのあの肖像画と目が合ったときの僕の感慨については述べておいた。

「よしきた、ホーだ、ジーヴス」

「かしこまりました、ご主人様。わたくしは頬ひげの有効性に不断にご言及あそばされることをお勧め申し上げます。予想いたしましたとおり、ウロコを落としたのはあちらでございました。フィトルワース様はただいまご在宅であそばされましょうか、お嬢様？　それではわたくしはそちらに急行させていただきます」

24. ボースタル・ローヴァーズ

パーシー伯父《おじ》さんがどたんばでノッレ・プロセクゥイを宣言して引き受けた任務から逃げ出すのを阻止するためには、不断の激励と勇気づけが必要となろうとのジーヴスの予言は大いに的中した。また彼の手を握って彼の体内に活力を送り込んでやる仕事に、僕はいささかうんざりしたものだ。長い一日が過ぎるにつれ、僕は、自分のところの男たちを戦闘開始にもっていく仕事の重荷を背負ったプロボクシングのマネージャーというものが、いつも顔にしわが寄っていて目の下には隈のできた、やつれ果てた男であるのはなぜかを理解した。

この親戚が仔鹿全般に対し、その小心さをあんなに高慢かつ偉ぶった様子で冷笑して中傷したのは皮肉なことだと、僕は思わずにはいられなかった。なぜなら彼自身がこの小動物の群れにまっしぐらに歩いていったって何の疑問の声も上がらないような有様だったからだ。伯父さんが書斎のドアの上のアガサ伯母《おば》さんの肖像画を座りながら見つめる姿には、並外れて臆病な仔鹿すら「危険なダン・マックグルー」［カナダの詩人R・W・サーヴィスの詩］に見せるような瞬間があった。

したがって総体的に見るならば、静けき黄昏時《たそがれどき》ちかくになって電話のベルが鳴り、以下の会話が行なわれたのは安堵《あんど》だった。

パーシー伯父さん：「なんじゃ？　なんじゃ？　なんじゃなんじゃなんじゃ？　なんじゃ？　なんじゃ？　ああ、ハロー、クラム」
クラム（舞台陰から）：「ガー、ガー、ガー、ガー、ガー、ガー、ガー、ガー（合計約一分半ほどこれが続く）
パーシー伯父さん：「よろしい、結構じゃ。素晴らしい。それでは君を探すとしよう」

「クラムは」受話器を置きながら彼は言った。「心からこの計画に大賛成だそうじゃ。証聖王エドワード［在位一〇四二―六六］の扮装で舞踏会に来ると言っておった」

僕は承認するげにうなずいた。僕はクラムの選択はいいと思ったのだ。

「あごひげの男でしたよね、このエドワードは？」僕は訊いた。

「眉毛の上までじゃ」パーシー伯父さんは言った。「あの時代、世界はくまなくビーバーたちのかたまりだったんじゃ。わしは目を見開いて、爆発した馬巣織りのソファみたいに見えるモノを探すことにする。それがクラムじゃ」

「それじゃあ伯父さんは本当に決定的最終的に、あのパーティーに行くことに決心したんですね？」

「鈴をつけてな。愛する甥《おい》っ子よ。鈴をつけてじゃ。いまのわしを見たら想像もできんじゃろうが、コヴェント・ガーデンじゅうのパーティーがわしなしでは完成しないという時代があったものじゃ。ハエが蜂蜜のつぼに寄ってたかるみたいに、娘らがわしのまわりに群れなしておったもんじゃった。

ここだけの話じゃが、わしがコヴェント・ガーデンの舞踏会から放り出されてヴァイン街の警察署に連行され、そしてそのとき、わしの記憶が正しければ、トッティという名の娘といっしょじゃったという事実が、わしがお前の伯母上と三十年早く結婚できなかったという不幸の原因なんじゃ」

「本当ですか？」

「請合ってやる。あのときわしら二人は婚約したばかりじゃった。それでわしの事件が夕刊紙に出たのを読んで三分以内に、彼女はそれを破棄したんじゃ。むろん、わしのニュースは朝刊には間に合わんかった。しかし夕刊紙の号外が報じて、彼女はいささかそれに動転したんじゃ。だからこそわしは今夜の行動が一切彼女の耳に入らぬよう、特にと気をもんでおるのじゃ。お前の伯母上は素晴らしい女性じゃ、パーティー……彼女なしでわしはどうしてよいかわからん……じゃが――まあよい。どういうものかはわかろうて」

僕はどういうものかはわかると言った。

「ではわしはすべては上首尾に運び、彼女は留守中に働かれた邪悪な行為については何も知ることはないと、信じることにする。ことの手筈《てはず》はかなり抜かりなく整えたと思っておる。わしは目のところまでコートでくるんで裏階段をこっそりと降りる。そしてイースト・ウィブレイまでわしの自転車をこいでゆく。ほんの十キロ足らずの道のりじゃ。問題はあるまい？」

「僕の見る限りありませんね」

「もちろん、もしフローレンスがわしを見たら――」

「見やしませんよ」

「あるいはエドウィンが」

「絶対大丈夫です」

「それともメイプルが」

すべてがすっかりうまくいったように見えた段になってのこの仔鹿コンプレックスの再発に、僕はうんざりしたものだ。そして遅滞なく、それに止め具を掛けるわが任務を遂行し、やがてそれに成功した。そんな時間にフローレンスが裏階段なんかをほっつきまわっているなんてことは何よりかによりおよそありえないと、また今朝僕がエドウィンに施術したトリートメントの後ならば、奴がまた足跡追跡をするまでに一日か二日は間があくであろうことを、そしてメイプルなら、もし遭遇したとしたって二、三ポンドで買収できようと指摘し終えたころには、彼はものすごく元気いっぱいになっていた。僕は彼が書斎の床でダンスのステップを練習するのを放っておいた。

うむ、無論、義理の伯父を朝食後から午後五時に至るまで激励し続けることは、少しばかりの代価を伴わずにはできないことである。じゅうぶんご想像いただけるように、この激励と勇気づけは全身をぐにゃぐにゃにさせ、全般にべたべたした感じを生じさせ、僕の身体から少なからず活力を奪った。全身の毛穴から汗が吹きだしていたとは言わない。しかし僕は身体を洗い流す必要を感じていた。そして、川がうちの戸口に流れていたわけだから、それをするのは簡単だった。十五分後、ボコの所有に係る水着を身にまとい、波間を突き進む僕の姿が見られたはずだ。

実際、それは見られていた。それもほかならぬG・ダーシー・チーズライトによってである。爽《そう》快《かい》な飛び込みの後、川岸までオーストラリアン・クロールをやって、目に入った水気を払い落とす間、僕は灌木《かんぼく》につかまっていた。と、上を見上げ、奴が僕の上方に立ちはだかっているのを視認したのだった。

間の悪い瞬間だった。そいつのフィアンセと婚約したばかりだというときに当の男と遭遇する以上に心落ち着かぬときがあるものかどうか、僕にはわからない。

「ああ、ハロー、スティルトン」僕は言った。「入るかい？」

「お前が川を汚染している間は入らん」

「僕はちょうど出るところなんだ」

「それじゃあちょいと川に流れてもらった後なら大丈夫になるな」

奴の言葉だけで、僕ほどに明敏な知性の持ち主には、奴が全面的に親《しん》バートラム感情を抱いていないことが知れた。そして僕が川から上がってバスローブに身を滑り入れると、奴はその点を僕に思い知らせるような目つきをよこした。僕はすでに奴の目つきについてはいささか述べておいた。それで今回のやつも前日ウィー・ヌックの前で奴が僕によこした例と、まったく遜色《そんしょく》のないものであったと言ってよろしかろう。

しかしながら、人当たりのよさで状況が解決できる可能性がもしあるなら、われわれウースター家の者はいつだってそれを試してみるのである。

「いい日だな」僕は言った。「すてきな田舎だ」

「出くわす連中によってそれが台なしにされるんだ」

「旅行者ってことか？」

「ちがう、旅行者って意味じゃあない。俺は草むらのヘビのことを言ってるんだ」

奴の態度が心励まされるものだったと言ったらばかげていようが、僕はなお辛抱し、やりぬいた。

「草むらと言えば」僕は言った。「ボコが今朝バンプレイ・ホールの草むらの中にいて、パーシー伯父さんが踏んづけたんだ」

「お前の首の骨をへし折ればよかったのにな」

「僕はその場にいなかったんだ」

「お前の伯父さんがお前を踏んづけたと言ったんだと思った」

「話を聞いてないんだな、スティルトン。僕は彼がボコを踏んづけたって言ったんだ」

「ああ、ボコか？　なんてこった！」率直な苛立《いらだ》ちを込めて奴は叫んだ。「お前みたいな男がいるっていうのに、彼はボコを踏んづけてるのか！　ボコなんか踏んづけていったいぜんたい何になるっていうんだ？」

一時の間があった。その間、奴は僕の目線をとらえようとし、僕はそれを避けようとした。スティルトンの目は、穏やかなときでさえ、とりたてて言うほどのものではない。きつい青でいくぶん出っ張っている。感情的になると、それは癇癪《かんしゃく》もちのカタツムリの目みたいにますます突き出す傾向があり、全般的な効果はかなり不快である。

今また奴は話し出した。

「フローレンスに会ってきた」

間の悪い思いは増大した。僕はその話題は避けたいと願っていたのだ。しかしスティルトンは無骨で愚直な男で、話題を避けるような人物ではない。

「ああ、そう？」僕は言った。「フローレンスに、そうか？」

「彼女はお前と結婚すると言った」

僕はこの展開がますます好きでなかった。

「ああ、そうなんだ」僕は言った。「そうだ、結婚しようという考えもある」

「考えもあるとはどういう意味だ？　式は九月に決まったはずだ」

「九月だって？」震える声で僕は言った。頭の先から足の先までちょっぴり震撼《しんかん》しながらだ。僕は呪《のろ》いが僕のもとをそんなに早く訪れる予定だとはまったく知らなかった。

「そう彼女は言っていた」奴は不機嫌に応えた。「俺はお前の首をへし折ってやりたい。だが俺にはできん。制服を着る身だからな」

「そうだ、そのとおりだ。不快な警察スキャンダルは避けたいからな、なあ？」

また一時の間があった。奴はもの欲しげな表情で僕を見ていた。

「まったく！」奴はほとんど夢見るようにつぶやいた。「お前を逮捕してやれる理由が何かあったらいいのになあ！」

「おいおい、スティルトン。そんなことを言うのか？」

「俺はお前が被告人席でちぢこまってる姿が見たい。それで俺はお前に不利な証言をしてやるんだ」

奴はしばらく黙り込んだ。僕には奴が心のうちの妄想に悦《えつ》に入っているのが見てとれた。それから奴はやや唐突に、川遊びは済んだかと訊《き》き、僕は済んだと答えた。

「それじゃあ五分くらいしたらいちかばちか入ってみるとするかな」奴は言った。

容易にご想像いただけようが、バスローブを身にまとい、家へと向かう僕の気分はかなり憂鬱《ゆううつ》だった。友情がパンクするということには、いつだって何か気分を落ち込ませるものがある。このチーズライトと僕が、いわゆる野の草花を摘むとして知られる関係を開始したのは何年も前のことである。それで僕ら二人してそいつをかなりせっせと摘んでいた時代もあったのだ。だが先ほどの会見での奴の態度は、野の草花の季節が終わったことを明らかにしており、そしてそのことは、言ったとおり、僕を悲しい気持ちにした。

流されざる涙を目に湛《たた》えたまま、シャツとズボンを着ると、僕はボコがロンドンでの任務を終えて帰還していないかどうか確かめに居間へと向かった。僕は奴が肘掛け椅子に座ってひざにノビーを載せ、結構なご機嫌でいるようなのを見つけた。

「入れよ、バーティー。入ってくれ」奴は楽しげに叫んだ。「ジーヴスは台所でお茶を入れてくれてる。お前も一杯飲むか?」

この提案に賛同して頭を傾けると、僕は一番の関心事についてノビーに話しかけた。

「ノビー」僕は言った。「僕はたったいまスティルトンと会ってきた。それで奴はフローレンスが結婚式を衝撃的なまでに早い日取りに決定したことを教えてくれた――すなわち、九月にだ。したがって、ぐずぐずして時間を無駄にしないで僕のあの手紙を彼女に見せることが、決定的に重要なんだ」

「今夜のことがすべてうまくいったら、彼女は明日の早朝の紅茶を飲みながらそれに目をとおすことになるわ」

ほっと一安心して、僕はボコに向き直った。

「コスチュームは手に入れたか?」

「もちろんコスチュームは手に入れたさ。いったい俺が何のためにわざわざロンドンまで行ったと思ってるんだ? 全部で二着だ。ひとつは俺にひとつはお前に。コーエン・ブラザーズがご提供できる最高のお品だ。俺のは騎士だ。ちょっとセックスアピールのするカツラが付いてるんだ。お前のは――」

「ああ、僕のは何だ？」

奴は一瞬躊躇《ちゅうちょ》した。

「気に入るはずだ。ピエロさ」

僕は悔しさのあまり叫び声を放った。僕の周囲の友人と同じく、ボコは仮装舞踏会にピエロの扮装で出かけることに関する僕の見解を、よくよく承知しているはずである。僕はこいつは抱卵中の親鳥を撃つ行為にほぼ等しいと考えた。

「ああ、そうか？」僕は言った。静かな断固たる態度でだ。「ああ、僕は喜んで騎士のほうをいただくとしよう」

「だめだ、バーティー。お前にはサイズが合わない。あれは俺みたいな小柄で角ばった騒ぎ屋用にできてるんだ。お前は背が高くてやせていて優美だろう。〈優美〉という言葉こそまさしくふさわしいよな？」奴はノビーに向かいながら言った。

「まさしくふさわしいわ」彼女は賛意を示した。

「ほかにふさわしい形容詞は〈柳のごとくしなやかな〉だろうな。あと〈空気の精のごとくほっそりした〉かな。ああ、俺もお前みたいな体型だったらよかったのになあ、バーティー。お前は自分がどれほどのものに恵まれてるかわかってないんだ」

「いいや、わかってる」僕は即答した。慰撫《いぶ》の言葉をつめたく無視しながらだ。「僕がピエロのコスチュームを着るときた。ウースター家の者が仮装舞踏会にピエロの扮装ででかけるとはな！」僕は言い、短く笑った。

ボコはノビーをひざから払いのけて立ち上がり、僕の肩をぽんぽん叩きだした。僕が危険な気分でいるのがわかったのだと思う。

「このピエロの格好で出かけることで良心の呵責《かしやく》を感じる必要はないんだ、バーティー」僕を安心させるように奴は言った。「お前が間違ってるのは、そいつが普通のピエロだと思ってるところだ。ぜんぜんそうじゃないんだ。厳密に言って、あれをピエロと呼べるかどうかだって疑問だ。まず第一に、あれは藤紫色なんだ。またほかにも……だが見せたほうが早い。そしたらお前はきっと家中をダンスしてまわるはずだ。パチパチ手を叩きながらさ」

奴は前に置いてあったスーツケースに手を伸ばし、それを開け、その中身を引っ張り出し、愕然《がくぜん》としてそいつを見つめた。僕もだ。ノビーもだった。僕たちはみんなそいつを見つめた。愕然としながらだ。

それはフットボールのユニフォームに見えるモノよりなっていた。ブルーの半ズボンが一枚と紫色の靴下が一足と深紅のジャージが一着あった。

ジャージの胸部には、大きく白抜きで、「ボースタル・ローヴァーズ［ボースタル少年院の放浪者たちの意］」の文字が描かれていた。

25. キーストン警官《コップ》

意味深長な沈黙、という言い方でよかったはずだが、僕らのうちの誰かがその沈黙を破るまでには、しばし時間がかかった。それからノビーが口を開いた。

「わたしが見てるモノと同じモノをあなたたち二人とも見てるのかしら?」一種ひそやかな、恐れかしこむような声で彼女は訊《き》いた。

僕のは重苦しい、抑揚のない声だった。

「もし君が見てるのが紳士用フットボール着一式だとしたら」僕は答えた。「それはウースター網膜に焼きつけられてるモノにほかならない」

「〈ボースタル・ローヴァーズ〉ってジャージの胸に描いてある?」

「ジャージの胸にしっかりとだ」

「大きな白い文字で?」

「とっても大きな白い文字でだ。さてと」僕は冷ややかに言った。「説明が待ち遠しいな、フィトルワース」

ノビーが感情的な叫びを放った。

「わたしに説明できてよ。ボコがまたバカな真似をやったんだわ！」

彼女の燃えさかる目の下で身をすくめ、この惨めな男は抗議の嵐を開始した。

「やってない！　やってないって俺は誓う、ダーリン！」

「おいおい、ボコ」僕は厳しく言った。僕は人をすりつぶして粉々にする気はないが、奴は罪の報いを受けているのである。「騎士のコスチュームと藤紫色の——お前の話を信用するなら——ピエロは、お前が保管してる間にボースタル・ローヴァーズとかいうチームの選手の所有するフットボール着に変身したようだな。また僕はそんなチームが本当に存在するなんて不用意に言いはしないものだが。誰かがバカな大間違いをやった。それでありとあらゆる証拠がそいつはお前だって指し示している」

　ボコはよろよろと椅子に向かい、そこに座って頭を抱えた。奴は突然甲高い声を発した。

「キャッツミートだ！」奴は叫んだ。「全部わかった。あのバカだ、キャッツミートの仕業だ。ここに帰ってこようと出発する前に」奴は続けた。目線を上げ、ノビーと目線が合うと即座に目線を落としながらだ。「俺は旅立ち前の一杯をやりにドローンズに立ち寄ったんだ。キャッツミート・ポッター＝パーブライトがいた。われわれは会話をした、それでわかったことには、奴も今夜仮装舞踏会に行くってことだった。俺たちはあれやらこれやらしばらく話をして、それから奴が時計を見て、今すぐ行かないと列車に間に合わないって言って、とっとと行っちまったんだ。何が起こったかは明白だ。あわてて目がくらんで、奴は俺のと自分のスーツケースを間違えて持って行きやがったんだ。それでもこれが全部俺のせいだって言うなら」いまやいささか気迫の込もった調子で奴は言った。「俺に言えるのは、この世に正義なんて存在しないし、吹き寄せられた雪のように潔白でいたって何のいいことがあるって、そういうことだ」

われわれの良心へのこの訴えは効果なきものではなかった。ノビーは奴の腕に飛び込み、少なからぬ勢いでクークー言っていたし、また僕ですら奴は罪を犯したというよりは罪を犯された「『リア王』三幕二場」のだと認めざるを得なかった。

「だがさ、大丈夫だ」ボコは言った。いまや断然快活な調子に立ち戻りつつだ。「キャッツミートと俺の体型はだいたいいっしょだからな、俺はこいつを着る。むろん俺はイースト・ウィブレイの連中の前で自分はボースタル・ローヴァーズのメンバーだなんて自慢してひけらかしたいわけじゃない。だがえり好みしてられる場合じゃないってことはわかろうってもんだ。わかった、俺はこれを着る」

　僕は見落とされているらしき点を指摘した。

「それで僕はどうするんだ？　僕だってあそこに行かなきゃならない。お前とパーシー伯父《おじ》さんの間をとりもつためにだ。お前が彼に近づいて何とかなるようになるまでに、じっくりどっさり話を詰める必要があるんだ。僕がこのイースト・ウィブレイのパーティーに行かないんだったら、お前だって家にいたほうがいい」

　僕の言葉は、予期したとおり、いちじるしいセンセーションを惹《ひ》き起こした。ノビーは衝撃のあまりしゃっくりを起こした。ゴム製の骨をのどにつかえたブルドッグの仔犬みたいにだ。そしてボコは不機嫌な悪罵とともに、そんなことは考えてもみなかったと告白した。

「いま考えるんだ」僕は言った。「それともこうしたほうがいい」ドアが開くのを感知しながら、僕は続けた。「ジーヴスに訊こう。この件に関する彼の見解はどんなかってだ。君にはおそらく何か提案があるだろう、なあ、ジーヴス？」

「さて？」

「われわれの行く手に障害がたち現れているんだ、神のみわざのせいで僕たちは一着コスチューム不足になっていて」僕は説明した。「それで正直なところ、みんなで途方に暮れているんだ」

彼はテーブルに紅茶盆を置いた。そして僕が彼に事実をつまびらかにする間、尊敬に満ちた注目を注ぎつつ、傾聴していた。

「少々散策をいたして参ってもよろしゅうございましょうか、ご主人様？」僕たちが話し終えると彼は言った。「この問題をよくよく検討いたしたく存じます」

「もちろんだとも、ジーヴス」わずかな落胆の思いを隠しつつ、僕は答えた。僕は彼がすぐさま解決策を取り出してくれるものと思っていたからだ。「断然散歩に行ってこい。僕らはここで君の帰りを待っている」

彼は流れ消え去った。そしてわれわれは非公式の討論に入った。そこにおいては希望の響きの不在が顕著であった。われわれのごとき明敏な三個の頭脳には、問題なのは時間であることは明らかだった。いまやすでに五時をゆうに過ぎている。それゆえ帝都にもう一度大急ぎで行ってコーエン・ブラザーズの店舗をふたたび訪なうなどは問題外である。いかに彼らが大衆に衣装を供給するという自ら選んだ使命にひたむきにあたろうとも、こういう商人たちが本日はこれにて閉店にしてシャッターを下ろす時はやってくるのだ。終始制限速度を超えて運転し続けたとしても、スティープル・バンプレイをいま出発して、閉店時刻前に到着するのは無理である。われわれがたどり着くはるか以前に、コーエン兄弟とその店員たちは、皆それぞれの住まいへと帰り、良書を読んでゆったりとくつろいでいることであろう。

　またスティープル・バンプレイで何にせよコスチュームというようなものを調達する可能性についても、全面的に排除して考えてよいと思われた。この年代記の冒頭部分において僕はこの寒村の短い描写を試み、ハニーサックルの蔓《つる》に覆われたコテージやらりんごほっぺの村人たちは豊富であるものの、あとはなんにもなしであることを明らかにした。この村にはグリーンリーズ夫人によって有能に経営されている店がジュビリー水桶［ヴィクトリア女王の在位五十周年・六十周年を記念して英国各地に設置された馬用の水飲み場］の向かいに一軒あるきりで、それは、糸、ピンク色の菓子、ベーコン、缶詰食品、そして『オールド・ムーアズ・アルマナック』をご提供したらば、あとは空っぽである。

　したがって、総体的に見て、この状況ははなはだ絶望的である。一番よかった提案がボコが提出したやつで、それは僕が下帯一枚の裸になり、全身を靴墨で塗りたくってズールー族の酋長《しゅうちょう》だと言い張って舞踏会へ行くというものだったと述べたなら、ドアが開き、ジーヴスがふたたびわれわれの面前に立つまでに、建設的進歩といったものがどれほどわずかしか果たされ得なかったものかはご理解いただけよう。

　見る者を苦難の時の落胆の深みから引きずり上げそこなうことはまず滅多にない帽子サイズ九号のこの人物を、一見しただけで何かが感じられた。理性はわれわれに、いかに彼といえども僕たちを救出する計画を立案できるわけがないと告げていたが、それでもわれわれははやる思いで彼を歓迎した。

「それで？」僕は言った。

「それで？」ボコは言った。

「それで？」ノビーは言った。

「うまくいったか？」僕は訊いた。

彼はココナッツ頭を傾けた。

「はい、ご主人様。わたくしはあなた様方がご直面されておいでの問題の解決策を見いだしたと、よろこんで申し上げるものでございます」

「キャー！」ノビーが言った。骨の髄まで度肝を抜かれてだ。

「ヒャー！」ボコが叫んだ。同じ理由でだ。

「さてさて、びっくりした！」僕は叫んだ。同上だ。「考えついたのか？　可能だとは思わなかった。君は思ったか、ボコ？」

「まったく思わなかった」

「君はどうだ、ノビー？」

「百万年かかったってだめだって思ったわ」

「さてと、ところがだ。それがジーヴスなんだ。人がひたいをがんがん叩いて髪をかきむしっているときに、彼は行動する。ナポレオンも同じだった」

ボコは首を横に振った。「お前はナポレオンとジーヴスを同列に論じちゃいけない」

「そこいらの二流の駄馬とクラッシック狙いの当歳馬をいっしょにするようなものだわ」ノビーも同意した。

「ナポレオンだって大人物だったんだ」僕は強く主張した。

「ジーヴスと比べたらまったくスケールがちがう」ボコが言った。「俺はナポレオンに何も反感を抱いているわけじゃあない。だが彼が午後五時半にスティープル・バンプレイにそぞろ歩き出て、十分後に仮装舞踏会のコスチュームを持って帰ってくるなんて芸当ができるとは思えないんだ。それで君はそれを成し遂げたって言うんだろう、ジーヴス？」

「さようでございます」

「うーん、お前がどう思ってるかは知らないがな、バーティー」ボコは言った。「だが俺にはこいつはとんでもない奇跡だって思える。そのコスチュームはどこにあるんだ、ジーヴス？」

「ウースター様のお部屋のベッドの上に置いてまいりました」

「だがいったいぜんたいそいつをどこで手に入れてきたんだ？」

「見つけたのでございます」

「見つけた、って、ただその辺に転がってたって、そう言うのか？」

「さようでございます。川岸にございました」

どうしてかはわからない。われわれウースター家の者が少しばかり他の人間よりも頭の回転が速いせいでなければだが。だがこの言葉を聞いて、突如、恐ろしい疑念が一服の下剤のごとく僕の全身を走り、神経中枢を麻痺させ、血液を凍りつかせた。

「ジーヴス」僕はどもりながら言った。「それ……その何とか言うもの……君が言うそのコスチュームというのは……何なんだ？」

「警察官の制服でございます、ご主人様」

あたかも下半身が草刈り鎌で伐り払われたように、僕は椅子に崩れ落ちた。あの疑念には根拠があったのだ。

「その後あるいはそれはチーズライト様の所有物であろうかと思い当たりましたものでございます、ご主人様。あの方が川の遠からぬ先にてご遊泳あそばされておいでなのを拝見いたしましたゆえ」

僕は椅子から立ち上がった。容易なことではなかったが、僕はやり遂げた。

「ジーヴス」僕は言った。あるいはおそらく雷鳴のごとき大声を発したと言ったほうが、もっとモ・ジュスト、というか適語だろう。「君はいますぐ行ってそのいまいましい制服をそのクソいまいましい所有権者の許に返還するんだ！」

前景でお互いの背中をぴしゃぴしゃ叩きっこしていたボコとノビーはぴしゃの途中で手を止め、僕を凝視した。ボコはさながら奴の耳が信じられないというがごとく、ノビーはさながら彼女の耳が信じられないというごとくにだ。

「返還するですって？」ノビーが叫んだ。

「クソいまいましい所有権者にだって？」ボコがあえぎながら言った。「俺にはお前の言うことがまったく理解できん、バーティー」

「わたしもよ」ノビーが言った。「もしあなたが荒野の古代イスラエル人だったら、お皿一杯のマナを断ったりはしないでしょ、どうなの？」

「まさしくそのとおり」ボコが言った。「絶体絶命のこの時に、仮装舞踏会用のコスチュームが見つからないばっかりに夢と希望の完全消滅がわれわれのまなこをまっすぐに見つめていたまさにその時に、立派なコスチュームが天国から送られてきたんだ。だのにお前はそいつに見て見ぬふりをしようって提案してるように見える。よくよく考えるんだ、バーティー。熟考しろ」

僕は己《おの》が鉄壁の態度を維持した。

「その制服は」僕は言った。「特使の手によって可能なかぎり早い期日に所有主の許へ返されるんだ。なあわが親愛なるボコ、かわいいノビー、お前たちはスティルトンの胸のうちにはびこっている苦い反ウースター感情にちょっとでも考えが及ばないのか？　あの男は三十分もしない前に、自分の一番切実な願いはバートラムが不良行為をしているところをとっつかまえることだって、はっきり僕に言ったんだ。僕が奴の制服をくすね取ったところを見られてみろ、お目こぼしなんか望むべくもない。軽罪犯刑務所で三月《さんげつ》の拘禁が期待できる最善のところだ」

ノビーは三カ月なんてすぐに経《た》つわとかいうようなことを何か言いはじめ、ボコが彼女をシッと黙らせた。

「いったいぜんたいどうしてそんなことが発覚しようがある？」奴は言った。「お前はスティープル・バンプレイをその制服姿で朝な夕なに練り歩くつもりだって言ってるわけじゃないだろう。お前はこれを今夜着るだけなんだ」

僕はこの見解の誤りを是正した。

「僕はこれを今夜着たりなんかしない」

「あーん、着てくれないの？」ノビーが叫んだ。「それじゃあ、いいわ、わたしあの手紙をフローレンスに見せてやらないから」

「いい子だ」ボコが言った。「よくぞ言った。わが人生の光明。笑って済ましてくれ、バーティー」

僕にはそんなことはとてもできなかった。彼女の言葉は僕の脊椎《せきつい》を凍りつかせた。現存人類中、バートラム・ウースターほど、人に急所をつかまれていることをすばやく察知する者はいない。そしてそれが今まさしく起こっていることであるのは僕には明白だった。ジーヴスの忌《い》まわしい贈り物を受け取ってしまったら最後、どれほど恐るべき危難と対峙《たいじ》せねばならぬにせよ、僕はそれと対峙せねばならないのだ。

　声を出そうと一瞬奮闘した後、僕はタマネギ頭を下げ、よしきた、ホーをした。

「なんていい奴なんだ！」ボコが言った。「お前には道理がわかるって思ってたぜ」

「バーティーはいつだって理性的よ」ノビーが言った。

「明晰《めいせき》な思考をする男だ。きわめて冷静な分析力を備えている」ボコが同意した。「それじゃあこれで決まりだ、なっ？　お前は仮装舞踏会に行く――その衣装なら大当たりを取るに決まってるぜ――それでウォープルスドンの親爺《おやじ》とクラムの会談が成功に終わったってはっきりするまで、お前は隠れてうろつきまわる。すべてがうまく行ったら、お前は親爺さんを引き止めて俺を持ち上げてやってくれる。親爺さんの気分が和らいだところで、すぐさまお前はオーケーサインをよこす。そしたらあとは俺が引き継ぐから、お前は家に帰って心安らかに眠ってもらえばいい。全部で――お前の役のことだ――三十分以上かかるとは思わない。さてと、それじゃあ俺は失礼させてもらってスティルトンにレインコートを持っていってやったほうがいいな。間違いなく替えの制服が奴の家にあるはずだ。とはいえ奴には物議をかもさず家に着いてもらいたいものだからな。田舎じゅうをヌードでほっつきまわらせるわけにはいかない。間違いなくリヴィエラじゃあ大丈夫だろうが、ありがたいことにスティープル・バンプレイのドレスコードはもっと厳格だからな」

　奴はノビーを連れ、行ってしまった。そして僕はジーヴスに向き直った。彼はこのやりとりの間、まったく微動だにせず立っていた。剝製《はくせい》のフクロウみたいにだ。ご参集の方々の中にはいるものの、おしゃべりに加わるべく求められてはいないというときの、彼のいつものやり方である。

「ジーヴス」僕は言った。

「さて、ご主人様？」うやうやしい態度で息を吹き返しながら彼は応えた。

僕は言葉を控えはしなかった。

「うむ、ジーヴス」僕は言った。僕の顔は硬く、冷たかった。「必ずや、君はこの段取りを高く評価していることだろう？　君のお蔭様で、けっして平坦ではなかった僕の生涯の道のりのうちでも、かつて遭遇したことのないような困難に、僕は直面している。君にならわかるとおり、僕の立場は、雑駁《ざっぱく》に言って、お気に入りの仔トラの身柄を普通よりもかなり短気な母トラから奪い取ってしまった上、その仔トラを連れて母トラのすぐご近所を通行しなければならない奴みたいなものだ。僕は弱い男ではない、ジーヴス。だが僕がその制服に身を包んでいるときにスティルトンのお巡りさんがやってきたらどういうことになるかを思うとき、僕の束ねた髪は……君のギャグはどういうんだったか？」

「束ねた髪は一筋一筋、でございます、ご主人様」

「さかだつであろう、だったな？」

「さようでございます、ご主人様。猛《たけ》り狂ったポーペンタインの針毛のごとく、でございます」

「そのとおりだ。それで思い出した。いったいぜんたいポーペンタインってのは何なんだ？」

「ポーキュパイン《ヤマアラシ》でございます、ご主人様」

「ああ、ポーキュパインのことか？　どうして連中は最初《はな》っからそう言わないんだ？　おかげで僕は一日中考えてたんだぞ。さてと、それでこれが、僕の言ったとおり、現状況であるわけだ、ジーヴス。それで、そういうわけなのは、君のせいだ」

「わたくしは最善の動機より行動いたしたまででございます、ご主人様。いかなる犠牲を払いましても、あなた様が今宵の祝宴におでかけあそばされることが必要不可欠であると、わたくしには思われたのでございます」

僕は彼の言い分を理解した。ウースター家の者の何よりの特徴といえば、それは心の公平さである。われわれは苦悶《くもん》する。しかしわれわれは公正であるのだ。

「わかった」僕は気難しげにうなずき、賛意を示した。「君は良かれと思ってしたんだろう。また疑問の余地なく、ある意味君は正当かつ賢明なことをしてくれたんだ。だが僕が恐るべき窮地に陥っているという事実からは逃れようがない。一歩足を誤れば、スティルトンは僕の首の後ろをつかんで大声で治安判事を呼べと叫んで僕を長いことムショに放り込むことだろう。そして、そればかりでなく、このチーズライトが僕より胸囲は一メートル、頭囲は二十センチも大きいってことは考えてもみたのか？　奴の制服を着て、とりわけ奴のヘルメットをかぶったら、僕はキーストン警官《コップ》［マーク・セネットのサイレント喜劇映画に登場した制服警官］みたいに見えるはずだ。まったく、なんてこっただ！　僕は一番つまらないピエロの格好でパーティーに行きたいくらいだ。とはいえ、僕のどうでもいい好みなんかのことは、言ってもしょうがないんだったな」

「おそれながら、ご主人様。知っておくがよい、向こう見ずな若者よ――ご寛恕《かんじょ》をいただきたく存じます、ご主人様――この表現はバーナード・ショー氏のものでありましてわたくしのものではございません……知っておくがよい、向こう見ずな若者よ。この星に囲まれた世界において、宿命はわれわれ皆を、われわれが何をするかでなく、われわれに何ができるかのうちに至高の幸福を見出せるよう駆り立てるのである［ショーの戯曲『立派なバッシュヴィル』］」

ふたたび僕は彼の言う趣旨を理解した。

「まさしくそのとおり」僕は応えた。「そうだな。歯を食いしばって堪《こら》えなきゃならない。よしきた、ホーだ、ジーヴス」素晴らしきウースター家の堅忍不抜《けんにんふばつ》の精神を総動員しつつ、僕は言った。

「案内を頼む」

26. 仮装舞踏会

ボコと僕がイースト・ウィブレイまで奴の車で行くべきだというのはボコのアイディアだった。奴がハンドルを握り、僕が助手席に座る。それでもしいかなる些細な点であれ、見逃していて処理しなければならないというところがでてきたら、到着前に話し合って解決し、もって準備万端用意して、最後の最後で手も足も出なくなるような事態は避けられるよう、ということである。

この提案に対し、その基本的正当性は認めるものの、僕は異議を唱《とな》えた。実際、異議を唱えるというよりも、もっと強い語を用いるべきであろう。僕はおおよそ恐怖に尻込みしていた。僕は以前ボコの車の助手席に乗ったことがある。そしてそれは人が二度と繰り返したいと願うような経験ではなかった。車の運転席に作家を乗せてみよ。すると彼の天性のとんまさが強化されるらしい。ボコは見通しの悪いカーブで絶え間なく追い越しをし続けるのみならず、夢見るような、うっとりした表情をその目に湛《たた》え、次の小説の筋を話しながらそれをやるのだ。またドラマティックな箇所を強調するために、両手をハンドルから離すこともまれではない。

僕がウースター・ツーシーターで出かけるほうを好んだもうひとつの理由は、当然僕はできるかぎり早くうちに帰ってあのユニフォームを脱ぎたかったからだ。そしてもちろん、もしすべてがうまくいってボコが居残ってパーシー伯父《おじ》さんとざっくばらんに語り合いたいということになったら、そうする必要がある。

スティルトンの衣装を着て一夜を過ごすことに関する僕の不安が、時の経過とともに消え去るようなことは全然なかった。僕は依然として憂慮もてこの試練をうちながめたものだ。

熱意あふれる警官の許への救難の使いから戻ったボコは、前者がちょっぴり動転しているように見え、またこの非道の背後にある原動力は僕であるとの疑いに傾斜しているようだったと報告した。これに対し、ボコはなかなか賢明にも、こんな恐ろしい所業をしてのけるのはエドウィンのガキである可能性のほうがはるかに高いと返答したということだ。奴はこう指摘した。すなわちあらゆるボーイスカウトの人生においては、一日一善をするのにいや気が差して己《おの》が人間的側面を優先させたいと突然感じるときが必ず来る。そのような場合に川岸に置かれた警官の制服を見ることは、そういうスカウトに深淵が深淵に呼ばわるがごとく呼ばわり［『詩編』四二・八］、ほとんど抗拒不能とするものだ、と。奴はスティルトンの疑念をうまく鎮《しず》めたと思うと僕に話してくれた。

もちろんそれはそれでその限りでは大いに結構である。だがもし僕がこの制服を着ているのをスティルトンが見たら、即座に奴の疑念はうまく鎮まるのをやめることだろう、と、僕は思わずにはいられなかった。奴はスコットランドヤードの黒幕たるに必要なものを、持ち合わせているかもしれないし持ち合わせていないかもしれない。しかしもしその姿を見たら、こういう言い方でよかったはずだが、あれこれ考え合わせた上で正しい結論を導くのにじゅうぶんな知性を奴は備えているはずである。つまりだ、自分の制服をくすね取られ、同じ日のうちにそいつを身にまとった誰かを見かけた警官というものは、一定の思考の脈絡に陥る定めにある。

「だめだ、ボコ」僕は言った。

「僕は現地に自走式で向かう。そして僕の役目を果たしたその瞬間に、風のごとく運転して立ち去るんだ」

それでそれはそういう段取りになった。

うむ、むろん、軍事行動の現場に時間通りに到着することは僕にとってはものすごく大事なことであったわけだから、どういうことになるものかはおわかりいただけよう。行程の半ば付近で、僕のツーシーターは突然動きを緩め、どこからも何キロも離れ木々に深く覆われた土地で穏やかな活動停止に陥ったのだった。それで僕の才能はハンドルを回すこととクラクションをブーブー鳴らすことに限られており、車の修理のことなんか何ひとつ知らないわけだから、僕は合衆国海兵隊《U・S・マリーンズ》の到着を待つしかなかった。

それは大型トラックに乗った親切な男の形をとって――十二時十五分前頃――現れた。僕が歓呼して迎えると、ぞんざいな指のひとひねりでもってほんの一瞬ですべてをちゃんとさせてくれた。あんまり早かったもので最初から最後まで彼はほんの二回、唾を吐く機会があったきりだったくらいだ。僕は彼に感謝し、金銀を降り注ぎ、前進を続け、旅路の果てにたどり着いたときには、地元の時計がちょうど深夜を打っているところだった。

イースト・ウィブレイ・タウン・ホールは陽気で妖精的な外観を見せていた。色とりどりのちょうちんが屋根から吊り下げられ、サルトリイバラがここにもそこにもいっぱいあって、そしてありとあらゆるところに麗《うるわ》しき女とたくましき男の姿が認められた。後者のうちの一人、目もくらむばかりの色をしたボースタル・ローヴァーズのユニフォームに身を包んだ一人のフットボール選手が、人だかりから離れ、非難に満ちた態度で僕の進行をはばんで立ちはだかった。

「パーティー、このぴか一のシラミ野郎が」ボコは言った。つまりそれは奴だったわけだ。「いったいぜんたいどこへ行ってたんだ？　俺は何時間も前からお前を待ってたんだぞ」

僕は遅れた理由を説明し、奴は不機嫌な調子で、いかにもお前は一瞬一瞬が大切きわまりないって時に車がぶっ壊れるような男だよと言った。それでエクスからゲントへ朗報を運んだのが僕でなくてよかった［ブラウニングの詩「彼らがゲントからエクスに朗報をもたらした次第」］、なぜならもしそうだったら、ゲントにその朗報が初めて届くのは新聞の日曜版でだったろうから、と、付け加えた。

「事態は予断を許さないんだ、バーティー」奴は続けた。「まったく予想外の状況が発生している。ウォープルスドン親爺《おやじ》はバーに腰を据えてバケツでどんどん飲《や》ってるんだ」

「だけどそれでよかったじゃないか」僕は言った。「彼の行動の意義をおそらくお前は理解してないんだろう。だが僕には行間が読める。つまり彼はクラムと会ってすべては満足な具合に片がついたってことだ」

奴はじりじりして舌をチッと鳴らした。

「もちろんついたさ。だが恐るべき危険は、いつ何時《なんどき》親爺さんが完全に酔いつぶれるかってことで、そしたら俺たちはどうなるんだ」

僕は奴の意味するところを理解した。まるで氷の手が僕の心臓にそうっと置かれたみたいな気分だった。奴が「恐るべき危険」という言葉を用いたのも無理はない。その危険は恐ろしいものだったからだ。われわれの戦略プラン全体が要求するのは全身に人間的優しさの甘露《かんろ》の大潮をたぎらせているパーシー伯父さんである。バーの隅っこで傘立ての傘みたいに直立して盲目かつ口も利けないでいるパーシー伯父さんは、われわれの目的をすべて無に帰せしむるのだ。

「一刻の猶予もならない。早く親爺さんのところへ行け」切迫した調子でボコは言った。「もはや遅しでないことを天に祈るんだ！」

この言葉が奴の唇から発せられるかどうかのところで、僕は綱から放たれたグレイハウンド犬みたいに、バーに向かい空気を切り裂いて進んだ。間に合ったと知ったときはたいそうな安堵《あんど》だった。パーシー伯父さんは酔いつぶれてはいなかった。彼はまだ活動中で、彼のことを公共の噴水式水飲み場という観点からのみ見るに至った友人および崇拝者一個連隊を相手に、愛想のいいホスト役を演じていた。

僕が彼の方向に向かったと同時に、バンドは別の曲を演奏し始め、彼の友達たちは急いで一杯飲み終えると流れるように、わが親戚をテーブルに脚を置いて椅子の背にもたれ掛からせたかたちのまま、ひとり残して消え去った。僕はすぐさま歩み寄って親しき交りを開始した。

「ヤッホー、パーシー伯父さん」僕は言った。

「ああ、バーティーか」彼は応えた。彼は片目を閉じ、まじまじと目を凝らして僕を見た。「わしの目が正しければ」彼は訊《き》いた。「ヘルメットの内側でガタガタ言っておるのはバートラム・ウースターだと考えてよいのかの？」

「そうです」僕は短く答えた。制服とヘルメットは僕が思っていたよりももっとぶかぶかで、僕はすっかりうんざりしていたのだ。騒ぎ屋たちの間を通り抜けるにつけ、僕を出迎えたほぼ普遍的な陽気さは、我慢ならぬほどだった。ウースター家の者は、仮装舞踏会に出席してバカ笑いを向けられることには、慣れていないのだ。

「まったく合っておらん。大きすぎるの。帽子屋を替えたほうがいい。それとも武具屋か。何でもいい。とはいえだ、それはそれとしてだ、ティドリー・オン・ポン・ポンじゃ。まあ座ってこのひどいシャンパンを飲むんじゃ、パーティー。ごいっしょつかまつろう」

時宜を得た忠告をしておいたほうがいいと僕は思った。

「もうじゅうぶんお飲みなんじゃありませんか、パーシー伯父さん」

彼はこれを考量した。

「お前の質問が、わしは酔っ払いか、という意味なら」彼は答えた。「広範かつ一般的な意味でお前は正しい。わしは酔っ払いじゃ。だがすべては相対的《リラテイヴ》なものじゃ、パーティー……お前はわしの親戚《リラテイヴ》で、わしはお前の親戚《リラテイヴ》じゃ……それでわしが言いたいのは、これからそうなるのと比べたら、ぜんぜんまったく酔っ払いじゃあないよということじゃ。今宵は限度なしのよろこびの時じゃ、なあかわいい甥《おい》っ子よ。それでわしがもしよろこばない――それも限度なしでなくじゃ――と思うなら、ならばわしはこう答えよう。〈わしを見よ!〉と。わしに言えるのはそれだけじゃ。わしを見よ、じゃ!」

たとえ義理の伯父に過ぎないとはいえ、安物のシャンパンの海を三たび飲み干すこの伯父の姿は、けっして目に心地よいものではなかった。しかし甥として僕は嘆き悲しみはしたが、ボコのための親善大使という立場からしては、大いに喜んだものだ。この人物は酔っ払った目をして、泥酔《でいすい》しているとすら言えるかもしれないが、その明るさ優しさぶりは見まごうべくもなかった。まるきりディケンズの小説から出てきた何かみたいで、彼が僕の手の内の、可塑《かそ》性に富んだ粘土となってくれようことを僕は理解した。

「クラムと会ってきた」彼は続けた。

「そうなんですか?」

「裸眼で見た。またわしは証聖王エドワードが本当にあんなふうだったと信じることは断固拒否するものじゃ。J・チチェスター・クラムほどにわいせつな外観の者が、たとえ五分間だけじゃとてイギリス王位に就けたわけがない。私的制裁集団が組織され、あの不快な厄介者に戦斧《せんぷ》で対処すべく騎士たちが送り出されたはずじゃ」

「全部大丈夫でしたか?」

「全部大丈夫じゃ。お前が二人見えはじめた他はじゃが。一人いればじゅうぶんなんじゃ」

「僕が言いたいのは、会談は済んだのかってことです」

「ああ、会談か? ああ、済んだとも。それでお前に聞かせてやるが、そのヘルメットの中からわしの声が聞こえるならばじゃが、わしの完勝じゃ。ワインリストの裏に概要を記した合意を奴が見れば——こう言ってよろしければ、バーの向こう側の男によって法的立会いを経た合意で取り消し不可能な合意じゃ——自分がいまいましい船会社をわしにくれてやったようなもんじゃとわかるだろう。それじゃからこそわしは——あらん限りの強調を込めて——ティドリー・オン・ポン・ポンと言うわけじゃ。グラスをいっぱいに満たせ、パーティー。硫酸をこぼすんじゃあないぞ」

賞賛の言葉も的外れではあるまいと僕は感じた。どれほどいい気持ちになった男であれ、うまいお世辞を言ってもっといい気持ちにしてやって悪いはずがない。

「見事なお手並みですね、パーシー伯父さん」

「お前がそう言うのももっともじゃ、のう甥っ子」

「あなたほどの脳みそを持ち合わせた人物はそういませんよ」

「おりはせん」

「賞賛すべき偉業です。あなたのご状態を考えれば、って意味ですが」

「わしがきつきつに酔っ払っているということが言いたいのか？　まったく、まったくじゃ。しかしわしはクラムと取引しておる際にはきつきつに酔っ払ってはおらんかった。とはいえわしの靴はきつきつじゃが。どうもわしは」彼は言った。苦痛に唇をよじりながらだ。「十一号も下のサイズの靴を履いてでかけてきたようじゃ。またこいつときたら猛烈にわしに嚙《か》みついてきおる。ちょっくら靴を脱げる静かな場所を探してくるとしよう」

僕は鋭く息を吸い込んだ。僕には方途が見いだせた。偉大な将軍たちはかくして戦に勝利したものと思われる。つまり突然とるべき正しい道筋を見つけ、すみやかに靴下を引き上げて大張り切りではじめる、というふうにだ。

おわかりいただけよう。僕がずっと心配していたのは、僕が話題を切り替えてボコのことを持ち出したとたんに、この人物が回れ右をして僕をぺしゃんこにしたまま大またで立ち去ってしまうという危険である。彼が靴を脱いだところを捕まえよ、である。さすればその問題は生じない。靴下しか履いていない義理の伯父というものは、回れ右をすることをものすごく難しいと思うだろう。とりわけ車の席に座っている場合はもっとそうだ。それで僕は車の中にこのパーシーを注ぎ移すことを提案したわけだ。

「それなら」僕は言った。「車の中でお座りになられればいいですよ」

「わしは車で来てはおらん。自転車をこいできたんじゃ。まったくたいした大汗じゃった。そういうことに慣れてはおらんふくらはぎの筋肉を猛烈に痛めつけてくれたものじゃ」

「僕が車を見つけてきます」

「お前のクソいまいましいツーシーターじゃあなかろうな？　わしには空間的余裕が必要なんじゃ。足を伸ばしてゆっくりくつろぎたいでな。ふくらはぎがまだズキズキしておる」

「いいえ、もっと大きい、もっといい車ですよ。僕の友達の車なんです」

「ご友人はわしが靴を脱ぐのに反対するかの？」

「ぜんぜんまったくですとも」

「素晴らしい。それでは先導してくれたまえ、甥っ子よ。しかしながら、出発に先立ち、わしはもう一本、このグースベリー・サイダーを購入して持参したいものじゃ」

「それが賢明だと思われるんでしたら」

「賢明というだけではない。必要不可欠じゃ。一瞬たりとも無駄にしたくはないからの」

ボコの車はすぐ見つかった。そいつは小型戦車くらいのサイズのシロモノで、奴が今ほど金持ちでなかった時代に中古で買い、以来手放すのを拒否している。なぜならその賞賛すべき頑丈さが、道路交通のギブ・アンド・テイクの中で、奴の役にとっても立ってくれるからだ。奴は一度、そいつは普通のスポーツ・モデルをハエみたいに払い落とすし、もしバスと正面衝突するようなことがあったとしても、俺は自分の車が勝つほうに賭けると僕に言ったものだ。

僕は伯父を先導してこの大洞窟の深みに誘い込んだ。彼は靴を脱いだ。彼が背骨を下にうまく横たわり、つま先を窓の外に突き出してうごめかせ、冷たい夜気がその上で遊べるようになるやいなや、僕は議題の最重要項目を持ちだした。

「それじゃああなたはクラムをしてやったんですね、パーシー伯父さん？」僕は言った。「素晴らしい。最高です。これほどめざましいビジネス上の勝利を収めた後なら、伯父さんは人間同胞に対してかなり寛大なお気持ちになってらっしゃることでしょうね？」

「わしは人類を愛しとる」彼は気前よく言った。「わしは全人類を優しく、寛大な目でながめておる」

「そうですか、それはよかった」

「いつだってそうじゃ。むろん全人類の敵、地獄の番犬のフィトルワース以外はじゃ」

それではそんなによくない。

「あなたは例外をおつくりになられるんですか、パーシー伯父さん？　こんな夜にですよ？」

「ああ、今夜も別の晩も、さらに昼間もじゃ。フィトルワースめ！　わしを昼食に招待しおって――」

「聞いてます。彼が話してくれました」

「それで理不尽にも、塩入れからクモを出させおった」

「聞いてます。ですが――」

「うちの庭をほっつきまわりおって、おせっかいにもわしの取引相手を園芸小屋に閉じ込めおった――」

「知ってます。そのとおりです。ですが――」

「そして締めくくりに、うちの芝生をいまいましいバッタみたいにうろつきまわって、あやつを踏みつけずには一歩も歩けんようにしくさりおった。フィトルワースをバラバラにしてあやつの死体の上でダンスを踊らなかったことを思うと、わしは自分の節度に驚くばかりじゃ。わしにフィトルワースの話をするのはやめてくれんか」

「だけど僕が話したいのはそのことだけなんです。僕は彼のためにお願いがしたいんです。お気づきでしょう、パーシー伯父さん」僕は言った。声の内に少しばかりトレモロを投入しながらだ。

「彼がノビーを愛していることを」

「そう聞かされておる。あやつの頬《ほお》をひっぱたいてやれ」

「理想的なカップルですよ。あなたと彼は塩入れのクモといったような問題については必ずしも意見の一致をみないかもしれませんが、彼がイギリス中で一番ホットな若き文筆家だってことからは逃れようがありません。彼の年収は閣僚よりも多いんですよ」

「そうでなけりゃ恥じ入っておって然《しか》るべきじゃ。お前は閣僚に今まで会ったことがあるか？　わしは何ダースも知っとる。そのうちの一人だって週給三〇シリングで払いすぎにならん奴はおらん」

「彼はノビーが慣れ親しんできたようなかたちで、彼女の生活を支えてやれます」

「いや、あやつにはできん。なぜできんかわしに訊いてくれ」

「どうしてできないんです？」

「なぜならわしは金輪際《こんりんざい》あやつにノビーを支えさせてやりはせんからだ」

「でも彼は愛しているんです、パーシー伯父さん」

「あやつにもパーシー伯父さんはおいでなのかの？」

すみやかな処置がとられねば、話は混乱してしまうと僕は見てとった。

「僕が、彼は愛しているんです、パーシー伯父さん、と言ったとき」僕は説明した。「僕は彼は愛している（他動詞）、パーシー伯父さんを（対格）というつもりで言ったんじゃありません。僕は、彼は愛しているんですテンパーシー伯父さんエクスクラメーションマーク、っていう意味で言ったんです」

言葉を発しながらも、僕はこの親戚みたいな状態にある者に対して、ことをちょっぴり複雑にしすぎたかもしれない、との不安を抱いていた。そしてその不安が的中したことは証明された。

「パーティー」厳粛に彼は言った。「わしはお前をもっと注意して見張っておるべきじゃった。お前はわしより酔っ払っとるぞ」

「ちがいます、ちがいます」

「それじゃあお前の見解をもう一度、今度はゆっくりと繰り返してもらおう。わしは自分の精神機能がいささか鈍っておることを決して否定するつもりはないが、しかし――」

「僕はただ、彼は愛していると言って、僕の発言の最後に〈パーシー伯父さん〉を投入しただけです」

「わしに呼びかけたわけじゃな、つまり？」

「そうです」

「呼格じゃな、つまり？」

「そのとおりです」

「それで話は落ち着いた。で、落ち着き先はどこじゃ？　ついさっき話しておったところじゃな。お前はあやつがわしの被後見人たるゼノビアを愛しておると言う。わしは答える。〈結構、好きなら好きにさせておけ。それであやつが一日幸せならば結構じゃ。だがわしは金輪際奴を彼女と結婚させはせん〉と。わしはあの娘の後見人という立場をきわめて真剣に考えておる。神聖な信託と見なしておると言ってもらってかまわん。あれの養育を委託されたとき、あれの哀れな父親は、後にも先にもおらんほど本当にいい奴じゃったが、とはいえピンクジンが好き過ぎたんじゃな、わしの手を握り締めてこう言ったんじゃ。〈娘を鷹《たか》のように監視していてくれよ、パーシー、なあ親友。わしは言った。〈ロディ、なあ親友〉――奴の名はロデリックといったんじゃ――〈契約書にこういう条項を挿入するんじゃ。結婚の際にはわしの同意が必要じゃと。それで心配はもうなしで済む〉。それでどういうことが起こった？　まず最初に気がついたことに、そこいら辺のカス野郎と結婚しちまう〉。わしは言った。〈ロディ、なあ親のカス野郎が飛び出してきおった。じゃがわしの準備はいいんじゃ、なあ甥っ子よ。わしの準備は万端抜かりなしと奴は気づくわけじゃ。わしの権限は文書の形で記されておるし、わしはそれを行使するつもりじゃ」

「だけど彼女のお父さんはボコみたいな男のことを考えていたわけじゃないでしょう」

「どんな男の想像力にも限界はある」

「ボコは恐ろしくいい奴なんですよ」

「あやつはそんな玉じゃない。いい奴じゃと。いかにもそうじゃ！　フィトルワースがこれまでしたことの中に、あやつが考慮と尊敬に値すると考えられるようなことがひとつだってあるなら、それを話してもらいたい」

僕はしばらく考えた。そしてウースター家の者がしばらく考えるときには、彼らは何かいいことを思いつくのが普通なのである。

「ご存じでないかもしれませんが」僕は言った。「彼は一度エドウィンを蹴《け》とばしたことがあります」

　これはど真ん中に命中した。彼の口は開けられ、彼の脚は通りすがりの西風にかき回されたみたいにピクピクと動いた。

「それは本当かな？」

「フローレンスに訊いてください。ナイフ・靴磨きのボーイに訊いてください」

「ふーむ、そりゃあ驚いた」

　彼は思いに深く沈みながら、しばらく座っていた。この驚くべき新事実が彼に強い感銘を与えたことが見てとれた。

「告白するが」ボトルを口許に持ち上げ、中身の三分の一を飲み干しながら、とうとう彼は言った。「お前の言ってくれたことのせいで、わしはあの若者をいくらか優しい目でもって見るようになった。そうじゃな。ある程度まで、それは彼に関するわしの見解を修正したと認めよう。これでわれわれは皆、誰でも美質を備えておるということがわかるというものじゃ」

「それじゃあその点をお考えに入れれば――」

　彼は首を横に振った。

「だめじゃ、バーティー。この縁談にわしは同意できん。わしの立場から考えてみるんじゃ。あの男はわしの家の目と鼻の先に住んでおる。わしの被後見人と結婚したなどという口実を与えてみろ、あやつはいつだって跳びだしてくることになろうて。わしは庭園を散策するたびに、あやつがたまたま草むらに潜んでおりはせぬかと足許に注意しておらねばならん。あやつが昼食に来るたびに、わしの目は塩入れに釘付けにならねばいかん。いかなる神経系統も、それには耐えられまいて」

僕は落とし所を見つけた。

「でもあなたは最新ニュースを聞いてらっしゃらないんですね、パーシー伯父さん。ボコは来月ハリウッドに発つんです。アメリカは五千キロも遠くで、ハリウッドはそこからさらに五千キロ離れたアメリカ大陸の反対側だってことはご存じですか？」

彼は跳びあがった。

「本当か？」

「絶対的にですよ」

彼はしばらく指をもぞもぞ動かしながら座っていた。

「つまり一万キロ離れていることになる」

「そのとおりです」

「一万キロか」彼は言った。その言葉を舌先で転がしながらだ。「そりゃあ、すべてが変わってくるというものじゃ。お前はゼノビアがあやつを愛していると思うのか？」

「心の底からです」

「おかしい。不思議じゃ。それであやつの財政状態はお前の言ったとおり健全なんじゃな？」

「もっと健全なくらいです。彼のエージェントが新契約の条件について話し合いにやってくると、編集者たちはおびえた子供みたいに泣き叫ぶんですよ」

「それでハリウッドの件じゃ。お前の計算は本当に正しいのかの？　一万キロで？」

「もうちょっとあるかもしれません」

「うーむ、それじゃあ、本当に、コン畜生、そういうことなら――」

僕は鉄は熱くなったと、そしてボコがそれを打つべき時は来たと見てとった。

「奴を連れてきますよ」僕は言った。「それで話し合って大まかな段取りができるでしょう。ここからご移動いただく必要はありません。実はこいつは奴の車なんです。まったく、パーシー伯父さん。このことを伯父さんは後になって感謝するはずですよ。人生の春の若い二人のハートに、なんて素敵な贈り物ができることかってわかればね」

「ティドリー・オン・ポン・ポンじゃ」伯父は言った。心を込めて足先を揺すり、ふたたび瓶を口許にあてがいながらだ。

僕は時間を無駄にしたくなかった。ダンスホールにあわてて戻り、騒いでいる連中の中からボコを選り出し、心からの「尻尾を上げろ」とか「幸運を祈る」とかをどっさり言って、僕は奴を送り出した。それからツーシーターを飛ばして家路に向かった。厄介な仕事が無事完了したことを感謝しつつだ。

旅路の果てに到着して最初の僕の行動は、むろん、あの制服を脱ぎ捨てることだった。僕は川岸に忍びゆき暗い水中にそれを託した。やがてそれはどこか遠くの川岸に流れ着くかもしれないし着かないかもしれない。そこから所有者の許に返されることもあるいはあろう。それから僕は部屋にびゅんと戻って矢のごとくベッドに飛び込んだ。

すぐに疲れたまぶたが閉じられて眠れたわけではない。なぜなら誰かしらの見えざる手によってシーツの間にハリネズミが入れられてあったからだ――ほぼ、猛り狂ったポーペンタインに等しいと言ってよい。これはボコの仕業だと理解して、僕はそいつを奴の寝椅子に移そうとの思いに強く傾斜したが、しかし、それは奴にひどく必要な教訓を与えはしようが、ポーペンタインにちょっぴりつらく当たることになると思い直し、僕は後者を庭に連れて行き、草むらに放した。

それでその日の仕事はすべてやり終え、僕は戻って、まもなく夢見ぬまどろみに沈んだ。

27. 被疑者バーティー

翌朝、僕が目覚めたとき、太陽は天空の高みにあった。というかかなり高かった。ボコの寝室の閉じた扉の向こう側からは、のこぎりで木を切るような規則的な音が聞こえており、奴がまだベッドからとび起きてはいないことを示していた。奴を起こしてすべてうまく行ったかどうか訊《き》き質しもしたかったのだが、差し控えておいた。間違いなく、奴は深夜遅く帰ってきて、ジーヴスが疲れ果てた自然の甘美なる癒《いや》し手［エドワード・ヤング の詩「夜想」］と呼ぶのを聞いたことがあるものをちょっぴり余計に必要としているのだ。僕は水着とバスローブを着て、川へと向かった。それで僕が庭門から鼻を突き出すかどうかのところで、ノビーが自転車に乗ってやってきた。

ものすごくちょっと見の傍観者にだって、ノビーが絶好調なのは明白だった。彼女の双眸《そうぼう》は、こういう表現でよかったと思うのだが、一対の星のごとく輝いていて、また彼女は僕に、かつて女性の喉頭から発されたうちで最も心のこもったピッピーで挨拶《あいさつ》してくれた。

「ハロー、バーティー」彼女は叫んだ。「ねえバーティー、すべて最高に途轍《とてつ》もなく素敵じゃない！」

「僕もそう思うよ」僕は答えた。「そうあって欲しいな。僕はパーシー伯父さんを融通の利くムードにして置いてきて、ボコがこれから彼と話し合うってところだったんだ。全部うまくいったはずなんだが」

「それじゃああなたまだ聞いてないのね？　ボコはあなたに話してないの？」

「まだ奴に会ってないんだ。起きてた時間が重なってなかったんだ。奴が帰ったとき、僕は眠っていた。僕が起きたとき、奴は眠っている」

「そう、わかったわ。あのね、彼は深夜遅くうちに来てわたしの部屋の窓に小石を投げて報告してくれたの。全部そよ風のごとくうまくいったのよ」

「そうか？」

「ボコによれば、ことは懇親会《こんしん》みたいな様子だったんですって。パーシーおじ様はもう一本シャンパンを買わせにボコをバーにやって、そして二人は上陸許可中の二人の水兵みたいにそれを分けっこしたんですって」

「それで伯父《おじ》さんは同意してくれたのかい？」

「断然だ、ってボコが言ってたわ。あなたがしてくれたことに彼はほんとに感謝してるのよ、パーティー。わたしもだわ。キスしてあげたいくらい」

「お心のままに」僕は礼儀正しく賛意を表明し、そして彼女はそうした。それから彼女は家に入ってゆき、僕はあらためて川へと向かった。

水晶のごとく透明な水を突き進んでゆく僕の気分は、ご想像いただけるとおり、ものすごく高揚していた。ノビーの話でハッピーエンディングがウサギみたいにぴょんぴょん跳《と》びだしてきたことに疑問の余地はなくなった。僕は彼女があの手紙をフローレンスにもう見せたかどうかは訊き忘れたが、とはいえ間違いなくそれは朝のうちに果たされるであろうし、僕を名誉ある義務から解放してくれることだろう。そして、彼女とボコに関して言えば、日暮れまでに二人が聖なる婚姻の絆《きずな》で結ばれることだって、ゆうに可能性の範囲内である。ボコは何日も前から結婚許可証を机の引き出しにしまいこんで、スタートのピストルの合図が鳴った瞬間に結婚できるよう準備万端でいるという事実を、隠し立てにはしてこなかったものだ。

それに加えて、スティルトンのユニフォームは海へと流れてゆく途上にある。またそれとバートラムがいかなる形にせよ関係していたと証明するものは皆無である。前途有望な若き警官が真実にうすうす気づき、今度僕に会ったときに陰気な疑惑の目でもって僕を見つめ、あるいは歯軋《はぎし》りまでしてみせることだってあるかもしれない。だが僕を被告人席に送ってそれからお城のお堀の下の一番深い地下牢に追いやるのに必要な量の証拠を収集することに関しては、まったく望みなしである。

したがって、嬉しい新年を迎えて以来、いちばん狂熱的で、いちばん陽気な日だ［テニスンの詩「メイ・クイーン」］との確実な感覚を覚えながら僕は家に戻った、と、台所からただよう朗らかな香りが鼻腔《びこう》をくすぐって、僕を電光石火の早業で着替えさせた。数秒後に食品ゾーンに入ると、ボコが身体組織を回復していて、ノビーがテーブルの端に座って奴の言葉を一語一句丸呑みにしているのに出会った。

「ああ、バーティー」ボコは言った。「おはよう、バーティー。さてとお前が来たわけだから、話はまた最初から始めたほうがいいな」

奴はそうして、数分間僕をうっとり魅了した。僕はすでにあらすじをノビーから聞いていたし、したがって結末がどうなるかを知っていたにもかかわらず、僕はスタートからフィニッシュまで奴の唇に釘付けだった。

「伯父さんの同意を書面の形にはしてもらわなかったのか?」奴が話し終えると僕は訊いた。

「いや、もらってない」奴は認めた。「思ってもみなかった。だがお前が考えてるのが、親爺《おやじ》さんが同意を取り消そうとするかもしれないってことだったら、心配はいらない。お前には想像もつかないんだ。俺たちの間のなかよしぶりに文字通り想像もつかないでいるんだ。握手が交わされ、背中がぴしゃぴしゃ叩きっこされた。親爺さんはベッドカヴァーみたいに俺にまとわりついて首ったけだった。うむ、彼は俺みたいな息子が欲しかったとまで言ったと述べたなら、そこのところをいくらかわかってもらえるんじゃないかな」

「うーん、伯父さんがエドウィンみたいな息子を持ってるってことを考えると、だからってたいしたこっちゃないだろうな」

「いちいち水を差すのはよせ、バーティー。このすばらしき朝に暗影を投じるんじゃない。他にも彼が言ったのは、俺がハリウッドで大成功して向こうに何年も――実を言うと、永久にって言ったんだ――いることになるようにってことだ。もちろん親爺さんの言わんとするところはわかる。他の連中と同じように、彼は長いこと映画の堕落ぶりに苛立《いらだ》っていて、俺がその水準を上げてやるのを頼りにしてるんだ」

「あなたはやるわ、エンジェル」ノビーが言った。

「決まってるさ」ボコは言った。コーヒーをがぶ飲みしながらだ。

食事は快調に進んだ。バートラム・ウースターほど心根の優しくない人物であったら、僕のベッドの中のポーペンタインの件を持ち出して不協和音を投じていたやもしれない。だが僕はそういうことは差し控えた。代わりに僕は、パーシー伯父さんは一連の過程の終わりにどうなったのかを訊いた。

「自転車をこいでうちに帰ったんだろう」ボコは言った。「それでお前はスティルトンの制服をどうしたんだ？」

僕はそいつは深淵に委ねたと説明し、奴はそれ以上に賢明な策はとりようがないと言った。そして奴が昨夜の僕の格好について何かものすごくおかしいことを言いはじめたところで、僕は緊急の身振りで奴を止めた。

目の端っこで、僕は何か大きくて青いものが庭門から入ってくるのを認めたのだ。一瞬の後、砂利の上をザッザッと歩く足音がした。そしてその音色と音量は、警察官の制靴だけが発しうるものであった。やがてスティルトンの胴体とヘルメットをかぶった頭が開け放った窓枠に縁取られたとき、僕は驚きはしなかった。そしていままで以上に心の底から、あの制服を川に投ぜしめた僕の抜け目のなさと先見の明を称賛したのだった。

「ああ、スティルトン」僕は言った。それだけでなく、何気なさそうに僕はそう言った。いかに明敏な耳をもってしても僕の良心が清廉潔白でないとは察知し得なかったことだろう。むろん誰だって、あらゆる場面において一点のしみもなく非の打ちどころなしでいる方を好むだろうが、だが、それがだめなら、間違いなく二番目にいいのはうまく死体を始末してしまうことだ。

いつも完璧なホストであるボコは、新たな客人を陽気なおはようの挨拶で迎え、口を開けてサーディンを放り入れないかと訊いた。だがどうやら後者はすでに朝食を済ませてきていたようで、短気なふうに頭をグイと動かして招待を断った。

「ホー！」奴は言った。

しばしお時間をいただいて、警察官とこの「ホー！」という語の問題に触れるとしよう。警察に入って最初にあすこの連中が若い新入り警官に教えるのは、この絶叫をどのように発するかであろうと僕は考えている。僕はそれを言わない警察官に出会ったことがないし、連中はみなまったく同じ言い方でそれを言うのだ。必然的に、これを教育する講座があるものと推測せざるを得ない。

「ここにいたか、このクソウースター野郎め！」

この勤勉な若き警官が今度僕を見たらどういう態度をとりうることであろうかと、昨夜以来、僕はおりふしに思いをめぐらせてきたものだが、それが茶目っ気にあふれているだろうとはまったく予期していなかった。僕は陰気なしかめっ面、紅潮した顔、硬く突き出た目を予想していた。そしてそれらは予測に違わずみな揃ってそこにいて、それと立ち向かうべく準備万端の僕の姿を見出したものだ。

僕は常の冷静沈着さを維持していた。

「ああ、ここにいたとも」僕は応えた。無頓着なふうにトーストにバターを塗りながらだ。「他のどこに行きようがある、なあスティルトン君？　ボコの王侯のごときもてなしの心のお蔭様で、ここに僕は住まいしているんだ」

「ホー！」スティルトンは言った。「ふん、ここにずっと長く住んでいられるものか。なぜならお前には本官に同行してもらうことになるんだからな」

ボコは僕を見て、眉を上げた。僕はボコを見て、眉を上げた。ノビーは僕たち二人を見て、眉を上げた。それから僕らは三人ともスティルトンを見て、みんなで眉を上げた。今朝は眉を上げるのが大流行《はや》りの朝みたいだ。

「お前に同行するだって？　なあ、スティルトン」ボコが言った。「お前はその表現を専門用語として使ってるわけじゃないな？」

「使っているとも」

「お前はバーティーを逮捕しに来たのか？」

「そうだ」

「何の容疑でだ？」

「本官の制服をくすね取った容疑でだ」

ノビーは娘らしい驚きを顕《あら》わにして僕のほうを向いた。

「あなたスティルトンの制服をくすね取ったの、バーティー？」

「もちろん盗《と》ってないさ」

「何て運のいいこと」

「まったく運がよかったよ」

「だってそんなことをしたら、三カ月も刑務所に入らなきゃいけないんでしょう」

「不名誉は別にしてもね」僕は指摘した。「そんな無分別な行為をしようなんて誘惑を感じるようなことがもしあったとしても、僕はそれと戦わなけりゃいけない。むろんそんなことはないだろうけどね」

「ぜんぜんなさそうだわ」ノビーが同意した。「つまり、一体全体どうしてあなたが警官の制服なんかを欲しがらなきゃいけないの？」

「まさしくそのとおり」僕は言った。「まさしく針の先で触わってるな」

「何をしてるですって?」

「ジーヴスのギャグのひとつだ」僕は説明した。「レムなんとかだ。ラテン語のなんとかさ」

それまで思慮深げに顔をしかめていたボコは、問題点をさらに深く掘り下げた。

「俺にはスティルトンが何を考えてるかがわかるように思う」奴は言った。「お前に話してあったとは思わないんだが、昨日、奴が水浴びをしている間に、誰かが奴の制服をこっそり盗んだんだ。奴はそいつを川岸に置いておいたんだな。その話はしたか?」

「わたしが憶《おぼ》えてるかぎり、してないわ」ノビーが言った。

「僕が憶えているかぎりもだ」僕も言った。オツムを横に振りながらだ。

「おかしいな」ボコは言った。「たぶん忘れてたんだな」

「そういうものよ」ノビーが言った。

「よくあることだな」僕は同意した。

「うーん、とにかくそういうことだったんだ。だから奴が犯罪者に法の裁きを受けさせたいって思うのを責めることはできない。だがその汚らわしい非道を働いたのがバーティーだなんてとんでもない考えを、どうして奴が思いついたもんかは俺にはわからん。俺は昨日お前に言ったよな、スティルトン。その見えざる手はほぼ確実にエドウィンのガキのだって」

「ああ。それで俺はたったいま奴にあたってきたんだ。奴は容疑を全面否定した」

「それでお前はあいつの言葉を鵜呑《うの》みにするのか?」

「ああそうだ。奴にはアリバイがある」

「んもう、あなたって完全にバカだわ」ノビーが叫んだ。「それこそあの子の悪事の証明だってあなた、知らないの？　あなたは推理小説を読んだことがないの？　ピーター・ウィムジイ卿にアリバイがどんなものかを訊いてごらんなさいな」

「あるいはムッシュー・ポアロにさ」僕は示唆した。

「そうよ。あるいはレジー・フォーチュンかフレンチ警部かネロ・ウルフ［それぞれH・C・ベイリー、F・W・クロフツ、R・スタウトの小説に登場する名探偵］によ。あなたほどの知性の持ち主が、アリバイなんかにだまされるだなんて理解できないわ」

「信じられないな」僕は言った。「このゲームで一番古いトリックだ」

「とっとと行ってアリバイ崩しをしてこい、ってのが俺の助言だな」ボコは言った。

　これだけ言われれば警官はしなびてしおれるだろうと予想されようが、しかしチーズライトがもっと頑丈なモノでできていることは、すみやかに明らかになった。

「どうして俺がエドウィンのガキのアリバイを受け入れるのかってことが知りたいなら」両目を親ソケットからちょっぴりとび出させながら、スティルトンは言った。「なぜならそれが教区牧師、教区牧師の妻、副牧師、副牧師の妹、医者、医者の伯母《おば》、ボーイスカウトの隊長、商店主各種十五名、そして四十七人のボーイスカウトたちによる裏付けを得たからだ。昨日の晩、医者がタウンホールで応急処置に関する講演をやって、エドウィンは演壇に載って説明の実験台になってたんだ。俺の制服がくすね取られたその時に、奴は台上に横たわって包帯でぐるぐる巻きにされて、大腿部《だいたいぶ》を骨折した人にはどうしたらいいかの見本をやってたんだ――」

　これが少なからずわれわれを打ちのめしたことを認めねばならない。ノビーはそれは狡猾《こうかつ》にもエドウィンに変装した共犯者かもしれないと言いはしたが、だがそれが単なる示唆に過ぎないとはご理解いただけよう。

「そうか」ようやくボコが言った。「それじゃあエドウィンは除外ってことになりそうだな。だが俺には、パーティーが犯人だなんていうとんでもない考えを、お前がどこから調達してきたかがまだわからないんだ」

「その話もしてやる」スティルトンが言った。何事もわれわれに包み隠すまいと明らかに決意した様子だ。「尋問を受けたエドウィンは、驚くべき話をしてくれたんだ。奴はこう言った。被疑者のベッドにハリネズミを入れるため、昨夜遅く同人の寝室に向かったところ――」

「ハッ！」僕は叫び、ボコに懺悔《ざんげ》のまなざしを送った。たとえ心の中で考えただけにせよ、わが親切なるホストを不当に扱ったことに後悔しながらだ。

「そこで制服を見たというんだ。それで俺は今朝、昨夜のイースト・ウィブレイの仮装舞踏会で臨時のウェイターをやっていた男に会ったんだが、奴は俺に、昨日の祝宴には、六号もサイズの大きい警官の制服を着て胸クソの悪くなるような外見をした物体が参加していたと報告してくれた。俺がお前だったら、ウースター、出発の用意をするところだな」

公正な警官だ、と、こういう表現でよかったと信じるが、と、僕には思われたし、不可避のことを先送りにしたってなんら益はないと見て取った。僕は立ち上がり、ナプキンで口を拭《ぬぐ》った。ギロチン台への死刑囚移送車が戸口に到着したと告げられたフランス貴族みたいにだ。

だが、ボコは勝負をあきらめなかった。

「ちょっと待て、スティルトン」奴は言った。「そんなに慌《あわ》てちゃだめだぜ、お巡りさん。令状は持ってるのか？」

この質問はスティルトンを当惑させたようだった。

「いや、どうして……いや、ない」

「令状がなきゃだめだ」ボコは言った。「こういう重大犯罪の嫌疑の際に略式逮捕はできないんだ」

一瞬の弱気は消え去った。スティルトンはふたたび奴本来の姿に立ち戻った。

「そうは思わん」奴は平然として言った。「お前はでまかせを言ってるんだろう。とはいえ警察署に行って巡査部長殿に訊いてみるとしよう」

奴は消え去った。そしてボコはきびきびと効率的になった。

「逃げなきゃいかん、バーティー」奴は言った。「一刻の猶予もならん。車を出してロンドンまで運転して外国へ高飛びするんだ。まだ港は監視されてないはずだ。途中でコーエン・ブラザーズへ寄って口ひげを買ったほうがいいな」

こういうボーダーライン・ケースにおいて、僕が専門家の助言に行動を指図されるのを潔《いさぎよ》しとすることはあまりないのだが、この場合、奴の助言は優れていると思われた。僕もおんなじ線で考えていたのだ。ああ、実を言うと、僕はいまハトの翼が欲しい［「鳩の翼が私にあれば［…］」『詩編』五五・七］とか心の中で言っていたところだった。ジーヴスをつかまえて、手回り品を持ってついてくるようにと伝えてくれるよう奴に手短かに頼んで、僕は猛スピードで車庫に向かった。

そしてゲートを開け放とうとしようとしたちょうどその時、突然扉の向こう側からしわがれた声が聞こえてき、僕は驚愕《きょうがく》して立ち止まった。僕の聞き間違いでないかぎり、この建物の中には人間がいる。

その声はまたした。それで僕が事態を把握し、その声を発した胸郭の持ち主が誰であるかを知ることが可能となったのは、無骨でむしろエリザベス朝的な性質の、いくつもの形容詞に修飾された「フィトルワース」という名が聞き取れたという事実のゆえであった。閃光《せんこう》のごとく、僕はすべてを理解した。

昨夜の祝宴の終了とともに、イースト・ウィブレイ・タウン・ホールを運転して立ち去った際、ボコはついうっかりとパーシー伯父さんを乗せてきてしまったのだろう。奴は歌をうたいつつ家路を急ぎ、それで奴がぜんぜん知らないうちに、車の後部座席で疲れうんだ自然の甘美なる癒《いや》し手をちょいとばかりとっているところを見過ごされたまま、わが伯父上は車に同乗してついてきてしまっていたのである。

28. 怒れる海運王

僕は驚愕《きょうがく》のヒューという音とともに息を吸い込んだ。そしてしばらくの間そこに根を下ろしたまま立ち尽くしていた。ひたいにはしわが寄せられ、目はとび出していた。それは詰め物をしたウナギの皮で耳の後ろをぶん殴られたみたいに僕には感じられたと述べたとしても、決して事実を大げさに言うことにはならない。ドアに耳を押し付けてそこに立ち、建具の向こうから透過してくることどもを聴くにつけ、メランコリーが僕を独占していた［トマス・グレイの詩「墓畔の哀歌」］と言っても過言ではあるまい。

つまりだ、この状況を考察せよである。ことの要諦であったのは、ボコがこの人物を甘美と光明［アーノルド『教養と無秩序』の章題］のモノにしておくということで、それが同人を一晩中車庫に船乗りシンドバッドのコスチューム姿で閉じ込めることによって達成されうると考えるのは馬鹿げている。パーシー伯父《おじ》さんのような寛大な精神の持ち主は、そういう取り扱いには必然的に苛立《いらだ》つのである。

彼はいま苛立っていた。僕には彼の声が聴こえた。彼の発言のトーンは、誤解の余地を残さなかった。それは自由の身になったあかつきには、愉快な小さな誤解を心の底から笑い飛ばす人物のオビテル・ディクタというか付随的見解ではなく、むしろ、その一番切実な望みが彼の身柄の拘禁《こうきん》の責任を負うべき人物の皮を生剝《なまは》ぎにすることであるような人物のそれであった。

実際、彼はいままさしくその点に言及しはじめていた。また彼はボコの皮を生剝ぎにしようと固く決意しているだけではなかった。間違えようのない言葉を用いて、彼はそれをじっくり時間をかけ、切れ味の悪いナイフをもって執り行なおうとの意図を強調していた。要するに、彼のホストと彼自身の間にいかに美しき友情が一夜のうちに育まれたにせよ、そいつが悪い方向に飛んで完全にバラバラに崩壊したのはきわめて明白だった。

僕は正直言ってまるきりこの状況にお手上げでいる自分に気がついたものだ。ジーヴスの助言の言葉が緊急に一つ二つ必要な状況だった。そして僕は彼がここにいてくれないことが残念でならなかった。と、やさしげな咳払いが僕の後ろでして、そこにジーヴスがいた。あたかも何かテレパシーが、と、これが僕の用いたい語であればだが、若主人様が途方に暮れてどんなにわずかな封建的助力でも有難がるような心境にあると通知したみたいだった。

「ジーヴス！」僕は叫んだ。そして彼の上着の袖をしっかりつかんだ。母親にすがりつく迷子の子供みたいにだ。理解力に満ちた彼の耳に僕の話を流し込み終えたとき、彼が問題の核心をつかみ損ねていないことは明白だった。

「きわめて不快でございます、ご主人様」彼は言った。

「きわめてだとも」僕は応えた。

僕は非難と叱責《しっせき》の言葉で彼を傷つけることは差し控えた。しかし、以前からしばしば感じているように、ここは跳《と》びあがって目玉をグルグル回したほうが事態の重大さと調和すると、僕は感じずにはいられなかった。もしジーヴスに欠点があるとすれば、すでに述べたと思うが、それは彼の束ねた髪も逆立っていなければいけないときに、ただ舌打ちするだけでいる傾向があまりに強いところだ。

「わたくしが理解いたしましたところ、閣下はたいそう激怒あそばされておいでなのでございましょうか？」

僕はそれには答えられた。

「そうだ、ジーヴス。彼の発言は、僕が聞きとれたかぎりでだが、疑問の余地なくものすごく蒸気を吹き上げて激怒している人物のそれだった。千裂きの刑ってのは何だ？」

「軽罪に対しまして中国警察裁判所が好んで用いております刑罰でございます。わが国における罰金刑への換刑ありの十四日《じゅうよんじつ》の拘禁とほぼ同等でございます。どうしてそれをお訊ねあそばされるのでございましょうか、ご主人様？」

「パーシー伯父さんがたまたまそれについて語ったんだ。今度会ったら彼がボコにしてやろうと計画していることのひとつなんだ。なんてこった、ジーヴス！」僕は叫んだ。

「さて？」

僕が右記のように叫んだのは、警察裁判所と刑罰へのこうした言及が、突然僕に、自分の置かれた立場を思い出させたからである。しばらくのあいだ、僕の心は車庫内にいる僕の伯父の問題で一杯になっていて、自分が鎖につながれた囚人となる身の上からの逃亡者であるという事実がどこかに行ってしまっていたのだ。

「君は最新ニュースを聞いていないんだな。スティルトンだ。奴はあの制服に関する真相を究明して、令状とかなにやらを取りに行ってるんだ」

「さようでございますか、ご主人様」

「そうなんだ。エドウィンのガキが、昨晩僕の寝室に忍び込んで、僕のベッドにこっそりハリネズミを入れようとして、その際、あの制服がそこに置かれているのを見たんだ。それでスティルトンのところに行ってキーキー言ったわけだ。あの恥知らずのサツのタレこみガキが。すみやかな逃走によってのみ、僕が最大限過酷な法執行を逃れる見込みはあるんだ。僕が陥っている恐ろしいディレンマはわかるだろう。僕の車は車庫の中にある。それを手に入れるためには、僕はドアを開けなきゃならない。それでドアを開けることはすなわちパーシー伯父さんを、甕《びん》のコルクがぽんと抜けるみたいに飛びださせなきゃならないってことなんだ」

「あなた様は閣下とのご対面にひるんでおいでなのでしょうか、ご主人様？」

「そうだ、ジーヴス。僕は閣下とのご対面にひるんでいる。ああ、君が何と言おうとしてるかはわかる。君は彼を小屋に閉じ込めたのはボコで、僕じゃないって指摘しようとしてくれているんだろう」

「まさしくさようでございます、ご主人様。あなた様は潔白さによって堅くよろわれているので、閣下のご癇気《かんき》も空吹く風と同様、一切お気になさらないのではございますまいか［『ジュリアス・シーザー』四幕三場。ブルータスの台詞のもじり］」

「そうだろうとも。だが君はいままで手負いのピューマを罠《わな》からはずしたことはあるか？」

「いいえ、ご主人様。さような経験はございません」

「うーん、そういう場面では誰だって君に、そのケダモノは立ち止まってえり好みをしてるもんかと言うことだろう。そいつは一番近くにいる目に入った罪なき見物人にしゃにむに襲いかかるはずだ」

「あなた様のご発言のご趣旨は理解いたすところでございます、ご主人様。あなた様はお家にお戻りあそばされて、わたくしに閣下のご救出をお委ねあそばされるがよろしかろうかと存じます」

彼の魂の高潔さは僕を圧倒した。

「そうしてくれるのか、ジーヴス？」

「もちろんでございます、ご主人様」

「なんて君は気高いんだ」

「滅相《めっそう》もないことでございます、ご主人様」

「君は鍵を回して、〈敵機去レリ！〉って叫んで、そしてウサギみたいに逃げ出すことだってできるんだぞ」

「わたくしはこの場に留まりたく存じます、ご主人様。閣下の傷ついたご感情をなだらかにいたすべく、尽力いたしたく存じます」

「蜜のごとく甘やかな言葉でか、つまり？」

「まさしくさようでございます、ご主人様」

「少なくとも木に登るくらいのことは、考えないのか？」

「いいえ、ご主人様」

僕はもういっぺん息を吸い込んだ。

「うむ、わかった、君がそう言うならばだ。君が一番よくわかってるんだからな。それじゃあ、それゆけ、ジーヴスだ」

「かしこまりました、ご主人様。わたくしは正面玄関前にお車を回しまして、あなた様のすみやかなご出立が可能となるよう取りはからってまいります。わたくしは後日スーツケースを持ってあなた様の後に従う所存でおります」

　家にとって返す際のこの暗黒の時にあって、僕の心のささやかな慰めだったのは、僕が運ぶこの報せは、もしボコがまだサーディンを食べている最中だとすると、奴の口中でそのサーディンを灰に転ぜしむるであろうとの思いであった。僕は執念深い男ではない。だが僕はこの文人キチガイにいささかも好意を持てる心境にはなかった。つまりだ、自分は作家だと言い張って、それをいいことに通常人であればコルネイ・ハッチ［十九世紀中葉に建設されたロンドン郊外にある巨大な精神病院］への片道切符を握らせるに足るような行為をしでかして、それでまかり通ると思っているのは構わない。だがいくら作家とはいえ、僕は思うのだが――またそれは正当であると僕は考える――車の鍵を一晩中かける前に、海運界の大立者が後部座席にいるようなことが絶対にないよう、自分の車をざっと見渡すくらいの良識はあって然《しか》るべきである。

　あいにく奴はサーディン段階を過ぎていた。奴は椅子にだらしなく座って食後のパイプを静かに楽しんでいた。一方、ノビーは奴の横で、朝刊のクロスワードパズルをやっていた。バートラムの姿を見て、両名とも驚きを表明した。

「どうしたの、ハロー！」ノビーが言った。

「まだ出発してなかったのか？」ボコが言った。

「ああ、まだだ」僕は答えた。そして硬く、陰気な笑いを放った。

　それはボコに非難めいたふうに顔をしかめさせた。

「ここにやってきて甲高い笑い声を放つってのはどういう了見だ？」奴は厳粛な顔で訊《き》いてよこした。「お前はよくよくその頭に叩き込んどかなきゃあいけないぞ、なあ。今がそんなことをしてる場合じゃないってことをさ。自分の立場がわかってないのか？　日暮れまでに英仏海峡を渡らなきゃ、望みなしなんだぞ。お前の車はどこなんだ？」

「車庫の中だ」

「じゃあ車庫から出してくることだ」

「出せないんだ」砂嚢《さのう》に突き刺してやるつもりで僕は言った。「パーシー伯父さんがあの中にいる」

そして短く明瞭《めいりよう》な言葉で、僕は事の真相を奴に伝えた。

僕の発言が奴のど真ん中に命中するだろうとは予期していたが、この予想は的中したものだ。生まれてこの方、僕は下顎《あご》の落っこちる様を数多く見てきたが、奴のほど急降下する顎は一ぺんたりと見たことはない。顎の蝶番《ちようつがい》が外れなかったのは驚きだった。

「だけどどうして親爺《おやじ》さんが俺の車に乗っていようがあるんだ？　俺の車に乗っていられたわけがない。どうして俺が気がつかないでいられるんだ？」

むろんこれは即座に説明ができた。

「なぜならお前が間抜けだからだ」

事実の開示以来、双眸《そうぼう》をきらりと輝かせて椅子にしゃちほこばって座り、ゼイゼイとあえぎ声をあげ、真珠のごとき歯でもって下唇を嚙《か》みしだいていたノビーは、この発言を支持した。

「間抜けって」おかしな、咽喉《のど》の詰まったような声で彼女は同調した。「そのとおりだわ。ありとあらゆる——」

放心していたとはいえ、このまま彼女に続けさせ、本当に最後まで言わせたら、この帰結がいかがあい成るかの暗示は、ボコの意識を貫通したにちがいない。奴は苦痛に満ちた身振りで、必死に彼女の発言を阻止しようとした。

「ちょっと待って、ダーリン」

「ありとあらゆる——」

「わかった、わかった」

「ありとあらゆるキチガイの中でも——」

「わかった、そのとおりだ。だけどちょっと待ってくれ、エンジェル。バーティーと俺は重要な論点について徹底して議論してる最中なんだ。お前が昨夜出発した後、何が起こったのかを想像してみようじゃないか、バーティー。俺が思い出せるかぎり、時系列はこうだった。俺はウォープルスドンの親爺と話をした。そして話したとおり、後見人の祝福を確保した。そしてそれから——そうだ、それから俺は舞踏場に戻って、しばらくダンスのステップを踏んでたんだ」

「ありとあらゆるキチガイと間抜けの中で——」

「そうだ、まさしくそうだとも。とはいえ俺の思考の流れを中断しないでくれよ、かわい子ちゃん。俺はここのところをはっきりさせたいんだ。俺はサラバンドを一、二曲踊った。それから一瞬バーを覗《のぞ》いてみた。俺は一杯やって己《おのれ》の幸福についてじっくり思いをめぐらせたかったんだ。そしてそうしながら、ノビーがたぶん枕の上で寝返りを打っては、全部どういう具合にうまく行ったか訊きたくてたまらないでいるだろうって突然俺にはひらめいたんだ。それですぐさま彼女の家に行って、彼女の窓に小石をぶつけた。どうしてウォープルスドンの親爺に気づかなかったかが今わかった。

明らかにあの男はそれまでに酔いつぶれて、床に横になってやがったんだ。うーん、なんてこった！　歓喜と恍惚《こうこつ》と興奮で満ち満ちていて、魂は隅々まで愛する娘に対する優しき思いでいっぱいっていうような、俺みたいな心境の男には、万が一そこにウォープルスドンがいるかもしれないからって、虫眼鏡を持って車の床にはいつくばるなんて真似は期待できない。姿が見えないからには、当然自転車をこいで帰ったんだと俺は思った。俺にブラッドハウンド犬を二、三頭貸して、後部座席を端から端まで捜索させようっていうのか？　いまやすべて理解してもらえて、ダーリン、それでキチガイのっていう形容詞を撤回してもらえると思うんだ。ああ、僕は怒っているわけじゃないんだよ」ボコは言った。「実際、一時の感情の白熱のままに、君があんな言い方をしたことに、驚いてだっていやしないさ。僕が無実で潔白だってことを、君がわかってさえくれたら……」

この時点で突然わけのわからない物音が外でして、パーシー伯父さんが敷居をまたいで快調に走行してきた。一瞬の後、ジーヴスが彼に続いてゆらめき現れた。

前日の親しい交際の間、この義理の伯父が朗らかで同志みたいな気分でいるのに慣れ親しんでいたため、深く動揺させられたとき、どれほど彼がアッシリア人がヒツジの群れを急襲するみたいに見えることかを僕は忘れていた。また彼がいまそういう状態でいるのは明らかだった。船乗りシンドバッドのコスチュームにお似合いのジンジャー色の頰《ほお》ひげが、かなりの程度彼の顔つきを覆い隠していて、その顔に浮かぶ表情を完全に読みとることを困難たらしめていたが、しかし彼の目を見ることは可能だった。そしてそこにはじゅうぶん多くが表現されていた。ボコの上に瞬《まばた》きひとつせず固定されたその目は、この不幸な健全大衆文学の供給者を少なくとも三メートルは後ずさりさせた。壁に行く手をはばまれねば、間違いなくもっと後ずさっていたことだろう。

ジーヴスは蜜のごとき甘やかな言葉で、ウォープルスドンのささくれ立った感情をなだらかにするとの意図について語っていた。彼がそうする機会を得られなかったものか、それとも二、三、試してはみたが甘やかさが足りなかったものか、僕は言いうる立場にはない。しかし事実は上記感情はいまだとてつもなくささくれ立ち放題ささくれ立っていて、ハンプシャー州内に今現在これほど感情のささくれ立った海運王は一人もいないというような有様だったのだ。

その証左は彼の開会の辞の中に示された。またそれはマシンガンから発射されるかのごとく繰り返し繰り返し繰り出された「なんと！」という語よりなっていたものだ。すでに述べたように、感情の興奮の際になんとなんとと惜しげもなく繰り返すのは、この伯父のいつもの流儀であり、彼は今回もそこから逸脱することはなかった。

「なんと？」相変わらずボコに目線を集中させながら、彼は言った。「なんとなんとなんとなんとなんとなんとなんとなんと？」

ここで彼は休止した。返答を求めるがごとくだ。それで思うのだが、そこでボコが彼にサーディンはいかがですかと訊ねたのは間違いだった。その質問は彼のむき出しの神経に触れたようで、彼の両眼からは一面の炎が噴出された。

「サーディン？」彼は言った。にがにがしい抑揚をつけながらだ。「サーディン？　サーディン？　サーディンじゃと？」

「朝食を召し上がられたほうがご気分がよくなりますわ」すばやく救いの天使役を引き受け、ノビーが言った。

パーシー伯父さんはこの見解に反対だった。

「気分がよくなんぞならん。わしの気分をよくする唯一の方法は、そのパイ顔の青二才のイボイノシシを死ぬまで打ち据《す》えてやることじゃ。バーティー、乗馬用鞭《むち》を持ってこい」

僕は疑わしげに唇をねじ曲げた。

「ここにあるとは思えませんね」僕は言った。「このうちに乗馬用鞭はあるかい、ボコ？」

「ない、乗馬用鞭はない」後者は答えた。いまや壁抜けをやろうと必死になっている。

パーシー伯父さんは鼻を鳴らした。

「なんたる家じゃ！　ジーヴス！」

「はい、閣下？」

「ホールへ行って象牙の柄のついたわしの乗馬用鞭をもってこい」

「はい、閣下」

「わしの書斎にあるじゃろう。もしなかったら探してくれ」

「かしこまりました、閣下。間違いなく奥方様が同道具の所在をご教示くださいますことでございましょう」

彼はいかにも何気ないふうにそう言ったので、パーシー伯父さんがその趣旨を理解するまでに、ストップ・ウォッチでおそらく三秒はかかった。理解したとき、彼は跳びあがった。突如小錐で肉質部位に突きを入れられたみたいにだ。

「おく……なんじゃと？」

「奥方様でございます、閣下」

「奥方様じゃと？」

「はい、閣下」

パーシー伯父さんは濡《ぬ》れた靴下みたいにぺしゃんこになった。彼は椅子に沈み込み、支えを求めるがごとくママレードの壜を握り締めた。彼の目は頭のてっぺんから突き出していて、柄の上でゆらゆら揺れていた。

「だが奥方は――」

「昨夜遅く、突然お戻りあそばされました、閣下」

29. 危機一髪の脱出

ロトの妻の名をご存じで、彼女のなかなかに目覚ましいフィニッシュのことをお聞きになったことがおありかどうかは知らない。僕は事実を正確に把握していないかもしれないのだが、僕が聞いたところでは、その物語は彼女が何かなんだったかを振り返って見てはいけない、さもなくば塩の柱に変えられてしまうぞと言われていて、それで当然かつがれてるんだと思って彼女は振り返った。そして――ビンゴ！――塩の柱になったわけだ［『創世記』一九・二六］。僕がいまこのことに言及する理由は、まさしく同じことがパーシー伯父《おじ》さんに起こったようだったと言いたかったからだ。マーマレードの壜《びん》に指をしっかりと固定して、その場にかがみ込み、彼はまるで塩の柱に変えられたみたいだった。ジンジャー色の頬《ほお》ひげが優しく震えているのでなかったら、硬直した全身に生の活動が停止したと見えたことだろう。

「トーマスお坊ちゃまにおかれましては、いまや危険なご容態をお脱しあそばされ、奥方様のご献身がもはや不要となった由にございます」

頬ひげは相変わらず震えていた。また僕はそれを責めない。僕にはこの齢《よわい》を重ねた親戚がどんなふうに感じているかがよくわかる。なぜなら、すでに示唆したように、自分がアガサ伯母《おば》さんの留守中に仮装舞踏会に出席したことがもし伯母さんに知られるようなことになった場合にことどもがどういうかたちを取るかということに関する不安を、僕とのおしゃべりの間に、パーシー伯父さんは包み隠さず話してくれていたからだ。

　このことの胸刺すドラマ性を、ノビーも捉え損ねてはいなかった。

「まあ、パーシーおじ様」彼女にふさわしい女性らしい同情に満ちた声で、ノビーは言った。「ちょっとまずいことになりましたわね、そうじゃありませんこと？　おば様に会われたら、一晩中でかけていたのはなぜかをご説明するには、一、二分はかかるかもしれませんわ、ねえ？」

　彼女の言葉は、あたかも彼の下のダイナマイトに点火したみたいに、この不幸な人物をトランスというか昏睡状態から目覚ましめた。彼は動き、彼は揺れた。彼は踵《かかと》の下に生の湧き起こりを感じているみたい［ロングフェローの詩「船の建造」］だった。

「ジーヴス」しゃがれ声で彼は言った。

「閣下？」

「ジーヴス」

「閣下？」

　パーシー伯父さんは二センチくらい舌を突き出すと、その先で唇を湿した。喉頭から声を発せしむることを、容易ならざる仕事と彼が感じているのは明白だった。

「奥方は、ジーヴス……教えてくれないか……彼女は……彼女は……彼女は万が一わしの不在に気づいたようなことはなかったかな？」

「はい、閣下。奥方様は家政婦頭よりその点を報告されておいでございました。わたくしはお二人が会談中のところを出てまいったものでございます。〈お前は閣下のベッドにおやすみの形跡がないと言うのかい？〉と、奥方様はおおせでございました。奥方様のご興奮ぶりははなはだ顕著でございました」

　僕はパーシー伯父さんと目が合った。その目はぐるぐると回りながら僕に向けられていて、間抜けで懇願《こんがん》するような表情が湛《たた》えられていた。あたかも提案大歓迎と言うみたいにだ。

「こうされたらどうでしょう」僕は言った。うむ、何かを言わねばならなかったのだ。「伯母さんに真実をお話しになられたら？」

「真実じゃと？」彼は呆然《ぼうぜん》として繰り返した。彼がこれを奇抜なアイディアだと思っているのはわかった。

「クラムと話し合うために仮装舞踏会に行った、と」

　彼は首を横に振った。

「わしはお前の伯母上に、わしが純粋にビジネス上の動機で仮装舞踏会に行ったなどと確信させることなんぞできはせん。女性というものは最悪のことを考える傾向がそれはそれは強いんじゃ」

「ごもっともです」

「連中に道理をわきまえさせようとしたって無駄なんじゃ。連中はとにかくしゃべるのが早いからの。だめじゃ」パーシー伯父さんは言った。「これでおしまいじゃ。歯を食いしばって、英国紳士らしく潔《いさぎよ》く罰を受けよう」

「もちろんジーヴスに何か提案がなければですが」

　これで彼は一瞬、元気を取り戻した。それからまたげっそりやつれた表情が彼の顔に戻った。そして彼はレモン頭をもう一度横に振った。ゆっくりと、意気消沈した風情《ふぜい》でだ。

「不可能じゃ。この状況はジーヴスの力を超えておる」

「ジーヴスの力を超えた状況なんてありませんよ」僕は言った。静かなる非難を込めながらだ。

「実際」当の人物をまじまじと見つめつつ、僕は言った。「あの広大な脳みその内部で、いま何かがふつふつと醱酵《はっこう》していると、僕は信じるものです。君の目に霊感の光が見て取れると考える点で、僕は間違っているだろうか、ジーヴス?」

「いいえ、ご主人様。あなた様はまさしく正しくおいであそばされます。わたくしは閣下のご困難に、満足のゆく解決策をおそらく提供できようかと思料いたします」

パーシー伯父さんは鋭く息を吸い込んだ。彼の顔の被覆されていない区域に、畏敬の表情が宿った。僕は彼が小声でさかなについて何かつぶやくのを聞いた。

「本当か、ジーヴス?」

「はい、閣下」

「それじゃあ教えてもらおう」一座のスター役者がフットライトの下に進み出るのを見つめるノミのサーカスの団長みたいな気分で、僕は言った。「君の言う解決策ってのは何なんだ?」

「さてと、ご主人様、わたくしの理解いたしますところ、閣下におかれましてはフィトルワース様とホップウッドお嬢様のご結婚にご同意あそばされたわけでございますから――」

パーシー伯父さんは獣じみた叫び声を発した。

「しておらん! もししたとしても、撤回する!」

「かしこまりました、閣下。となりますと、わたくしには何ら提案はございません」

沈黙があった。パーシー伯父さんの胸のうちに葛藤が生じているのが見て取れた。僕は彼がボコを見、そして震えるのを見た。それから強烈な戦慄が彼の全身を通り過ぎ、僕には彼がジーヴスの言った、アガサ伯母さんの興奮ははなはだ顕著であったという件を思い起こしているのがわかった。アガサ伯母さんの興奮が顕著なとき、彼女は眉を真一文字に寄せて、鼻をワシのくちばしみたいに見せるのだ。その光景に、強靭《きょうじん》な男たちが続々と怖気《おじけ》づかされてきたものであった。

「お前の意見を聞かせてもらったほうがよさそうじゃな、どうも」とうとう彼は言った。

「そうですとも」僕は同意した。「害はありませんよ……何にだったか、ジーヴス？」

「学術的な議論に、でございます、ご主人様」

「ありがとう、ジーヴス」

「滅相《めっそう》もないことでございます、ご主人様」

「それじゃあ続けてくれ」

「かしこまりました、ご主人様。ふと念頭に去来いたしましたことでございますが、閣下におかれましては本ご婚姻にご同意あそばされたわけでございますから、同件につき話し合い、結婚式の手配をなされる目的にてフィトルワース様のお宅をご訪問あそばされる以上に自然なことはございません。思わず熱の入ります同主題に没頭された末に、閣下におかれましてはまことに当然のことながら時間の感覚をなくしておしまいになられたのでございました――」

僕は理知的に甲高い声で言った。段取りがわかったのだ。

「それで時計を見たときに、なんて遅い時刻になっていることかと気がついたんだな――」

「まさしくさようでございます、ご主人様。閣下がお手許の時計をご覧あそばされ、どれほど遅い時刻であることかにお気づきあそばされますと、フィトルワース様がご寛大にも、残る今宵をわが屋根の下にて過ごされるようにと、ご提案あそばされたのでございました。閣下はそれがもっとも好都合なご方針であるとご同意あそばされ、かくしてさようなはこびとなったものでございます」

僕はパーシー伯父さんを見た。盛大な拍手喝采を確信しながらだ。そして彼がオツムをまたもや横に振っているのを見てびっくりした。

「それではうまくいかん」彼は言った。

「いったいぜんたいどうしてだめなんです？　素敵な名案ですよ」

彼は相変わらず首を振り続けていた。

「だめじゃ、バーティー。その計画は実際的でない。お前の伯母上は、なあ、甥《おい》っ子よ、うたぐり深い女性じゃ。彼女は表面下に探りを入れ、質問を発することとじゃろう。それでこの場合に彼女が真っ先に訊《き》くことは、わしの被後見人の未来の夫と婚礼の段取りを論じ合うために、どうしてわしは船乗りシンドバッドの扮装をしておらねばならぬのかということじゃ。その質問がどれほど間の悪いものか、またどれほど答えの難しいものかは、お前にもわかることとじゃろうて」

この趣旨は理解された。

「問題だ、ジーヴス。君にはこの問題が克服できるか？」

「きわめて容易でございます、ご主人様。ホールにお帰りの前に、閣下はあなた様よりスーツをお借りあそばされることが可能でございます」

「もちろん借りられるとも。僕の寝室の戸棚に入っているヘリンボーン・ツイードのスーツを身にまとえば、パーシー伯父さん、あなたは身震いせずにアガサ伯母さんの目を見つめることができますよ」

　おそらく皆さんは庭をそぞろ歩いているとき、乾ききった花がさわやかな驟雨《しゅうう》にあう様をしばしばご覧になられたことがおありだろう。パーシー伯父さんが僕に否応《いやおう》なく思い起こさせたのは、そういう花だった。彼は膨らみ、花開いたように見えた。そして緊張した目は、この場面の最初からきわめて顕著だった死んださかなの裏面との類似性を失ったのだった。

「なんたること！」彼は叫んだ。「お前の言うとおりじゃ。そう、借りればよいのじゃ、ジーヴス」彼は感きわまった体《てい》で言葉を続けた。「お前はその脳みそを酢漬《すづ》けにしてどこかの国立博物館に寄贈せねばならんぞ」

「かしこまりました、閣下」

「もちろん死んだ後の話じゃ。さあこい、バーティー。行動、行動じゃ！　ヘリンボーン・ツイードのスーツに向かって、ホー！じゃ」

「こちらです、パーシー伯父さん」僕は言った。そしてわれわれがドアに向かおうとすると、進路がボコによってふさがれていることに気がついた。奴はえらの辺りがちょっぴり緑色に見えてはいたものの、それでも断固として毅然《きぜん》としていた。

「ちょっと待ってください」ボコは言った。「そんなに急いじゃだめです、もしよろしければですが、後見人の祝福はどうなりましたか？　獲得できたんでしょうか？」

「もちろんできたとも、なあ」なだめるように僕は言った。「全部見積書の中に予算計上されてるさ。ねえパーシー伯父さん？」

「あー、何じゃと？」

「後見人の祝福ですよ。与えるんでしょう?」

またもや静かなる葛藤があった。そして彼は厳粛に首をたてに振った。

「避け得んことのようじゃ」

「避けられませんとも」

「ならばそれを避けようとはすまい」

「オーケー、ボコ。全部解決だ」

「よし」ボコは言った。「よろしければそれを文章にしていただきたいんです、ウォープルスドンさん。僕は文句や批判は言いたくないんですが、この件については今日まで、ずいぶんたくさんの不規則走行がありました。ですから、書面のかたちでの短いお言葉を歓迎するものです。隅の机の上にペンとインクがあります。ペン先が合わなかったら大声で言ってください、ウォープルスドンさん。別のペン先を出しますから」

パーシー伯父さんは部屋の隅のテーブルのところに行き、ペンを手に取った。そうする彼の態度が大はしゃぎであったと述べたなら、それは言いすぎであろう。この瞬間まで、彼は、うまくいけばジーヴスの計画から利益を得ながらその難点からは逃れることがなんとかできるかもしれないとのかすかな希望を、胸のうちにもてあそんでいたものと僕は想像する。しかしながら、すでに言ったように、彼はペンを手に取った。そして一分間かそこら走り書きをすると、その結果をボコに手渡した。奴はそれを読み終えるとノビーに渡し、彼女はそれを読み終えると満足の「オーケー・ドーク」を発しつつ、彼女の衣装のどこか奥まった安全な保管場所にしまい込んだ。

彼女がそうするのとほぼ同時に、重たい公僕風の足音が外から聞こえ、スティルトンがどすどすと入ってきた。

ご信用いただけないとは思うが、あまりにも張り詰めた思いで過去十五分間のドラマの展開のとらわれとなっていたため、僕の脳裏からはスティルトンのアングルというものが完全に抜け落ちていた。そして奴が姿を現すのを見た今になってようやく、ウースター氏の個人的な危機に関する思考が想起されてきたのだった。部屋に入って最初に奴がしたことは、例の目つきで僕を見ることで、それでそいつは一リットルのアイスクリームみたいに僕の内臓を凍えさせた。

僕は何気なさげな「ああ、来たのか、スティルトン」を発したが、しかし僕の心はそのうちにはなかった。またそれは短い「ホー！」以外には何らの反応も導かなかったものだ。この「ホー！」を発声すると、またこれはすでに説明したように、一種のテーマ音楽みたいなものであるのだが、奴はボコに向かって話しかけた。

「令状についてはお前の言ったとおりだった」奴は言った。「巡査部長殿はそれなしではだめだと言われた。持ってきたぞ。治安判事殿の署名が必要なんだ」と、ここで、奴ははじめてパーシー伯父さんがここにいることに気づいたようだった。つまり、もちろん彼の顔は頬ひげにぶ厚く覆い隠されていたわけであるからだ。「ああ、こんにちは、ウォープルスドン卿」奴は言った。「あなたこそ本官がお探ししていたお方です。点線の上にお名前をちょっと書いていただければ、先へ進めるんです。それじゃああなたは昨夜の仮装舞踏会におでかけだったんですね？」彼を見つめながら、奴は言った。

奴はくだけた調子でしゃべろうとして、この親戚のことに親切な興味を示そうとしただけだったと僕は思うのだが、しかし奴は間違ったことを言ってしまった。パーシー伯父さんは尊大に態度を硬化させた。

「わしが昨夜仮装舞踏会に行ったとはどういう意味じゃ？　わしはそんなことは金輪際《こんりんざい》してはおらん。またわしはお前にその種の不用意な発言は慎んでもらえたならば嬉しく思う。まったく、仮装舞踏会に行ったじゃと？　どういう仮装舞踏会じゃ？　どこの？　仮装舞踏会があったとはまったく初耳じゃな」

彼の盛大な憤慨ぶりはスティルトンを面食らわせたようだった。

「ああ、申し訳ありません」奴は言った。「ちょっとそう思っただけです……つまり、そのコスチュームのことなんです」

「このコスチュームがどうした？　わしの被後見人とその未来の亭主が素人芝居の夕べを計画しておって、わしがその役向きかどうか確かめるためにお願いだから船乗りシンドバッドのコスチュームを着てくださいと頼んでよこしたならば、わしが上機嫌で二人の望みに応じてやるというのはそれほど奇妙なことかな？　それがお前に何の関わり合いがあるというんじゃ？　それでお前が仮装舞踏会なんぞという馬鹿げた結論に飛びつく理由になるというのか？　うちへやってきてわしの問題にいやらしい鼻先を突っ込んでき続ける扁平足の平巡査に、いちいちわしの小さな行為をこと細かく説明せねばならんのか？」

これは簡単に回答できる質問ではなかった。それでスティルトンにできた最善のことは、足をもじもじさせて「あ、ああ」と言うことだった。

「さてと、それはそれとしてですが」かなり苦痛に満ちた間があった後、話題を変えてレスというか本題に戻りつつ、奴は言った。「この令状にご署名をいただけますか？」

「令状？　何の令状じゃ？　何のことじゃ？　令状とかいうたわ言はいったい何なんじゃ？」

背景で遠くのヒツジが山腹で静かに咳をするみたいな音がした。ジーヴスが颯爽《さっそう》と行動開始したのだ。

「わたくしに説明をお許しいただけますならば、閣下、昨日午後、こちらの警官の制服が、川で水浴中に盗まれた由にございます。彼はウースター様を本件犯人として告発しておいでなのでございます」

「ウースター様じゃと？　バーティーか？　わしの甥っ子の？」

「さようでございます、閣下。わたくしにいたしますれば、はなはだ奇想天外な見解でございます。ウースター様がかかる非道を働かれるに至りうる、得心のゆくご動機を、人は見出し得ぬものでございます。巡査は、ウースター様が仮装舞踏会にご出席あそばされるために同制服を欲したと、かように主張しておいでとわたくしは理解いたしております」

これはパーシー伯父さんの興味を惹《ひ》いたようだった。

「すると本当に仮装舞踏会はあったのか？」

「はい、閣下。隣町のイースト・ウィブレイにおいてでございます」

「妙じゃのう。わしはまったく知らなかった」

「はなはだ小規模の催事であったと耳にいたしております、閣下。ウースター様ほどのご身分にあられる紳士様がわざわざおでかけあそばされるような娯楽ではございません」

「むろんそうじゃろう。わしだって行きはせん。どうせつまらん田舎の宴会じゃろうて」

「まさしくさようでございます、閣下。ウースター様をご存じの方であれば誰とて、あの方がさような砂漠の空気に甘美なる御身を空費あそばされる［トマス・グレイ「墓畔の哀歌」］とは、一瞬たりとて思わぬことでございましょう」

「へぇ？」

「引用でございます、閣下。詩人のグレイよりでございました」

「ああ、じゃがお前はこの警官は、わしの甥っ子がやったと思い込んでおると言うのじゃな？」

「さようでございます、閣下。それゆえ閣下が昨夜をこちらの家内にてお過ごしあそばされ、ウースター様が当家屋を一度たりと離れてはいないとのご証言をおできあそばされることは、まことに幸運なことでございました」

「まったく幸運じゃった。それですべて落着じゃ」

二人の人物が語り合っていて第三の人物が口を挟もうとしているという話をするときに、その三番目の人物のグッと息を呑《の》む音やガラガラ咽喉《のど》を鳴らす音やらを対話の経過中に挿入すべきか、それとも対話の終了を待ってそれからこのグッという音とガラガラいう音を発声者の得点表に記録するべきであるかは、僕にはいつもわからない。二番目の方法のほうがスムースにうまく行くと僕は考えるので、それゆえ上記のやりとりを記録する際、僕は口出ししようとするスティルトンの試みを除外して記したものだ。このジーヴス＝ウォープルスドン対話の間じゅう、奴は弁士の目をとらえようと試み続けたが、「チッ」とか、「静かにせんか、警官」とか、パーシー伯父さんにやられただけだった。「落着じゃ」の言葉でこの会話に一時的な間が生じたとき、奴はようやく自分のせりふが言えるようになった。

「被告人ウースターは本官の制服をくすねとったものであると申し上げます！」奴は絶叫した。奴の目はこれまで以上にとび出し、奴の頬《ほお》はものすごく真紅に染まっていた。

「同人のベッド上に置かれてあったのを、エドウィン証人が目撃しております」

この展開はものすごく良好で、僕は眉上げをやって、明るい、面白がっているふうな笑い声を発してのけられるまでの気分になっていた。

「エドウィンだそうですよ、パーシー伯父さん！　笑えるじゃないですか、ねえ？」

この親戚は高潔にも僕の肩を持った。

「笑えるじゃと？　まさしく笑える話じゃ。途轍《とてつ》もないほどにの。君はわしにこう言おうとしておるのかな？」彼は言った。毅然《きぜん》としてスティルトンの目を見つめながらだ。「つまり君のこの実にばかげた理屈に合わない告発が、わしの息子のエドウィンの根拠のない発言に基づいておるものだと。わしはそんなものは信用せん。お前はどうじゃ、ジーヴス？」

「きわめて理不尽なことでございます、閣下。しかしながらおそらく警察官殿は、ウースター様が昨日エドウィンお坊ちゃまに身体的暴行をお加えあそばされたところであり、それゆえウースター様に関する若紳士様のご発言が必然的にどれほど偏見にとらわれたものであるかをご存じないのでございましょう」

「奴のために弁解なぞするんじゃない。あの男はバカじゃ。またわしはこう述べさせてもらいたいものじゃ」パーシー伯父さんは言った。風船みたいに膨張し、スティルトンに向かって裁判官席から力強い所見を言い渡しはじめながらだ。「当裁判所は、近時の警察によるこうした野蛮かつ無責任な告発はあまりに数多いと考えるものである。嘆かわしい精神が警察にしのび寄っておる。わしが治安判事の座に留まるかぎり、これに最大限の非難を表明するための言葉と行動を惜しまぬものじゃ。わしはそれを根こそぎ撲滅《ぼくめつ》し、自らの――何じゃったか、そうじゃ――自らの神聖なる職責を忘れ、出世の道を確保せんとの得手《えて》勝手な欲望のため、でっちあげの罪を手当たり次第に着せてまわるような法執行官の手により臣民の自由が危険にさらされぬよう、責任を持って取りはからうものじゃ。さてと、お前がこの不埒《ふらち》きわまる迫害の犠牲者となったことに大いに遺憾《いかん》の意を表明するほかには、当裁判所がこれ以上付け加えて述べるべきところはない。のう、バーティー」

「ぜんぜん大丈夫ですよ、パーシー伯父さん」

「大丈夫ではないぞ。とんでもないことじゃ。警察官君、これから先は、慎重たれと、きわめて慎重たれと助言をしておく。それで君の令状の件じゃが、それを取るのも押し付けるのも結構じゃ――しかしながら、ここも他所《よそ》もその場ではない」

立派な出来だった。実際、記憶の限りこれよりすごいのは聞いたことがない。ただ一度だけ、子供の時分にパチンコで高価な磁器製の花瓶を壊したとき、アガサ伯母さんが僕を叱《しか》りつけたときを除いてだが。僕はスティルトンが激しい雷雨の中のイモムシみたいに縮こまるものと確信していた。しかし奴はそうはしなかった。奴が激怒しているのは明白だった。そしてそれは恥辱と自責の念の故ではなく、シナリオの展開が完全にわかってはいないものの、この岐路《きろ》にあって汚い仕事が進行中で、何かがすばやく自分のもとを逃げ去ったことを理解した人物の、困惑に満ちた憤激の故の激怒であった。

「ホー！」奴は言った。そして己《おの》が感情と格闘すべく、一瞬沈黙した。そして盛大に情動を噴出させながら、「汚い陰謀だ！」と、叫んだ。「正義の目的を粉砕しようという卑劣かつ汚らわしい陰謀だ。最後にもう一度だけ言う、ウォープルスドン卿、この令状にご署名をいただけますか？」

パーシー伯父さんの態度ほどに堂々たる威厳に満ちた態度はありえない。彼はすっくりと立ち上がった。彼の声は静かで冷たかった。

「すでにわしはその令状を君がどうできるかについては示唆しておいた。警察官君、行って眠って酔いをさました方がよいのではないかとわしは思うがの。いちばん親切な解釈をして、君の言語道断の行為は酩酊《めいてい》の故であると考えることにしよう。バーティー、巡査殿を玄関までご案内して差し上げるんじゃ」

僕はスティルトンを玄関までご案内して差し上げた。そして奴は呆然《ぼうぜん》としたまま玄関までご案内され、こんないまいましい所にご案内されるのは生まれてはじめてだみたいにそこにご案内されていた。やがて奴はゆっくりとそこを通過し、そして消えた。一休みして肩越しに「ホー！」と言いすらしなかった。僕の受けた印象は、奴の傲慢《ごうまん》な精神がとうとう打ち砕かれたというものだった。そしていま僕たちは、奴のヴァイオリンケースみたいな靴が庭の小径《こみち》をどすどす歩き去る音を聞いていた。

「さてと甥っ子よ」最後の残響が聞こえなくなると、パーシー伯父さんが言った。「ヘリンボーン・ツイードを出してもらおうか。それと風呂と髭剃《ひげそ》りと濃いコーヒーを一杯じゃがおそらくほんのちょっぴりブランデーの匂いがしておったほうがよいな。それとおそらく、ホールへと出発できる段になったら、お前にはわしといっしょに来てもらって、昨夜この屋根の下で過ごしたというわしの証言に裏づけをしてもらったほうがよいな。口ごもったりはするまいの、どうじゃ？　お前はわしの証言の裏づけ証言をするんじゃ。よいな。力強く響きのよい声で、あらゆる音節に確信を込めながらじゃぞ。そういう場面で考えようとして言葉を止めたり、口ごもった話しぶりをしたり、指を神経質にいじくりまわすくらい、不幸な印象を与えるものはないからの。それよりなにより、片足立ちをせんようよくおぼえとくんじゃぞ。よし、甥っ子。それでは参ろうか」

僕は自室に彼を案内し、スーツを捜し出し、浴室に彼をご案内して彼を一人にした。食堂室に戻ると、ボコはいなくなっていたがノビーはまだそこにいて、ジーヴスとおしゃべりしていた。彼女は興奮気味に僕を迎えた。

「ボコは車を取りに行ったの」彼女は言った。「わたしたちロンドンに行って結婚するのよ。全部うまくいって、なんて素敵なんでしょ、ねえ？　わたし、パーシーおじ様って素晴らしかったって思うわ」

「実に格好よかった」僕は同意した。

「そして言葉で言い表せることなんかじゃ、わたしたちがあなたのことをどう思ってるかのほんの大雑把なところでさえ、言い表せやしないわ、ジーヴス」

「ご満足をいただくことがかないましたならば深甚《しんじん》に存じます、お嬢様」

「前からも言ってきたけど、これからも繰り返すわ――あなたみたいな人はいない」

「大変有難うございます、お嬢様」

この調子でずいぶんやっていたのだろうと僕は思った。というのはノビーは奥歯の奥まで娘らしい情熱に満ち満ちていたからだ。だがこの時点で僕は口を挟んだ。僕はジーヴスから賞賛という報酬を奪いたいとは決して思わないものだが、僕にはやむにやまれぬ関心事があったのだ。

「僕のあの手紙はフローレンスに見せてくれたかい、ノビー？」僕は訊いた。

彼女の熱のこもった顔を、突然雲が覆った。そして彼女は舌打ちの音を発した。

「何か忘れてることがあったと思ってたの。ああ、バーティー、本当にごめんなさい」

「ごめんなさいだって？」名状《めいじょう》しがたい恐怖に満たされつつ、僕は言った。

「あなたに言わなくちゃって思ってたの。今朝起きたらあの手紙がどこにも見つからなくなってたのね。それで探していたら、エドウィンがやってきて昨日の晩わたしの部屋を片づけて一日一善をしてあげたからって言ったの。あの子、あの手紙を捨てちゃったにちがいないわ。あの子はいつも部屋を片づけると手紙を捨てちゃうの。本当にごめんなさい。でもきっとあなたならフローレンスのことを何とかする別の方法を見つけられるわね。ジーヴスに訊くのよ。彼がきっと何か考えついてくれるわ。ああ」広大な地平から大声が轟《とどろ》きわたるのが聞こえると、彼女は言った。「ボコがわたしを呼んでるわ。さよなら、バーティー。さよなら、ジーヴス。急がなきゃ」

彼女は風と共に去ってしまった。そして僕は蒼白《そうはく》な、こわばった顔をしてジーヴスのほうに向き直った。

「はい、ご主人様」

「どういう手段をとるべきか、考えつけるか？」

「いいえ、ご主人様」

「途方に暮れているというのか？」

「今現在は、ご主人様、疑問の余地なくさようでございます。遺憾ながらホップウッドお嬢様はわたくしの能力を過大に評価しておいでございました」

「おいおい、ジーヴス。君らしくないじゃないか。そんなふうに……何と言ったか……舌先まで出かかってるんだが」

「敗北主義的であるのは、でございましょうか、ご主人様」

「そのとおりだ。敗北主義的でいるなんて君らしくないじゃないか。あきらめちゃだめだ。台所に行ってよく考えるんだ。あそこにならさかながあるかもしれない。昨日見たときにはさかなはあったようだったかな？」

「アンチョヴィ・ペーストが一缶あったきりでございます、ご主人様」

僕のハートはちょっぴり沈んだ。大規模な危機にあってアンチョヴィ・ペーストとは、すがりつくにはいかにもか細い藁《わら》である。とはいえ、それは広義においてはさかなである。そして間違いなくそれにはそれなりのリン分が含まれていることであろう。

「行ってそいつに取り掛かるんだ」

「かしこまりました、ご主人様」

「けちけちするんじゃないぞ。スプーンですくうんだ」僕は言った。そして憂鬱《ゆううつ》な身振りでもって彼を下がらせた。

憂鬱とは、しばらくして家を出て庭に向かったときの僕の顔つきを形容する語でもあったろう。ちょっぴり外の空気が必要な気がしたのだ。僕はうわべの勇敢さを維持してはいたものの、アンチョヴィ・ペーストが見事に目的を達成してくれようとは本当のところほとんど期待していなかった。庭門にたたずみ前方を陰鬱に見つめながら、僕は人生のものすごい引き潮にあった。

つまりだ、僕はあの手紙にすべてを賭けていた。僕はそれがフローレンスの瞳の中のウースター魅力を粉砕してくれることを頼りにしていた。それなくして、僕が男たちの中の王者ではないと、どうやって彼女を説得したらいいものか僕にはわからない。初めてではないことだが、僕はエドウィンのガキのことを、僕の災難のフォンス・エト・オリゴ——ラテン語の表現で源泉ということだ——として、にがにがしく思っている自分に気がついた。

そして僕は、あのガキのことで何かでっちあげ、千裂きの刑の行列に並ばせることなどいとも簡単であるはずの中国に自分がいるのでないことを悔やんだ。と、僕の夢想はリンリン鳴るベルの音によって中断され、スティルトンが自転車に乗って登場した。

むろん、先ほど起こったことの後で、この悪意に満ちた警官と二人きりになるのは愉快なことだとは言い難かったし、僕は一歩後ずさったと述べることを恥とは思わない。実際、おそらく僕はもっと後ずさりを続けていたことだろう。奴がハムみたいな腕を伸ばして僕の上着をつかんでいなければの話だが。

「動くな。この汚らわしい物体め」奴は言った。「お前に言うことがある」

「手紙で済ませてもらえないか？」

「だめだ。手紙じゃ済ません。じたばたするな。聞け」

この男が何らかの強烈な感情と格闘しているのが僕には見て取れた。そしてそれが殺人を犯そうとの感情でないことを祈った。奴の両目はギラギラと輝き、顔は真っ赤に紅潮していた。

「聞くんだ」奴はもう一度言った。「お前の婚約のことは承知してるな？」

「フローレンスとのか？」

「フローレンスとのだ。あれは終わった」

「終わった？」

「終わった」スティルトンは言った。

鋭い叫び声が僕の唇から放たれた。僕は身体の支えを求めて門をつかんだ。一瞬前に雲の背後へと消えていた太陽は、突然ウサギみたいにぴょんと跳《と》びだしてきてとんでもなくものすごい勢いで照り輝きはじめた。あたり一面で、小鳥たちが歓喜の歌を囀《さえず》りだしたように思われた。大自然すべてが美しくなっただけでなく、一瞬とはいえ、スティルトンまでが美しくなったと述べたなら、僕の感情をおおよそは理解していただけよう。

一種のピンク色の霧の向こうから、僕が弱々しくそれはどういう意味かと奴に訊く声が聞こえた。その質問は奴の顔を苛立《いらだ》たしげにしかめさせた。

「一語一句理解できるはずだ、どうだ？　お前の婚約は終わったと言った。フローレンスは俺と結婚するんだ。この厄病の館を出てから俺は彼女に会って、とことん話し合った。あの胸クソの悪い欺瞞《ぎまん》と不正の露わになる様を見た後、俺は警察を辞める決心をした。そして彼女にそう言ったんだ。それで俺たちの間に唯一存在した障壁は消え失せた。質されると、彼女は泣き崩れてすべてを打ち明けた。そしてずっと俺が好きだったって認めたんだ。俺が啓蒙された現代精神について何か言ったことで俺を叱るためにお前と婚約したんだ、ってな。俺はその発言を撤回した。そして彼女は俺の腕の中に崩れ落ちた。彼女はお前にこの報せを告げるのが嫌なようだったから、俺がやるって言ったんだ。〈それであのクソいまいましいウースターの野郎に何か言いたいことがあるようだったら〉俺は彼女に言った。〈俺はあいつの頭をねじ切ってそいつをあいつの咽喉に突っ込んでやる〉ってな。何か言いたいことはあるか、ウースター？」

僕は一瞬黙って小鳥の囀りに耳を傾けた。それから頭を上げると、太陽が僕の顔を輝き照らせるようにした。

「まったくない」僕は奴に請合った。

「お前は自分の立場がわかっているのか？　彼女はお前を店に返品したんだ。お前のためにウエディング・ベルは鳴らないんだぞ」

「そのとおり」

「よし。思うに、お前はすぐにここを立ち去るんだろうな？」

「ほぼ即座にさ」

「よし」スティルトンは言った。そして威勢のいい軍馬にまたがるみたいに自転車に飛び乗った。

僕もその場に留まってはいなかった。僕は門から台所までの距離を、ほぼ三秒きっかりで走った。浴室の脇を通り過ぎるとき、窓からは身体を洗い流しているパーシー伯父さんの声が聞こえてきた。彼は何か陽気な曲を歌っていた。たぶん水夫の舟歌だろう。彼がクラムか、あるいは彼の雇用する船長さんのひとりから教わったのだろう。

ジーヴスは台所の床をゆっくり歩いていた。深く思考に没頭していた。僕が入ってゆくと彼は辺りを見まわした。彼の態度は申し訳なさそうだった。

「遺憾ながら、アンチョヴィ・ペーストはないようでございます。昨日中に食し終えたものと拝察いたします」

僕は実際に彼の背中をぽんとたたいたわけではない。だが僕は彼にとんでもなく光り輝く笑みを投げかけた。

「アンチョヴィ・ペーストのことは気にするな、ジーヴス。もう必要なくなったんだ。たったいまスティルトンに会った。奴とレディー・フローレンスの間に和解が成立したんだ。二人はふたたび祭壇に向かう次第とあいなった。だから僕たちをスティープル・バンプレイに引き留めるものは何もない。さあ、出発しよう」

「かしこまりました、ご主人様。お車は玄関に回してございます」

僕は一瞬沈黙した。

「ああ、だが、なんてこった。僕は出発できない」

「さて？」

「パーシー伯父さんとバンプレイ・ホールに行ってアガサ伯母さんに立ち向かう手助けをするって約束したのを、たったいま思い出したんだ」

「奥方様はホールにおいでではございません、ご主人様」

「なんと！　だけど君はいるって言ったじゃないか」

「はい、ご主人様。方便とは申せ虚言を申しましたことが心に咎《とが》めております。さような必要に迫られたことを後悔いたしてはおりますが、しかしながらすべては関係者全員の最善の利益のため、必要不可欠と思われたことでございます」

僕は目をむいてこの男を見つめた。

「なんともはや、ジーヴス！」

「はい、ご主人様」

遠き方よりかすかにパーシー伯父さんが舟歌をうたう声が聞こえてきた。

「すぐにすっ飛んで帰るってのは」僕は訊いた。「どうかなあ？　荷物をまとめる間もなくってことだが」

「わたくしもさようような方針をご提案申し上げようといたしておりましたところでございます、ご主人様」

「いろいろつまらない説明をしないで済むことになる」

「まさしくさようでございます、ご主人様」

「それじゃあ、方位を変えろ、ホーだ、ジーヴス」僕は言った。


スティープル・バンプレイから懐かしの帝都への行程も半ばという段になって、この最近の出来事の要諦を総括すると思われる表現が、僕の舌先まで出かかっていると僕は述べたのだった。

というかむしろ、表現というよりは決まり文句。言い習わし。ことわざだ。格言とかいうやつだと思う。よろこびがなんとかをなん……

とはいえこの話は前にみんなしてあったんだった。そうでしたね？

訳者あとがき

ビル・タウンエンド宛一九四五年四月五日書簡に、ウッドハウスは次のように記している。

この間の日曜日に *Uncle Dynamite* を脱稿した。あれやこれやで書き上げるのにちょうど一年かかった。だが結果は良好だと思っている。

……いまやうちには、いったい自分たちは本当に活字にしてもらえるんだろうかと待合室で神経質に脚をもじもじさせている本がこれだけある。*Money in the Bank*、*Joy in the Morning*、*Full Moon*（ブランディングズ城もの）、*Spring Fever* そしてこの新しい *Uncle Dynamite* だ。短編小説も十篇ある。

とはいえ書くことというのはおかしなものだ。もし君が生まれながらの作家であるなら、君が金や名声のために書いているとは僕は信じないし、出版されるために書いているのですらないだろう。ただ作品をつくり上げるよろこびのためだけに書いているんだ。僕はこれらの本が出版されようがされまいが本当のところどうだっていい。大事なのは僕がこれらを紙に記したということで、それを読み、読み返し、磨き上げ、形容詞をもっといいものに入れ替え、無駄な文を切り捨てることができるということだ。(*Performing Flea*, 1953, pp. 122-123)

一九三九年にイギリス・フランスは対ドイツ宣戦布告を行った。当時、北フランスのル・トゥケの自邸「ロー・ウッド」で暮らしていたウッドハウスは、開戦後も帰国せず自宅に留まり、一九四〇年七月、イギリス民間人捕虜となってドイツの強制収容所に送られることになった。以来、一九四六年に *Money in the Bank* が出版されるまで、実に六年間、ウッドハウスは一冊の本も出版していない。ドイツ占領下の収容所を転々とさせられたおよそ一年間の収容所生活の後、ベルリンで悪名高いラジオ放送を行った作家はナチ協力者の汚名を着、イギリスじゅうから轟々《ごうごう》たる非難を浴びることとなる。ウッドハウスの本を撤去した図書館もあったほどで、新刊が出版できる状況ではなかった。四一年には実母の死、そしてベルリンから移った占領下のパリ滞在中には、幸福な結婚をして二人の子供の母親になっていた最愛の継娘レオノーラが三十九歳の若さで急死する不幸にも見舞われている。この暗鬱な歳月の間も、ウッドハウスは終始変わらず書き続けた。収容所の相部屋で、ベルリン、パリのホテルで、母国中が彼を売国奴と非難していると知った後も、愛娘を失った茫然自失の日々も、出版の当てもないままに、終始作家は書いていた。

ル・トゥケでドイツ軍に抑留されたときにウッドハウスが執筆中であったのが、本書『ジーヴスと朝のよろこび』*Joy in the Morning*（一九四七）である。身柄を拘束される際、ドイツ兵の監視の下で十分間だけ与えられた荷造り時間に、彼は最終四章を残してほぼ完成済みだった本書の原稿を自宅に残す決断をして、代わりに「『シェークスピア全集』、タバコ幾らか、鉛筆、メモ用紙三束、パイプ四本、靴一足、かみそり一本、石鹸、シャツ、靴下、下着、紅茶半ポンド、テニスン詩集を荷物に入れた」(Robert McCrum, *Wodehouse—A Life,* 2004, p. 276)。約一年間の収容所生活から解放され、本書の原稿を持った妻エセルが愛犬「ワンダー」を連れてベルリンに到着すると、一九四一年夏から一九四三年春まで、ウッドハウス夫妻はマグデブルグから二十五キロほど離れたデゲネルシャウゼンという村の山荘に滞在し、その地で本書を完成させている。パリで終戦を迎えた後、誹謗中傷の声かまびすしい故国への帰国を断念し、一九四七年四月にアメリカに住まいを移すと、そのまま九十三歳で生涯を閉じるまでの二十八年間、ウッドハウスは一度もイギリスを訪れることはなかった。新天地アメリカに渡って最初に出版され、ふたたびP・G・ウッドハウスを第一線の人気作家の地位に復帰させた作品が、本書である。(なお、本書の章題は訳者がつけたものであることを、お断りしておく。)

戦中の暗い体験は、透明な明るさに満ちたこの作品に一筋の影も落としてはいない。タウンエンド宛一九四五年二月四日付書簡でウッドハウスは、シェークスピアに言及しながら作品は作家の個人的な心理状態の反映であるとの見解に反対して、「君は君の私生活が作品に影響すると思うかい? 僕は思わない。僕はここ数年間くらい面白い作品を書いたことはなかったと思うし、その間全然まったく愉快に過ごしてはこなかった」(Frances Donaldson ed., *Yours Plum,* 1990, p. 188)と書いた。無論その、これまで書いたことがなかったくらい面白い作品の中の、なかでもとびきりの第一級品が本書である。

本作でバーティーが婚約の危機に遭遇するアンチ・ヒロインはフローレンス・クレイ。『それゆけ、ジーヴス』冒頭の「ジーヴス登場」に、素晴らしい横顔をもつバーティーの婚約者として登場した女性である。『それゆけ』の出版が一九二五年で、それから一度もどこにもちらりとも登場しないできたわけだから、実に二十年以上に渡る長き沈黙を破り、ブッククラブの今月の一冊、『スピンドリフト』をひっさげ、いきなり準主役として本書に返り咲いたわけである。ボーイスカウトのエドウィンも二十年間のブランクをものともせず、変わらず一日一善に励んでいる。ウォープルスドン卿は『それゆけ』で実際に登場はしなかったが、「ある朝、朝食に降りてきて皿の蓋をとり〈たまご！　たまご！　たまご！　たまごのこん畜生！〉と上ずった調子で叫ぶと、速やかにフランスに向かい、家族の胸ふところに再び戻ることはなかった」人物として言及されていた。たまごとフランスの件はなかったことにされたようで（ウッドハウスの作品に、そういうことはよくある）、本書ではイギリスの海運王として、また、よりにもよってアガサ伯母さん（いつの間にか夫と死別していた）と再婚した、バーティーの義理のパーシー伯父さんとなって登場する。今回ジーヴスの活躍は控え目で、端々でいい働きはしてくれるのだが、そもそも自分が魚釣りに行きたいばっかりにバーティーが避けたがっていた場所に無理やり引きずり出して散々不幸な目に遭わせた挙句、最終的な解決策さえ提出できないでいるのだから、本書は稀有なジーヴス失敗編とも位置づけられようか。本書で華麗に復活を遂げたフローレンス・クレイはこの後「レギュラー」化し、長編二作でバーティーと再び婚約することになる。

イギリス国内でも同じ年に『ジーヴスと朝のよろこび』は発売されたが、出版にあたっては版元の意向で戦後の食料事情を考慮し、当初あったバーティーがステーキを食べるシーンをカットして、ボコが朝食に食べている目玉焼きをサーディンに替えるというような変更がなされたそうである。とまれ、戦中の極限的な状況下にありながら、のどかなイギリスの田舎、仮装舞踏会にシャンパンに船乗りシンドバッドのコスチュームといったお気に入りのモティーフに耽溺しつづけた作家の姿勢には、同時代に『細雪』を書いた谷崎潤一郎と同じ種類の妄執が感じられようか。

そうそう、『それゆけ』にもでてきた『倫理学理論の諸形態』というのは、驚いたことに実在する書籍であるそうだ。二〇〇六年暮れに発売されたばかりのノーマン・マーフィー著『ウッドハウス・ハンドブック第二巻——引用と言及』(N. T. P. Murphy, *A Wodehouse Handbook—The World and Words of P. G. Wodehouse, Vol. 2, Quotations & References*, 2006) によれば、同書はマンチェスター・ニュー・カレッジの学長であった神学博士、文学博士ジェームズ・マーティノー著で一八八四年に出版されている。ちなみにマーティノーには『スピノザの研究』(一八八二) なる著書もあるとのことである。なおこの、全二巻、合わせて千頁を越す『ウッドハウス・ハンドブック』というのは大変な労作で、本書の割注が以前よりも増えているとすれば、それは同書のお蔭様である。著者による自費出版だが、版元はロレッタ・ピーボディー著『イモリは友達』などの著作を刊行する、あのポップグッド・アンド・グルーリー社である。

ウッドハウスは抑留中の記録を『キャンプ・ノートブック』という手帖に残しており、そのすべてがドナルドソンのウッドハウス伝 (Frances Donaldson, *P. G. Wodehouse—A Biography*, 1982) に収録されている。抑留当日の記録をウッドハウスはこう記している。

一九四〇年七月二十一日 (日) 暑い夏の日——司令部に歩いて報告にゆく——ハロルドがスーツケースを持ってやってくるのに会う——中に入ると通訳がすべての男性英国民間人は強制

収容されると言った。住所を告げると自動車で兵士に自宅に連行される。エセルは犬たちと出かけている――スーツケースに荷物を詰める――ワンダーが芝生を横切るのが見える――エセルが帰ってきた。あわてて荷づくり。スポンジ、かみそりの替え刃、パスポート、ブラシを忘れた。

司令部に車で戻る――バスが止まっている――長い待ち――やがて出発、妻たちがさよならの手を振っている――エタープルで止まってカートメルを乗せる。ドイツ人軍曹はとても礼儀正しい。ジョン・バリモア似の非常に気持ちのよい若いドイツ人兵士が我々にタバコをくれた――車外に出てワインを買う許可が出る。モントレイユでまた停車。リールまで八時間かかった。

リール到着。遅れた後ルースの監獄に到着。

事務所で登録を終え、五〇〇フランを残して有り金全部とナイフなどを没収された後、アルジー、カートメルと私は四四号房に入る。

居房は縦三・六メートル横二・四メートル、漆喰塗りの壁、窓側の隅にベッド。縦一・五メートル横三メートルの窓。換気は悪くない。大理石張りの床。テーブルと椅子は鎖でつながれている――ドア側の隅にトイレ。トイレ横に水道つきの小さな流し。水道水は良質。……

ウッドハウスのベルリン放送の内容というのは収容所生活の苦労をウッドハウス調で面白おかしく伝えるもので、決して親ナチ的というようなものではなかった。四十九週間の収容所生活の後、自分の生存をなにより家族や友人、読者たちに伝えたかった作家の心情は理解できよう。放送は五回分が収録され、六月二十八日、七月九日、二十三日、三十日、八月六日にアメリカ向けに放送され、またイギリス向けに八月九、十、十一、十二、十四日に再放送された。一九四一年六月二十八日に放送された第一回ベルリン放送の冒頭部を紹介する。

こちらはドイツ短波ラジオ。今晩我々のスタジオにはP・G・ウッドハウス氏がお見えである。ウッドハウス氏は比類なきジーヴス、バーティー・ウースター、エムズワース卿、マリナー氏、その他の愉快な人物たちの生みの親である。ウッドハウス氏はドイツ軍が北フランスにある彼の住居を占領して以来、ほぼ一年に渡ってドイツに滞在している。その間に彼は新しい小説を書き上げ、それは出版のためアメリカ合衆国に運ばれている途中である。また、すでにもう別の新作執筆にも取りかかっておいでである。アメリカの愛読者の皆さんはウッドハウス氏の声をお聞きになられたいことであろう。そこで我々は彼をマイクの前にお招きしてご自分の言葉で何があったかをすべてお話しいただこうとしている。

ウッドハウス氏……

聴取者の皆さんにおかれては、私のこのトークの中に、いささか間抜けた調子、話がとりとめのないものになる傾向を感じ取られるかもしれない。もしそうだとしたら、その問題は、バーティー・ウースターが言うであろうように、容易に説明がつく。私はつい先だって四十九週に渡るドイツ捕虜収容所での民間人抑留生活から、外界に現れたばかりで、その影響はいまだ完全には消滅していないからである。私はかつて過去において衆目の称えるところであった、あの完璧な精神的バランスに、まだ復帰してはいない。
とはいえそいつは回復されつつある。これから数週間のうちに、私の姿を見たらきっと驚かれるはずである。だが今のところはややぐるぐる回った気分で、時々言葉を止めて紙人形をこしらえて、髪の毛に藁を突き刺したくなる。と言ってそれほどの髪の毛がまだ私にあればの話だが。

こういうことは常に長期の抑留の結果として起こるものである。また一九四〇年の七月二十一日より私は一連のアイラッグで過ごしてきた。アイラッグとはオフラッグやスタラッグと混同されてはならない。オフラッグというのは捕虜になった将校が行くところである。スタラッグは兵卒用である。民間人捕虜はアイラッグに行く。そこがなんと素敵な場所であることか！ 捕虜業をはじめて以来、私は四ヵ所以上のアイラッグを転々としてきた。他所よりもアイラッグ度の高いところもあれば、他所よりもアイラッグ度の低いところもあった。最初、連中は私を刑務所に入れた。それからバラック、それから要塞。それから連中はある日パレード中の私と他の仲間をとくと眺め、とうとう正解に行き着いた。連中は我々一行を上部シレジア地方のトストにある精神病院に送ったのだ。そこで私はこれまでの四十二週間を過ごしてきたのだった。

それは多くの点でなかなか快適な経験であった。抑留生活を称えて言うべきことは多い。それはあなたが酒場に入り浸るのをやめさせ、読書する時間を与えてくれる。よく眠れもする。難点は懐かしの我が家から遠く離れてすごさねばならないということだ。うちのペキネーズに再会する時までに、彼女が完全に私のことを忘れ去り、他人に向かって必ずそうするように、骨まで届けと嚙みつくだろうと思うのは、愉快なことではない。また妻と再会するときには、紹介状を携えていったほうがいいかもしれない。念のため、ということだが。(Iain Sproat, *Wodehouse at War*, 1981, p. 107)

ウッドハウスがベルリンから放送をしたことは、一九四一年七月十五日BBC九時のニュースの扇情的な『追伸』によって全国内に知れ渡った。この『追伸』は、『デイリー・ミラー』紙の「カサンドラ」という匿名記者によるものであったが、イギリスのほとんどの人々は、実際の放送の内容を知らぬまま、この『追伸』を聴いたということが重要である。BBCが一個人に向けてこれほどまでに悪意に満ちた罵詈雑言を放送した例はないといわれる。

今夜私は、最後の、そして最大の売り渡し——すなわち、売国、ということだ——をしようとしたある金持ちの男の話をしようとしている。豪華なホテルの柔らかいベッドと引き換えに、名誉がナチに売り渡された悲惨な物語である。それはP・G・ウッドハウスが四十年間に及ぶ荒稼ぎを、生涯最悪のジョークで締めくくった記録である。世界が沈黙で受けとめた、彼の唯一の皮肉である。

開戦の時、ペラム・グレンヴィル・ウッドハウスはル・トゥケでギャンブルをしていた。九ヵ月後、彼はまだそこにいた。ポーランドは崩壊した。デンマークは侵略されノルウェイは占領された。ウッドハウスは依然お楽しみを続けた。この年寄りのプレイボーイは政治を信用しない。彼がそう言った。遊び人は皆そんなものだ。突撃隊が彼の薄っぺらな生活になだれ込んできたとき、ウッドハウスはカクテルパーティーを開いていた。彼らは彼を連行した――おどけた執事と愉快な若者とおかしなめかし屋貴族の膨大なレパートリーを持つ愉快な英国人を。政治はナチ突撃隊の形で居座りに来た。バーティー・ウースターの影は薄れ、ゲッベルスが足を引きずって登場した。(中略)

ドイツにはわが国五万人の同胞が囚われの身となっている。そのうちの何人が今夜アドロン・ホテルで過ごしているだろう? 有刺鉄線が彼らの枕である。彼らは耐え忍んでいる――しかし、屈服してはいない。彼らは苦しんでいる――だが彼らは故国を売り渡しはしない。故国への裏切りとゲシュタポの嫌悪という恐ろしい選択を迫られ、彼らの答えは一つしかない。ドイツの監獄には躊躇なくそれを選んだ男たちがひしめき合っている。しかし彼らはウッドハウスがもはや二度と手に入れることのできない何かを持っている。銀貨三十枚でも決して買うことのできない何かを。(Iain Sproat, 前掲書, pp. 12–3)

全文を紹介しようと思ったが、胸が悪くなってとても翻訳できない。

ウッドハウスは国会でも糾弾された。一九四一年七月九日、外務大臣アンソニー・エデンは彼を「ナチの戦争プロパガンダ・マシーンのために尽力した」と非難し、クェンティン・ホッグ議員は彼を売国奴と呼び、英国の青年たちがドイツに抵抗している時に、仲間の捕虜たちよりも快適なホテル暮らしをするために故国を売り渡すような真似をした、と断罪した。

デイリー・テレグラフ紙とタイムズ紙には各界の著名人によるウッドハウスの放送に関する公開状が掲載された。彼に同情する声も少しはあったものの、非難する声が圧倒的だった。とはいえ作家仲間からの手紙には、たとえば友人イアン・ヘイのように、本人にまったく悪しき意図のないことはわかっているが、しかしウッドハウスほどの有名人がドイツのラジオから何事かを発信するとき、その内容のニュートラルさに関わらずヒトラーの宣伝行為として機能する。彼は利用されたのだ。誰かが彼を止めさせなければならない、といった論調のものも多かった。しかし、例えば『トレント最後の事件』のE・C・ベントリーは、「真剣な文章を一行たりとも書いたことのないウッドハウスに名誉文学博士号を授与したオックスフォード大学は速やかに学位を剝奪するべきだ」と書いた（ベントリーはオックスフォード卒業である）し、またA・A・ミルンは以下のような悪意に満ちた手紙を公表した。

拝啓――P・G・ウッドハウスが強制収容所から解放されたとの知らせは彼の友人たちを喜ばせた。彼がアドロン・ホテルに快適に落ち着いたとの知らせは友人たちを不安にした。彼が週に一度放送をする（政治に関してではない。なぜなら彼は「政治にまったく関心を持ったことがない」からである）との知らせは彼に何が起きたかを友人たちに確信させた。彼はまたも「逃げた」のである。

彼が以前、私に向かって、自分も息子がほしいと言ったのを憶えている。そして彼は彼らしい言い方で（また実に大真面目に）、こう付け加えた。「だがその子には十五歳で生まれてもらわなきゃならない。寄宿学校にすぐ入ってもらえるようにな」と。その利点はおわかりいただけよう。息子を育て上げることは少なからぬ責任を人に課するものだ。しかし十五歳になるまでに、子育ての栄光をまったく犠牲にすることなく、その責任は寄宿学校の先生の手に移っている。

これが常にウッドハウスの人生に対する態度であると私は感じてきた。彼は自分のうちの生来の「政治」への関心の欠如を助長してきた――「政治」とは食事のときに大人たちが――子供がテーブルの下に隠れているときに――話す事柄である。たとえば彼がアメリカにおり、アメリカに留まり続けた、前回の戦争のように。また彼に太平洋上を行き来させた挙句、最終的にフランスに逃げ込み場所を見つけさせた税金問題のように。

昨年六月以来、ソンムに政治が怒濤のごとく押し寄せてきたときには、とんだ逃げ込み場所を選んでしまったことだと思ったことだろう。

新聞各紙が〝認定ユーモリスト〟と呼ぶ人物における「無責任」は、あまりにも度を過ごしている。単純素朴さはあまりにも度を過ごしている。ウッドハウスは過去に多くの認定を附与されてきたが、思うに今やその認定は取り消されるであろう。

そういうことが起こる前に、私は彼に、自らの意思においてそれを放棄するよう乞い願いたい。天才たるもの市民的責任と社会的責任に関する闘争においてうらやむべき立場を享有することは可能かもしれないが、誰もがことごとくアレーナに降り、己が信ずる大義に誓いを立て、そのために苦しまねばならぬ時があるのだ。

敬具　A・A・ミルン

(Iain Sproat, 前掲書、p. 15より引用)

ミルンはウッドハウスとは作家仲間として交流があったが、このときの公開状をきっかけに当然ながら二人の間は断絶したようだ。とはいえミルンの作品をウッドハウスは相変わらず愛読し続けたようで、一九四五年十一月二十七日付デニス・マッケイル宛書簡には、こんな記述がある。

これが僕の聖者のごとき人格の証明であるのかどうかはわからないが、ある作家に対する個人的敵意がその作品に対する僕の見解にはなんら影響を及ぼさないことを僕は発見した。たとえば、アラン・アレクサンダー・ミルンがほどけた靴ひもにすべって転んであのクソいまいましい首を折ってくれたと、僕くらい心の底から願う者はいない。だがなお僕は彼の初期作品を定期的に繰り返し読んではあらためて楽しみ、彼の ***Dover Road*** は英語で書かれた最高のコメディーだといまなお主張し続けるものだ。（*Yours Plum*, p. 190）

とはいえウッドハウスもただのたぬきではなかったようで、この後バーティー・ウースターに村の演芸会で「クリストファー・ロビンのうた」を暗誦させようとするなど、小出しにミルンに意趣返しをしている。最大の報復と思われるのは一九五〇年に書かれたゴルフ物の 'Rodney Has a Relapse' という短編で、これが痛快なミルンへの当てこすりになっている。ロドニーという詩人が妻の愛と導きによって、ゴルフを愛しスリラー小説を量産する、至極真っ当な夫になって立派に暮らしていたのに、息子のティモシー・ボビンが金髪で夢見がちないやらしい子供であるばっかりに、またもや詩作を始めてしまった。妻の愛とゴルフ仲間の友情は彼をふたたび正道に立ち戻らせることができるのか、というスリルとサスペンスにあふれた好短編である。

他にミステリー作家ではドロシー・L・セイヤーズが、ウッドハウス擁護論を主張しているのが救いである。セイヤーズ女史に賛意を表明し、この時代の話はおしまいにさせていただきたい。

拝啓――P・G・ウッドハウスの不幸な放送に関して議論する際に、われわれが念頭に置いていなければならない点がひとつある。彼が敵の捕虜になったフランス戦の当時、英国民はドイツのプロパガンダ戦の軍事的、政治的重要性にほとんど気づいていなかったということである。以来、われわれは多くを学んだ。われわれはなぜ、またどのようにフランスが陥落したかをいくらかは理解している。われわれはバルカンで進行中の分裂を見てきた。ナチの催眠薬の影響からアメリカが回復するのにどれだけ時間が要ったかも目にしてきた。

しかし、これらすべてのうちのどれだけを、ドイツの強制収容所の中から――アドロン・ホテルの中からですら――知り、理解することができただろうか？　理論的には間違いなく、すべての愛国心ある人間は殉死の瀬戸際まで敵の圧力に抵抗するべきである。しかし、そのような英雄的証人でいることは、その緊急の必要性が理解されておらず、また理解することもできない場合には、はるかにずっと困難に違いないのである。

敬具　ドロシー・L・セイヤーズ

さてとそれでは最後にウッドハウス関連最新ニュースをいくつかお知らせしよう。

一つ目はウッドハウス・グーグル・アース・プロジェクトのこと。これはグーグル・アース上に作成されたフォルダで、ウッドハウスの生涯、作品に関連する名所旧跡を訪問するウッドハウス紀行が楽しめる。グーグル・アースを起動して、こちらをクリック、http://bbs.keyhole.com/ubb/

download.php?Number=571160。あるいはこちらからも行ける。http://tinyurl.com/ea8ml。二〇〇五年、二〇〇六年と、ウッドハウス史跡を訪ねてロンドン近辺をあてどなくさまよい歩いた身の上からすると、ほんとうに感涙ものの素晴らしさである。是非とも一度ご覧いただいてこの感動をご体験いただきたい。作成者はオランダ在住の Aunt Agatha さんとおっしゃる方で、アガサ伯母さんのこちらのウェブサイト http://homepage.mac.com/heli1/Personal16.html では、ジーヴスのおめざやアナトールの料理のレシピなども紹介されている。

二つ目、ジーヴス時計発売。世界びっくりニュースにも出ていて笑わせてもらったのだが(http://www.excite.co.jp/News/odd/00081173268152.html)、テレビのジーヴス・アンド・ウースター・シリーズでジーヴスを演じたスティーヴン・フライが、小鳥の囀《さえず》りとともに「おはようございます、ご主人様」の声で起こしてくれる目覚まし時計である。目覚ましメッセージが六十五種類、アラームを止めた時のサンキュー・メッセージが十二種類、更に心地よい眠りを誘うリラクセーション・エクササイズが入っている。私はもう購入して持っているので、ちょっぴり自慢である。五月には「おはようございます、奥様」マダム・バージョンも発売の予定という。

三番目、ジーヴスが『ミステリマガジン』誌に登場である。二〇〇七年五月号の特集「執事とメイドは見た！」に、ジーヴス短編としてはウッドハウス最後の作品となる「ジーヴスとギトギト男」Jeeves and the Greasy Bird（一九六九）と、晩年のエッセイ集 *Over Seventy*（一九五七）より、「執事よ、さらば」が掲載されている。是非ご一読を願いたい。

そして最後に最大ニュース。本年秋、国書刊行会より、〈ウッドハウス・スペシャル〉刊行開始のおしらせである。〈ウッドハウス・コレクション〉として当初全三冊の予定で刊行開始した本コレクションであるが、お蔭様で本書が七冊目のジーヴス本となる。この間、本当にたくさんの読者の皆様にお励ましをいただいた。皆様よりの応援、お励まし、そしてもっともっと続刊をの声が、どれほど有難かったか知れない。ここまで走り続けてこられたのも、ひとえに皆様のご声援のお蔭である。衷心よりお礼を申し上げたい。

さてそれで〈スペシャル〉であるが、〈コレクション〉がジーヴス本に絞った選集なのに対し、〈スペシャル〉のほうはジーヴス本以外のウッドハウス作品を手広く紹介していこうというシリーズである。第一弾はブランディングズ城ものの名作長編『ブランディングズ城の夏の稲妻』、第二弾にはビンゴ短編四篇のほか、ユークリッジやマリナー氏などの短編全九篇が収められた『エッグ氏、ビーン氏、クランペット氏』、第三弾は『ブランディングズ城は荒れ模様』を予定している。無論、〈コレクション〉のほうには、続いて『ジーヴスと恋の季節』が控えている。「クリストファー・ロビンのうた」を暗誦する試練に直面するバーティー・ウースターの苦悩がご覧いただけるのは、こちらの作品である。

ウッドハウスは多作な作家で、生涯に九十二冊の著作を残した。ウッドハウス・コレクションの七冊はまだそのほんの一部でしかない。この巨大な作家の全貌にどこまで接近できるものか、行けるところまでは行きたいものである。どうか今後も変わらぬご愛読をいただきたい。

二〇〇七年三月

森村たまき

P・G・ウッドハウス（Pelham Grenville Wodehouse）

1881年イギリスに生まれる。1902年の処女作『賞金ハンター』以後、数多くの長篇・短篇ユーモア小説を発表して、幅広い読者に愛読された。ウッドハウスが創造した作中人物の中では、完璧な執事のジーヴス、中年の英国人マリナー氏、遊び人のスミスの三人が名高い。とりわけ、ジーヴスとバーティーの名コンビは、英国にあってはシャーロック・ホームズと並び称されるほど人気があり、テレビドラマ化もされている。第二次世界大戦後、米国に定住し、1955年に帰化。1975年、サーの称号を受け、同年93歳の高齢で死去した。

＊

森村たまき（もりむらたまき）

1964年生まれ。中央大学法学研究科博士後期課程修了。翻訳家。共訳書に、ウルフ『ノージック』、ロスバート『自由の倫理学』（共に勁草書房）、ウォーカー『民衆司法』（中央大学出版局）などがある。

ウッドハウス・コレクション
ジーヴスと朝のよろこび

2007年 4月13日　初版第1刷発行
2018年10月20日　初版第2刷発行

著者　P・G・ウッドハウス

訳者　森村たまき

発行者　佐藤今朝夫

発行　株式会社国書刊行会
東京都板橋区志村1-13-15
電話03(5970)7421　FAX 03(5970)7427
http://www.kokusho.co.jp

装幀　妹尾浩也

印刷　明和印刷株式会社

製本　村上製本所

ISBN978-4-336-04775-5

ウッドハウス コレクション

◆

森村たまき訳

比類なきジーヴス
2100円
*
よしきた、ジーヴス
2310円
*
それゆけ、ジーヴス
2310円
*
ウースター家の掟
2310円
*
でかした、ジーヴス！
2310円
*
サンキュー、ジーヴス
2310円
*
ジーヴスと朝のよろこび
2310円
*
ジーヴスと恋の季節